NÊMESIS

Uma Aventura de Miss Marple

Tradução
Milton Persson

Rio de Janeiro, 2024

Título original: *Nemesis*
Nemesis Copyright © 1971 Agatha Christie Limited. All rights reserved. AGATHA CHRISTIE, MISS MARPLE and the Agatha Christie Signature are registered trade marks of Agatha Christie Limited in the UK and/or elsewhere. All rights reserved.

Direitos de edição da obra em língua portuguesa no Brasil adquiridos pela Casa dos Livros Editora LTDA. Todos os direitos reservados. Nenhuma parte desta obra pode ser apropriada e estocada em sistema de banco de dados ou processo similar, em qualquer forma ou meio, seja eletrônico, de fotocópia, gravação etc., sem a permissão do detentor do copirraite.

Rua da Quitanda, 86, sala 601A – Centro – 20091-005
Rio de Janeiro – RJ – Brasil
Tel.: (21) 3175-1030

DIRETORA EDITORIAL: RAQUEL COZER
GERENTE EDITORIAL: ALICE MELLO
EDITOR: ULISSES TEIXEIRA
TRADUÇÃO: *Milton Persson*
REVISÃO: *A. Tavares e Rafael Surgek*
PROJETO GRÁFICO DE MIOLO: *Lúcio Nöthlich Pimentel*
DIAGRAMAÇÃO: *DTPhoenix Editorial*
PROJETO GRÁFICO DE CAPA: *Maquinaria Studio*

CIP-Brasil. Catalogação na fonte
Sindicato Nacional dos Editores de Livros, RJ

C479n   Christie, Agatha, 1890-1976
         Nêmesis / Agatha Christie; tradução Milton Persson. – 2. ed. – Rio de Janeiro: HarperCollins Brasil, 2016.
        264 p.

        Tradução de: Nemesis
        ISBN 9788595083943

        1. Ficção policial inglesa. I. Persson, Milton. II. Título.

CDD: 823
CDU: 821.111-3

Printed in China.

Sumário

I.	Prelúdio	9
II.	O código é Nêmesis	21
III.	Miss Marple entra em ação	33
IV.	Esther Walters	43
V.	Instruções do além	55
VI.	Amor	70
VII.	Um convite	76
VIII.	As três irmãs	82
IX.	*Polygonum Baldschuanicum*	92
X.	"Ah! que bom, que lindo que era antigamente"	99
XI.	Acidente	112
XII.	Troca de ideias	126
XIII.	Xadrez preto e vermelho	141
XIV.	As conjeturas de sr. Broadribb	154
XV.	Verity	159
XVI.	O inquérito	166
XVII.	Miss Marple faz uma visita	179
XVIII.	O Arcediago Brabazon	190
XIX.	A hora das despedidas	204
XX.	Miss Marple tem ideias	213
XXI.	O relógio bate três horas	227
XXII.	Miss Marple conta sua história	237
XXIII.	Cenas finais	252

A
Daphne Honeybone

I

Prelúdio

MISS JANE MARPLE TINHA O COSTUME de abrir o seu segundo jornal à tarde. Recebia dois jornais pela manhã em sua casa. Lia o primeiro bem cedo, enquanto tomava chá, isto é, se chegasse pontualmente. O jornaleiro era muito irregular em matéria de horário. Acontecia também com frequência que fosse novato, ou substituto provisório do habitual. E cada qual possuía ideias próprias sobre o percurso a ser observado na entrega. Talvez para quebrar a monotonia. Mas os assinantes, acostumados a receber o jornal numa hora matinal, para dar tempo de saborearem as notícias mais suculentas antes de tomarem o ônibus, trem, ou qualquer outro meio de transporte para o trabalho cotidiano, ficavam aborrecidos com o atraso da distribuição, embora as senhoras de meia-idade e as velhas que residiam pacatamente em St. Mary Mead preferissem, de modo geral, fazer a leitura instaladas à mesa de refeição.

Hoje Miss Marple já tinha lido a primeira página e algumas outras notas no que ela apelidava de "miscelânea", alusão meio satírica ao fato do *Daily Newsgiver,* por motivo de troca de proprietário, para grande contrariedade dela e de outras amigas suas, agora publicar colunas especializadas em vestuário masculino, elegância feminina, problemas sentimentais, jogos infantis e cartas de reclamação de mulheres, conseguindo praticamente banir qualquer notícia de interesse do texto de todas as suas páginas, salvo da primeira, ou então deslocá-la para algum recanto obscuro onde se tornasse impossível localizá-la. Miss Marple, antiquada como era, preferia que seus jornais *fossem* jornais e publicassem notícias.

À tarde, depois do almoço e de um cochilo de vinte minutos que tirou na poltrona de encosto alto, adquirida especialmente para atender as exigências de suas costas reumáticas, abriu o *Times*, que ainda se prestava a uma leitura mais agradável. Não que continuasse sendo o mesmo de antigamente. A coisa mais enlouquecedora a respeito do *Times* era que não se *encontrava* mais nada nele. Em vez de começar pela primeira página, sabendo o lugar exato de cada seção, de modo a se passar facilmente a qualquer artigo especial sobre assuntos em que se estivesse interessado, ocorriam agora interrupções incríveis nesse programa de venerável tradição. De repente surgiam duas páginas dedicadas a viagens a Capri, com ilustrações. Os esportes recebiam destaque muito maior que nos velhos tempos. O noticiário dos tribunais e os necrológios mantinham certa fidelidade à rotina. As participações de nascimentos, núpcias e mortes, que em determinada época, devido à sua posição proeminente, chamavam antes de mais nada a atenção de Miss Marple, tinham emigrado para uma parte diferente do jornal, embora ela notasse que recentemente houvessem ido ocupar em caráter quase permanente a última página.

Miss Marple fixou-se primeiro nas notícias da primeira página. Não se demorou muito porque pouco variavam do que já tinha lido de manhã, apesar de possivelmente expressas de maneira mais digna. Correu os olhos pelo índice de matérias. Artigos, comentários, ciência, esportes. Depois prosseguiu na forma de costume: virou a página e examinou rapidamente os nascimentos, núpcias e mortes, findo o quê propunha-se a ler a seção seguinte, do correio de leitores, onde quase sempre encontrava alguma coisa divertida; aí passaria à Circular dos Tribunais, em cuja página hoje também se podiam ter notícias das Salas de Leilão. Um breve artigo sobre Ciência era frequentemente colocado ali, mas não tencionava perder tempo com aquilo, pois raramente conseguia entender o texto.

Tendo dobrado o jornal, como sempre, para verificar as notas de nascimentos, núpcias e mortes, Miss Marple pensou consigo mesma, como tantas vezes já tinha feito:

— Francamente, é triste, mas hoje em dia a gente só se interessa por *mortes!*

As pessoas que tinham filhos eram pessoas que Miss Marple não conhecia nem de nome. Se houvesse uma coluna dedicada a recém-nascidos apresentando-os como netos, talvez ocorresse a oportunidade de um agradável reconhecimento. E ela pensaria consigo mesma:

— Puxa, a Mary Prendergast teve a *terceira* neta!

Embora até isso talvez fosse um pouco remoto.

Leu às pressas as participações de casamento, também sem muita atenção, porque a maioria das filhas ou filhos de seus velhos amigos já se tinha casado há anos atrás. Chegou à coluna de Falecimentos e então concentrou-se a sério. A ponto, mesmo, de se certificar de que não deixaria escapar nenhum nome. Alloway, Angopastro, Arden, Barton, Bedshaw, Burgoweisser — (credo, que nome mais *alemão,* mas o finado parecia natural de Leeds). Carpenter, Camperdown, Clegg. Clegg? Xi!, seria um dos Cleggs que ela conhecia? Não, pelo jeito não. Janet Clegg. Um lugar qualquer em Yorkshire. McDonald, McKenzie, Nicholson. Nicholson? Não. De novo, nenhum Nicholson conhecido. Ogg, Ormerod — deve ser uma das tias, pensou. É, provavelmente. Linda Ormerod. Não, não conheço. Quantril? Deus meu, vai ver que é a Elizabeth Quantril. Oitenta e cinco anos. Puxa, francamente! E eu que pensava que Elizabeth Quantril tivesse morrido há tanto tempo, já. Imagina só, a vida longa que teve! E ainda por cima frágil como sempre foi. Ninguém esperava que logo *ela* fosse ficar para semente. Race, Radley, Rafiel. Rafiel? Sentiu uma coisa. Esse nome me é familiar. Rafiel. Belford Park, Maidstone. Belford Park, Maidstone. Não, não me recordo desse endereço. Favor não mandar flores. Jason Rafiel, que nome mais estranho. Decerto ouvi recentemente, em algum lugar. Ross-Perkins. Bem, talvez fosse... não, não era. Ryland? Emily Ryland. Não. Não, nunca conheci nenhuma Emily Ryland. *Profundamente amada por seu esposo e filhos.* Bem, isso pode ser muito bonito ou muito triste. Depende da maneira de encarar.

Miss Marple largou o jornal, olhando distraidamente as palavras cruzadas, enquanto se esforçava para imaginar por que esse nome, Rafiel, lhe era familiar.

— Daqui a pouco eu me lembro — disse, sabendo, por experiência, como funciona a memória dos velhos.

— Daqui a pouco me lembro, tenho certeza.

Fitou o jardim e depois, desviou os olhos, procurando arrancá-lo do pensamento. Aquele jardim tinha sido motivo de grande prazer e de muito trabalho, também para Miss Marple durante anos e anos a fio. E agora, por causa da rabugice dos médicos, via-se proibida de trabalhar nele. Já tentara lutar contra essa proibição, chegando finalmente à conclusão de que seria melhor obedecer as ordens. Colocara a poltrona de tal modo que se tornava difícil enxergá-lo, a não ser que quisesse positivamente e sem sombra de dúvida ver alguma coisa de especial. Suspirou, pegou a sacola de tricô e tirou um casaquinho de lã de criança já quase concluído. As costas e a frente estavam prontas. Faltava completar as mangas. As mangas eram sempre enfadonhas. Duas mangas, ambas iguais. É, muito enfadonho. Mas a lã tinha uma cor bonita. Cor-de-rosa. Ei, espera aí, o que é que aquilo lhe lembrava? Sim... sim... o nome que acabava de ler no jornal. Lã cor-de-rosa. O mar azul. O mar do Caribe. Uma praia arenosa. Ensolarada. Ela tricotando e... mas claro, sr. Rafiel. Aquela viagem que fizera às Antilhas. A Ilha de St. Honoré. E lembrou-se de Joan, a mulher de Raymond, seu sobrinho, aconselhando-lhe:

— Não se meta mais em crimes, tia Jane. Isso não lhe faz bem.

Ora, ela não *queria* se meter mais em crimes, mas de que jeito? Simplesmente não foi possível. Tudo por causa de um velho major que insistia em contar umas histórias muito compridas e maçantes. Pobre major... como era mesmo o nome *dele?* Já havia esquecido. Sr. Rafiel e sua secretária, sra... Sra. Walters, sim, Esther Walters, e o empregado-massagista, Jackson. Agora se lembrava de tudo. Ora, ora. Pobre sr. Rafiel. Com que então tinha morrido. Ele sabia que não tardaria muito para que isso acontecesse. Praticamente lhe dissera. Mas parecia que havia durado mais tempo do que os médicos supunham. Um homem forte, tenaz — riquíssimo.

Miss Marple continuou pensando, as agulhas de tricô trabalhando sem parar, mas com as ideias distantes, lembrando-se do falecido sr. Rafiel, de tudo o que podia a seu respeito. De fato, não era fácil esquecê-lo. Seria capaz de reconstituir de memória, sem esforço, a sua aparência. Sim, uma personalidade bem definida, um homem difícil, irritadiço, às vezes horrivelmente grosseiro. Mas ninguém jamais se ofendia com suas grosserias. Disso também se lembrava. Porque era rico. Sim, tinha sido riquíssimo. Mantinha uma secretária e um misto de camareiro e massagista profissional. Não conseguia fazer nada direito sem o auxílio alheio.

Miss Marple achava aquele empregado um tipo meio duvidoso. Sr. Rafiel às vezes o tratava com muita brutalidade. Ele nunca parecia se importar. E isso, de novo, naturalmente se explicava pelo fato de sr. Rafiel ser rico.

— Ninguém lhe daria a metade do que eu pago — dizia sr. Rafiel, — e ele sabe disso. Mas é um bom empregado.

Miss Marple perguntava-se se Jackson? — ou Johnson? — teria continuado no emprego. Por quanto tempo... mais um ano? Um ano e três ou quatro meses. Provavelmente não. Sr. Rafiel gostava de variar. Cansava-se das pessoas — das suas manias, das suas caras, das suas vozes.

Isso Miss Marple compreendia. Às vezes também sentia o mesmo. Aquela sua dama de companhia, aquela mulher boazinha, solícita, enlouquecedora, que sempre falava com voz macia.

— Ah — exclamou Miss Marple, — como mudou para melhor desde que... — ah, meu Deus, não é que agora me esqueci do nome *dela* — srta... srta. Bishop? — não, srta. Bishop não, claro que não. Por que fui lembrar do nome Bishop? Ah, meu Deus, como é difícil.

Tornou a pensar em sr. Rafiel e em — não, não era Johnson, mas Jackson, Arthur Jackson.

— Ah, meu Deus — repetiu Miss Marple, — como eu confundo sempre *todos* esses nomes. E lógico que era srta. *Knight* que eu estava pensando e não srta. *Bishop*. Por que penso nela como srta. Bishop?

Veio-lhe a resposta. Xadrez, evidentemente. Uma peça de xadrez. Um cavalo.[1] Um bispo.[2]

— No mínimo a estarei chamando de srta. Castle[3] da próxima vez que pensar nela, ou então de srta. Rook.[4] Embora, francamente, não seja o tipo de pessoa capaz de roubar alguém. Não, de fato. E como era mesmo o nome daquela secretária simpática que trabalhava para sr. Rafiel? Ah, sim, Esther Walters. Justo. Que fim será que ela levou? Terá herdado algum dinheiro? No mínimo a esta altura já herdou.

Lembrava-se de que sr. Rafiel lhe havia falado qualquer coisa nesse sentido, ou teria sido ela mesma? — ah, meu Deus, que confusão que dá quando a gente se esforça para lembrar com um pouco de exatidão. Esther Walters. Ela ficou tremendamente abalada com aquela história no Caribe, mas decerto já voltou ao normal. Era viúva, não era? Miss Marple esperava que Esther Walters tivesse casado de novo, com algum homem simpático, bondoso, direito. Parecia meio improvável. Esther Walters, na sua opinião, possuía certo pendor para escolher o. tipo de homem errado para casar.

Miss Marple voltou a pensar em sr. Rafiel. Favor não mandar flores, dizia a participação. Não que pretendesse mandá-las a sr. Rafiel. Se ele quisesse, poderia ter comprado todas as mudas e canteiros da Inglaterra. E em todo caso, não tinham tido relações que permitissem isso. Não tinham sido amigos nem mantido relações de amizade. Apenas — qual a palavra mais apropriada? — aliados. Sim, tinham sido aliados durante uma fase muito curta. Uma fase

---

[1] *Knight*.
[2] *Bishop*.
[3] Torre.
[4] Roubo (no jogo).

empolgante. Era um aliado que valia a pena. Isso ela sabia. Descobriu isso ao sair correndo pela noite escura e tropical do Caribe, até encontrá-lo. Sim, ela se lembrava, estava com aquela — como era o nome que davam quando era moça? — com aquela trunfa de lã cor-de-rosa. Aquela linda estola que havia enrolado na cabeça, e ele então tinha olhado para ela e rido, mas terminou não achando graça. Não, fez o que ela lhe pediu e aí — "Ah! — suspirou Miss Marple, — não há que negar, tudo foi muito empolgante." E nunca contou nada ao sobrinho nem à querida Joan porque, afinal de contas, era o que lhe tinham dito para não fazer, não era? Miss Marple anuiu com a cabeça. E depois murmurou baixinho:

— Pobre sr. Rafiel, tomara que não tenha... sofrido.

Decerto não. No mínimo, médicos caríssimos o haviam mantido sob a ação de sedativos, suavizando-lhe o fim. Tinha sofrido um bocado naquelas semanas no Caribe. Passara quase todo o tempo sentido dores. Um homem de fibra.

Um homem de fibra. Lamentava que estivesse morto porque lhe parecia que embora velho, inválido e doente, o mundo perdia algo com sua morte. Não fazia a menor ideia de como seria nos negócios. Impiedoso, talvez, rude, prepotente e agressivo. Um adversário temível. Mas — mas um bom amigo, achava. E havia nele uma espécie de bondade profunda que tomava o máximo cuidado para nunca demonstrar. Um homem que ela admirava e respeitava. Bem, lamentava que tivesse morrido e esperava que não houvesse se importado muito com isso e que seu trespasse tivesse sido fácil. Agora decerto já estava cremado e sepultado em uma cripta de mármore grande e bonita. Nem sequer sabia se era casado. Jamais tinha mencionado uma esposa, ou filhos. Um homem solitário? Ou com uma vida tão intensa que não precisava sentir-se sozinho? Seria isso?

Ficou ali sentada, durante muito tempo, naquela tarde, pensando em sr. Rafiel. Não esperava revê-lo depois de voltar à Inglaterra e nunca o *havia* revisto. No entanto, de uma maneira estranha, podia a qualquer momento ter a sensação de continuar em contato com ele. Como se a tivesse abordado ou sugerido que se tornassem a encontrar, sentindo talvez um vínculo por causa da vida que ambos tinham salvado, ou outro vínculo qualquer. Um vínculo...

Não me digam — horrorizou-se Miss Marple ante a ideia que lhe ocorrera — que havia um vínculo de *crueldade* entre nós!

Seria possível — imaginável — que ela, Jane Marple, também fosse cruel?

— Sabe de uma coisa — disse Miss Marple consigo mesma, — é incrível, nunca pensei nisso antes. Sabe que eu acredito que seria bem *capaz* de ser impiedosa?...

A porta se abriu, deixando ver uma cabeça morena, de cabelos crespos: Cherry, a bendita sucessora de srta. Bishop — srta. Knight, aliás.

— Que foi que a senhora disse? — perguntou.

— Estava falando sozinha — respondeu Miss Marple. — Eu só queria saber se podia ser impiedosa.

— Quem, a senhora? — retrucou Cherry. — Nunca! A senhora é a própria bondade.

— Mesmo assim — disse Miss Marple, — eu acho que seria *capaz* de ser impiedosa, se houvesse um bom motivo.

— O que é que a senhora entende por bom motivo?

— Um motivo justo — respondeu Miss Marple.

— Não há dúvida de que isso a senhora encontrou aquele dia com o pequeno Gary Hopkins — disse Cherry. — Quando o surpreendeu torturando o gato dele. Nunca imaginei que fosse rapaz de cair em cima de alguém daquele jeito! Deixou-o morto de medo. O garoto nunca mais esqueceu.

— Espero que não tenha torturado mais nenhum gato.

— Bem, se torturou, pode estar certa de que não foi com a senhora por perto — afirmou Cherry. — Realmente, não tenho lá muita certeza se os outros meninos também não se apavoraram. Vendo-a com a sua lã, os tricôs lindos que faz, e tudo mais... qualquer pessoa a julgaria mansa como um cordeiro. Mas tem vezes em que eu diria que a senhora se comporta como um leão, quando provocada.

Miss Marple pareceu meio em dúvida. Não se via muito bem no papel que Cherry agora lhe atribuía. Será que algum dia... — parou para refletir, recordando vários momentos; — tinha sentido intensa irritação contra srta. Bishop — Knight. (Francamente, ela *não* devia esquecer nomes desse jeito.) Mas costumava externá-la em comentários mais ou menos irônicos. E os leões, presumivelmente, não usam de ironia. Um leão nada tem de irônico. Salta. Ruge. Usa as garras, no mínimo dando grandes dentadas na presa.

— Francamente — disse Miss Marple, — acho que nunca cheguei a *tal* ponto.

De tardezinha, caminhando devagar pelo jardim com a costumeira sensação de desgosto aumentando no íntimo, Miss Marple considerou de novo a questão. Talvez tivesse sido a visão de um pé de bocas-de-leão que a fez lembrar-se. Positivamente, quantas vezes já havia *dito* ao velho George que só queria *antirrhinums* cor de súlfur, e não daquela horrenda tonalidade roxa de que os jardineiros pareciam sempre gostar tanto?

— Amarelo sulfuroso — exclamou Miss Marple.

Uma mulher do outro lado da cerca que confinava com a alameda que passava pela casa virou a cabeça e perguntou:

— Desculpe, mas que foi que a senhora disse?

— Creio que estava falando sozinha — respondeu Miss Marple, voltando-se para olhar por cima da cerca.

Era alguém que ela não conhecia, e ela conhecia quase todo o mundo em St. Mary Mead. Se não pessoalmente, ao menos de vista. Uma mulher atarracada, de saia de mescla já velha, porém resistente, e com bons sapatos rústicos. Usava pulôver verde-esmeralda e uma manta de tricô.

— Tenho a impressão de que isso é comum na minha idade — acrescentou Miss Marple.

— Que jardim bonito que a senhora tem — disse a outra.

—Já não é mais o que foi — retrucou Miss Marple. — Quando eu mesma cuidava dele...

—Ah, eu sei. Compreendo muito bem o que a senhora sente. No mínimo contratou um desses velhotes... eu tenho uma porção de nomes para eles, na maioria muito rudes... que dizem que entendem de tudo sobre plantas. Às vezes entendem, e às vezes não entendem patavina. Eles chegam, tomam uma porção de xícaras de chá e capinam um pouco para disfarçar. Alguns até que são simpáticos, mas mesmo assim dá para a gente perder a paciência. — E acrescentou: — Também gosto muito de cuidar de jardins.

— Mora por aqui? — perguntou Miss Marple, com certo interesse.

— Bem, estou hospedada em casa de sra. Hastings. Acho que já ouvi ela falar na senhora. Miss Marple, não é?

— É, sim.

—Vim como uma espécie de dama de companhia e jardineira. Por falar nisso, meu nome é Bartlett. Srta. Bartlett. Não tem muita coisa mesmo para se fazer lá — explicou srta. Bartlett. — Ela só gosta de plantas que dão uma vez por ano, sabe como é. Nada que a gente possa cravar os dentes. — Ao fazer essa observação, abriu a boca e mostrou-os. — Claro que também faço uns servicinhos extras. Ir às compras, sabe, coisas assim. Em todo caso, se quiser que eu trate um pouco disso aqui, eu poderia lhe reservar umas duas horas por dia. Creio que cuidaria melhor do que qualquer sujeito que tenha agora.

— Seria fácil — disse Miss Marple. — Gosto mais de flores. Não ligo muito para verduras.

— Eu planto verduras para sra. Hastings. Não tem graça, mas que remédio. Bem, já vou indo.

Lançou um olhar rápido, medindo Miss Marple de alto a baixo, como se quisesse gravá-la na memória, depois acenou jovialmente com a cabeça e se afastou a passos largos.

Sra. Hastings? Miss Marple não se lembrava de ninguém com esse nome. Sem dúvida não era nenhuma amiga de longa data. E certamente nunca tinham sido colegas de jardinagem. Ah, lógico, no mínimo morava numa daquelas casas novas, recém-construídas, no fim de Gibraltar Road. Diversas famílias haviam se mudado para lá no ano passado. Miss Marple suspirou, olhou de novo contrariada para os *antirrhinums,* enxergou várias ervas daninhas que sentiu vontade de arrancar, uma ou duas vergônteas exuberantes que gostaria de podar com uma tesoura, e finalmente, com outro suspiro, e resistindo bravamente à tentação, fez uma volta ao longo da alameda e retornou à casa. Quando viu, estava pensando novamente em sr. Rafiel. Ele e ela tinham sido — como era o título daquele livro que todo mundo vivia comentando quando ela era moça? *Navios que passam à noite.* Bastante apropriado, mesmo, pensando bem. Navios que passam à noite... Tinha sido de noite que fora procurá-lo para pedir — pedir não, exigir — socorro. Para insistir, para dizer que não havia tempo a perder. E ele tinha concordado, pondo-se logo em ação! Quem sabe ela *havia* se comportado um pouco como um leão naquela ocasião? Não. Não, nada disso. Não fora cólera que sentira. Mas necessidade de fazer uma coisa que era absolutamente imprescindível que fosse feita imediatamente. E ele compreendera.

Pobre sr. Rafiel. O navio que tinha passado de noite era um navio interessante. Depois que a gente se acostumava com suas grosserias, quem sabe não seria uma pessoa agradável? Não! Sacudiu a cabeça. Sr. Rafiel nunca poderia ter sido uma pessoa, agradável. Bem, convinha esquecer sr. Rafiel.

Navios que passam à noite, e se falam ao passar;
apenas um sinal, e uma voz distante, a sussurrar.

Provavelmente nunca mais tornaria a pensar nele. Procuraria, talvez, para ver se ia sair seu necrológio no *Times.* Mas não lhe parecia muito provável. Achou que ele não era uma figura tão conhecida assim, famosa. Fora apenas riquíssimo. Claro, muita gente tinha seu necrológio publicado no jornal só por ser muito rica; mas ela achava que a riqueza de sr. Rafiel possivelmente não teria sido desse tipo. Ele não se destacara em nenhuma grande indústria, não havia sido nenhum gênio das finanças, ou banqueiro digno de atenção. Não fizera outra coisa a vida inteira a não ser ganhar enormes somas de dinheiro...

II

O CÓDIGO É NÊMESIS

MAIS OU MENOS UMA SEMANA depois da morte de sr. Rafiel, Miss Marple apanhou uma carta na bandeja de café e contemplou-a um instante antes de abri-la. As outras duas que tinham vindo pelo correio da manhã eram contas, ou possivelmente recibos. Em ambos os casos, não possuíam nenhum interesse especial. Essa talvez possuísse.

Carimbo de Londres, endereço batido à máquina, envelope largo, de boa qualidade. Miss Marple rompeu-o cuidadosamente com o abridor que sempre mantinha à mão na bandeja. Trazia impresso o nome de *Messrs.* Broadribb & Schuster, Advogados e Notários Públicos, com escritórios em Bloomsbury. Pediam-lhe, com as frases corteses de praxe e no melhor estilo jurídico, que fosse procurá-los dentro de uma semana, a fim de inteirar-se de uma proposta que talvez lhe fosse vantajosa. Sugeriam a data de 24, quinta-feira. Se não lhe conviesse, quem sabe poderia informar-lhes quando provavelmente tencionava visitar Londres no futuro próximo. Acrescentavam que eram advogados do falecido sr. Rafiel, com quem, segundo lhes constava, ela mantivera relações de amizade.

Miss Marple franziu a testa, levemente intrigada. Levantou-se um pouco mais devagar que de costume, pensando na carta que tinha recebido. Foi acompanhada ao andar térreo por Cherry, que fazia questão de ficar perambulando pelo corredor para se certificar de que Miss Marple não caísse ao descer sozinha a escada, que era do tipo antiquado que dobra abruptamente na metade dos degraus.

— Você é muito cuidadosa comigo, Cherry — disse Miss Marple.

Natural — retrucou Cherry, com seu modo habitual de falar. — Gente boa é coisa rara.

— Ah, obrigada pelo elogio — disse Miss Marple, pisando sã e salva no rés do chão.

— Que foi que houve? — perguntou Cherry. — A senhora parece meio abalada, não sei se me entende.

— Não, não houve nada — respondeu Miss Marple. — Recebi uma carta um pouco estranha de uma firma de advogados.

— Não vá me dizer que tem alguém querendo processá-la — disse Cherry, sempre propensa a considerar as cartas de advogados como invariavelmente associadas a alguma espécie de calamidade.

— Que esperança! — retrucou Miss Marple. — Nada disso. Apenas me pedem para ir falar com eles em Londres na semana que vem.

— Quem sabe a senhora herdou uma fortuna? — sugeriu Cherry, otimista.

— Acho *muitíssimo* improvável.

— Ué, sabe lá?

Instalando-se na sua poltrona e retirando o tricô de sua sacola bordada, Miss Marple encarou a possibilidade de sr. Rafiel ter-lhe deixado uma fortuna. Pareceu-lhe ainda mais improvável do que quando Cherry tinha sugerido. sr. Rafiel, a seu ver, não era desse tipo de homem.

Não poderia ir na data marcada. Devia comparecer a uma reunião do Instituto Feminino para discutir a arrecadação de uma soma destinada à construção de uns quartos suplementares. Mas escreveu, sugerindo um dia na semana seguinte. Recebeu resposta dentro do prazo previsto, confirmando definitivamente a hora da entrevista. Ficou imaginando como seriam os tais *Messrs.* Broadribb & Schuster. A carta tinha sido assinada por J.R.Broadribb que, pelo jeito, era o sócio principal. Talvez fosse possível, pensou Miss Marple, que sr. Rafiel *realmente* lhe houvesse deixado alguma lembrancinha no testamento. Quem sabe um livro sobre flores raras que possuísse em sua biblioteca e que julgasse que agradaria a uma velha que gostava tanto de plantas. Ou um broche de camafeu que houvesse pertencido a alguma tia-avó dele. Divertiu-se com essas fantasias. Tratava-se de meras fantasias, na sua opinião, pois em ambos os casos bastaria que os executores — se é que aqueles advogados *fossem* os executores — lhe remetessem qualquer um desses objetos pelo correio. Não precisariam de nenhuma entrevista.

— Ah, paciência — disse Miss Marple, — terça-feira que vem eu ficarei sabendo.

2

— Como será que ela é? — perguntou sr. Broadribb a sr. Schuster, lançando um olhar ao relógio.

— Dentro de um quarto de hora estará aqui — respondeu sr. Schuster. — Será que vai ser pontual?

— Ah, creio que sim. Já é velha, ao que me consta, e bem mais meticulosa do que essa juventude estouvada de hoje.

— Gorda ou magra?

Sr. Broadribb sacudiu a cabeça.

— Rafiel nunca a descreveu a você? — insistiu sr. Schuster.

— Ele foi incrivelmente cauteloso nas referências que fez a ela.

— A coisa toda me parece estranhíssima — disse sr. Schuster. — Se ao menos a gente soubesse algo mais a respeito do que tudo isso significa...

— Talvez tenha qualquer coisa a ver com Michael — sugeriu sr. Broadribb, pensativo.

— Quê? Depois de todos esses anos? Não pode ser. O que levou você a pensar nisso? Ele mencionou...

— Não, ele não mencionou nada. Não me deu o menor indício do que tinha em mente. Apenas se limitou a me dar instruções.

— Acha que no fim já estava ficando meio excêntrico e coisa e tal?

— De modo algum. Mentalmente, continuava inteligente como sempre. Em todo caso, a falta de saúde física nunca lhe afetou o cérebro. Nos seus dois últimos meses de vida, ganhou duzentas mil libras suplementares. Assim, sem mais nem menos.

— Ele tinha um *dom* — declarou sr. Schuster com o devido respeito. — Não há dúvida, ele sempre teve um dom.

— Um grande cérebro financeiro — disse sr. Broadribb, também num tom de respeito adequado ao sentimento. — São tão raros, que maior é o motivo de lástima.

A campainha da mesa tocou. Sr. Schuster levantou o fone.

— Miss Jane Marple está aqui para falar com sr. Broadribb — anunciou uma voz feminina. — Tem hora marcada.

Sr. Schuster virou-se para o sócio, arqueando a sobrancelha à espera de uma resposta afirmativa ou negativa. Sr. Broadribb concordou com a cabeça.

— Mande entrar — disse sr. Schuster. E acrescentou: — Agora vamos ver.

Miss Marple foi conduzida a uma sala onde um senhor já maduro, magro, com rosto comprido e meio tristonho, levantou-se para recebê-la. Tratava-se, pelo jeito, de sr. Broadribb,[5] cuja aparência de certo modo contradizia o nome. Em sua companhia havia outro senhor, também já maduro, mas um pouco mais moço e de proporções definitivamente mais amplas. Tinha cabelo preto, olhinhos argutos e tendência a *double menton*.

— Meu sócio, sr. Schuster — apresentou sr. Broadribb.

— Espero que não tenha estranhado a escada — disse sr. Schuster, e pensou: — Deve ter, no mínimo, setenta... quase oitenta, talvez.

— Sempre fico meio ofegante quando subo uma escada.

---

[5] Costas largas.

— Este prédio é muito antigo — explicou sr. Broadribb, à guisa de desculpas. — Não tem elevador. Paciência, somos uma firma estabelecida há bastante tempo e não gostamos tanto de invenções modernas quanto os clientes talvez esperem de nós.

— Esta sala tem um tamanho muito agradável — observou Miss Marple, cortês.

Aceitou a cadeira oferecida por sr. Broadribb. Sr. Schuster retirou-se discretamente.

— Espero que essa cadeira seja cômoda — disse sr. Broadribb. — Não prefere que eu puxe um pouco aquela cortina? O sol é capaz de lhe ferir os olhos.

— Obrigada — disse Miss Marple, agradecida.

Ficou ali sentada, ereta como sempre. Usava um costume leve de mescla, colar de pérolas e chapeuzinho de veludo.

A perfeita provinciana. Bom tipo. Velhinha faceira. Talvez seja meio tantã... talvez não. Olho muito vivo. Como será que Rafiel a conheceu? A tia de alguém, possivelmente, que veio do interior?

Enquanto esses pensamentos lhe passavam pela cabeça, sr. Broadribb ia fazendo um pequeno preâmbulo, comentando o tempo, os maus efeitos das últimas geadas no começo do ano e outras observações do mesmo gênero que lhe pareceram adequadas.

Miss Marple deu as respostas necessárias, imperturbável, à espera do início do assunto da entrevista.

— A senhora deve estar imaginando por que mandei chamá-la — disse sr. Broadribb, remexendo nuns papéis na escrivaninha e sorrindo-lhe. — Decerto já ouviu falar na morte de sr. Rafiel, ou talvez viu a notícia que saiu nos jornais.

— Vi no jornal — disse Miss Marple.

— Parece que era amigo seu.

— Encontrei-o pela primeira vez faz pouco mais de um ano — explicou Miss Marple. — Nas Antilhas — acrescentou.

— Ah. Eu me lembro. Ele foi para lá creio que por motivos de saúde. Talvez lhe fizesse bem, mas já estava muito doente, seriamente inválido, como sabe.

— Sim — disse Miss Marple.
— A senhora o conhecia bem?
— Não — respondeu Miss Marple. — Não diria isso. Fomos apenas companheiros de hotel. Conversamos algumas vezes. Depois que voltei à Inglaterra nunca mais o revi. Vivo muito sossegada no interior, sabe, e acho que ele andava completamente absorvido pelos negócios.
— É, ele continuou com suas transações comerciais até... olhe, eu quase diria até o dia que morreu — disse sr. Broadribb. Um ótimo cérebro para as finanças.
— Tenho certeza de que foi isso mesmo — disse Miss Marple. — Percebi logo que ele era um... bem, um tipo absolutamente fora do comum.
— Não sei se faz ideia... se sr. Rafiel alguma vez não lhe deu a entender... a espécie de proposta que me pediu que lhe fizesse...
— Não posso imaginar — retrucou Miss Marple — qual seria a proposta que sr. Rafiel quisesse me fazer. Me parece o maior despropósito.
— Ele tinha uma opinião muito lisonjeira sobre a senhora.
— Bondade dele, mas dificilmente justificada — afirmou Miss Marple. — Sou uma criatura muito pacata.
— Como decerto já percebeu, *ele* morreu riquíssimo. As provisões que deixou em seu testamento são, de modo geral, bastante simples. Pouco antes de morrer dispôs como queria que fosse distribuída a sua fortuna. A custódia dos bens e outras providências em relação aos beneficiários.
— Creio que atualmente isso é um sistema muito comum — disse Miss Marple, — embora não esteja nada familiarizada com questões financeiras.
— A finalidade desta entrevista — explicou sr. Broadribb — é que recebi o encargo de lhe comunicar que há uma soma de dinheiro reservada para se tornar totalmente sua dentro do prazo de um ano, sob a condição de aceitar uma determinada proposta, que eu devo lhe revelar qual seja.

Pegou um envelope comprido em cima da escrivaninha. Estava lacrado. Passou-o às mãos dela.

— Acho que seria melhor que a senhora mesmo lesse para ver em que consiste. Não há pressa. Leia com calma.

Miss Marple não se apressou. Apanhou o pequeno abridor que sr. Broadribb lhe alcançou, rompeu o envelope, retirou o que continha — uma folha batida à máquina, e leu. Tornou a dobrá-la, releu-a e depois olhou para sr. Broadribb.

— Não se pode dizer que esteja muito claro. Não há nenhuma explicação mais positiva?

— Que eu saiba, não. Eu devia lhe entregar isso aí, e dizer-lhe a importância da herança. A soma em questão é de vinte mil libras, isentas do imposto de transmissão.

Ela ficou parada, olhando-o. A surpresa deixou-a sem fala. Sr. Broadribb não disse mais nada. Observava-a atentamente. Não havia dúvida quanto à surpresa de Miss Marple. Era, obviamente, a última coisa que esperava ouvir. Sr. Broadribb se perguntou quais seriam as primeiras palavras que ela iria pronunciar. Fitava-o francamente, com a severidade que uma de suas próprias tias poderia ter tido com ele. Quando abriu a boca para falar, foi de uma maneira quase acusadora.

— Mas isso é uma soma de dinheiro muito grande — disse Miss Marple.

— Não tão grande quanto antigamente — retrucou sr. Broadribb (contendo-se para não acrescentar: "Uma ninharia hoje em dia").

— Devo confessar — disse Miss Marple, — que estou espantada. Palavra, completamente espantada.

Pegou o documento e releu-o cuidadosamente, do princípio ao fim.

— Imagino que o senhor já conheça estes termos? — perguntou.

— Sim. Sr. Rafiel ditou-os pessoalmente a mim.

— E não lhe deu nenhuma explicação?

— Não, não deu.

— Mas suponho que o senhor tenha sugerido que talvez fosse melhor que ele desse — acrescentou Miss Marple, agora com certa causticidade na voz.

Sr. Broadribb sorriu de leve.

— Tem toda a razão. Foi o que eu fiz. Disse que a senhora talvez achasse difícil... bem, compreender exatamente aonde ele queria chegar.

— É realmente fantástico — disse Miss Marple.

— Claro que não precisa — frisou sr. Broadribb — me dar a sua resposta agora.

— Pois é — disse Miss Marple, — terei de refletir sobre o assunto.

— Trata-se, como observou, de uma soma de dinheiro realmente muito grande.

— Já estou velha — disse Miss Marple. — Idosa, como se diz, mas velha é uma palavra melhor. Definitivamente velha. É até possível, provável mesmo, que não viva um ano para aproveitar esse dinheiro, na hipótese bastante duvidosa de que *consiga* ganhá-lo.

— Em qualquer idade, dinheiro sempre é bem-vindo — sentenciou sr. Broadribb.

— Eu poderia favorecer certas obras de caridade que me interessam — disse Miss Marple, — e sempre tem gente por quem se gostaria de fazer algo e não se faz por falta de recursos pessoais. E depois não nego que há prazeres e desejos... coisas a que nunca pude me entregar ou permitir... Acho que sr. Rafiel sabia perfeitamente bem que poder fazer isso, da maneira mais imprevista, proporcionaria muita alegria a uma criatura idosa.

— Sim, de fato — concordou sr. Broadribb. — Um cruzeiro de luxo pelo exterior, talvez? Uma dessas excursões maravilhosas que se promovem hoje em dia. Teatros, concertos... a possibilidade de reabastecer as adegas da gente.

— Os meus gostos seriam um pouco mais modestos — disse Miss Marple. — Perdizes — murmurou, pensativa, — são difícílimas de conseguir hoje em dia, e saem caríssimas. Gostaria muito de comer uma inteira... só para mim. Uma caixa de *marrons glacés* é um capricho dispendioso que não posso me permitir com frequência. Possivelmente um espetáculo de ópera. Isso implica em tomar táxi, de ida e volta, para ir ao Covent Garden, e a despesa de uma noite em hotel. Mas não devo perder tempo com tagarelices inúteis — disse. — Vou levar isto aqui junto comigo para refletir a respeito. Francamente, a troco de que sr. Rafiel... o senhor não sabe mesmo *por que* ele foi sugerir logo esta proposta e por que achou que eu poderia prestar-lhe qualquer espécie de ajuda? Ele devia saber que fazia mais de um ano, quase dois, que não me via e que eu podia ter ficado bem mais velha do que fiquei, e bem mais incapaz de exercitar os reduzidos talentos que porventura possua. Estava arcando com um grande risco, pois não há dúvida de que existem por aí outras pessoas muito mais qualificadas do que eu para empreender uma investigação dessa natureza, não lhe parece?

— Sim, concordo — retrucou sr. Broadribb, — mas ele escolheu *a senhora*, Miss Marple. Perdoe-me a curiosidade gratuita, mas já teve... ah, como direi?... alguma relação com crimes ou com a investigação de algum crime?

— A rigor, eu diria que não — respondeu Miss Marple. — Não profissionalmente, quero dizer. Nunca fui fiscal de justiça nem tampouco participei de algum julgamento ou mantive qualquer ligação com uma agência de detetives. Explicando melhor, sr. Broadribb, coisa que eu acho que é o mínimo que posso fazer e que sr. Rafiel devia ter feito para deixar tudo bem claro, o que posso dizer é que durante a nossa estada nas Antilhas, nós dois, sr. Rafiel e eu, tivemos certa ligação com um crime que ocorreu lá. Um assassinato bastante implausível e desconcertante.

— Que a senhora e sr. Rafiel solucionaram?

— Eu não colocaria nesses termos — disse Miss Marple. Sr. Rafiel, pela força de sua personalidade, e eu, por ter juntado uma ou duas indicações óbvias que chegaram a meu conhecimento, conseguimos evitar a concretização de um segundo assassinato praticamente na hora em que ele ia ser cometido. Sozinhos, nem eu nem sr. Rafiel poderíamos ter feito isso. Eu me sentia fisicamente fraca demais. E sr. Rafiel era inválido. Agimos, porém, como aliados.

— Gostaria de lhe fazer só mais uma pergunta, Miss Marple. A palavra "Nêmesis" tem algum significado para a senhora?

— *Nêmesis* — repetiu Miss Marple. Não era uma interrogação. Um sorriso lento e inesperado iluminou-lhe o rosto. — Sim — respondeu, — de fato tem. Tanto para mim como para sr. Rafiel. Eu usei-a com ele, e ele achou muita graça que eu me apresentasse com esse nome.

Sr. Broadribb esperava tudo, menos aquilo. Olhou para Miss Marple com um pouco da mesma surpresa atônita que sr. Rafiel uma vez tinha sentido num quarto às margens do mar do Caribe. Uma velhota tão simpática e inteligente. Mas Nêmesis... francamente!

— Pelo que vejo, o senhor é da mesma opinião — disse Miss Marple, pondo-se de pé. — Se acaso encontrar ou receber mais instruções sobre o assunto, gostaria que me comunicasse, sr. Broadribb. Parece incrível que não haja *nada* nesse sentido. Isso me deixa totalmente no escuro, palavra, sobre o que sr. Rafiel quer que eu faça ou procure fazer.

— Não conhece ninguém da família dele, algum amigo, ou...

— Não. Já lhe disse. Fomos companheiros de viagem em terras estranhas. Mantivemos certa ligação como aliados numa questão muito complicada. Apenas isso. — Pronta a dirigir-se à saída, de repente virou-se e acrescentou: — Ele tinha uma secretária, sra. Esther Walters. Seria indiscrição perguntar-lhe se sr. Rafiel deixou cinquenta mil libras para ela?

— As doações testamentárias de sr. Rafiel serão publicadas pela imprensa — disse sr. Broadribb. — Posso responder sua pergunta pela afirmativa. E a propósito, o nome de sra. Walters agora é sra. Anderson. Ela casou de novo.

— Me alegro em saber. Era viúva, tinha uma filha e parecia bastante competente como secretária. Compreendia sr. Rafiel muito bem. Uma mulher simpática. Que bom que ele tenha deixado alguma coisa para ela.

Naquela noite, Miss Marple, sentada na sua poltrona de encosto reto, os pés espichados diante da lareira onde ardia um pequeno fogo devido a uma súbita onda de frio que, como sempre, pode baixar inesperadamente sobre a Inglaterra a qualquer momento, tornou a retirar do largo envelope o documento que lhe fora entregue de manhã. Ainda num estado de quase incredulidade, repetindo baixinho as palavras aqui e ali, como se quisesse gravá-las na memória, leu:

"A
Miss Jane Marple,
residente no povoado de St. Mary Mead.

Esta carta lhe será entregue depois de minha morte pelos bons ofícios do meu procurador, James Broadribb. Ele está encarregado dos assuntos legais pertinentes ao campo de meus negócios particulares, não às minhas atividades comerciais. É um advogado idôneo, de toda a confiança, mas, como a maioria da raça humana, suscetível de sucumbir à curiosidade. Eu não quis satisfazê-la. Sob certos aspectos, este assunto ficará apenas entre nós dois. Nosso nome de código, minha cara senhora, é Nêmesis. Não creio que tenha esquecido em que lugar e em que circunstâncias usou-o comigo pela primeira vez. No decurso de minhas atividades comerciais no que agora já é uma vida muito longa, aprendi uma coisa sobre as pessoas que pretendo empregar. Elas precisam ter um faro. Um faro especial para o tipo de serviço que eu quero que façam. Não se trata de conhecimento nem experiência. A única palavra apropriada é faro. Um talento natural para fazer uma determinada coisa.

A senhora, minha cara amiga, se me permite chamá-la assim, possui um faro natural para a justiça, o que a leva a possuir um faro natural para o crime. Eu quero que a senhora investigue um determinado crime. *Mandei que pusessem à sua disposição uma certa quantia para que, no caso de aceitar este pedido e, em decorrência do resultado de suas investigações, esse crime ficar devidamente esclarecido, o dinheiro se torne exclusivamente seu. Estipulei o prazo de um ano para executar essa missão. Embora a senhora não seja jovem, é, se me permite a expressão, rija. Acho que posso confiar em que um destino razoável a mantenha viva por mais um ano, no mínimo.*

Creio que o trabalho a ser desenvolvido não lhe será desagradável. A senhora possui um talento inato, pode-se dizer, para a investigação. Os fundos necessários para o que posso descrever como ajuda de custos para fazer essa investigação lhe serão remetidos durante esse período, sempre que for preciso. Ofereço-lhe isso como alternativa para o que talvez seja a sua vida atual.

Imagino-a sentada numa cadeira muito cômoda e adequada a qualquer tipo de reumatismo que a possa estar importunando. Todas as pessoas de sua idade, a meu ver, acham-se expostas a sofrer de alguma espécie de reumatismo. Se a doença afetar-lhe os joelhos ou as costas, não será fácil para a senhora andar se movimentando muito e passará a maior parte do tempo tricotando. Parece que ainda a estou vendo como naquela noite em que acordei assustado com a sua urgência, envolta numa nuvem de lã cor-de-rosa. Imagino-a tricotando novos casaquinhos, mantas e uma porção de outras coisas cujo nome desconheço. Se preferir continuar fazendo isso, a decisão é sua. Se preferir servir a causa da justiça espero que ao menos se divirta.

Que a justiça corra como as águas
E o bem como um caudaloso rio.

Amós."

III

MISS MARPLE ENTRA EM AÇÃO

MISS MARPLE RELEU A CARTA TRÊS VEZES — depois largou-a de lado e ficou sentada, a testa levemente franzida, ponderando sobre o texto e suas implicações.

A primeira ideia que lhe ocorreu foi a de ter sido deixada com uma surpreendente falta de informações definidas. Será que sr. Broadribb não iria lhe prestar outras? Estava quase certa de que não. Isso não combinava com o plano de sr. Rafiel. Mas como era possível que sr. Rafiel esperasse que ela pudesse fazer algo, que tomasse qualquer providência, em relação a um assunto sobre o qual nada sabia? Que coisa mais desconcertante. Após alguns minutos de considerações, chegou à conclusão de que sr. Rafiel queria justamente isto: que fosse desconcertante. Voltou a pensar nele, no breve espaço de tempo em que o conhecera. Na sua invalidez, no seu temperamento irascível, nos seus rasgos de inteligência, de esporádico bom humor. Teve impressão de que ele gostava de se divertir à custa alheia, impressão quase confirmada por aquela carta, que frustrava a natural curiosidade de sr. Broadribb.

O texto não continha o menor indício sobre o que vinha a ser aquilo. Não lhe fornecia a mínima ajuda. Parecia que sr. Rafiel queria, positivamente, que não servisse para nada. Ele havia tido — como definir? — outras intenções. Em todo caso, ela não podia partir às cegas, da estaca zero. A situação era praticamente comparável a um enigma de palavras cruzadas sem elementos para formá-las. Tinha que *haver* algum. Ela *precisava* saber o que queriam que fizesse, aonde devia ir, se é que pretendia solucionar algum problema sentada ali em sua poltrona, pondo de lado as agulhas de tricô para se concentrar melhor. Será que sr. Rafiel queria que ela tomasse um avião ou um navio para as Antilhas ou a América do Sul ou qualquer outro lugar especialmente designado? Ou descobria sozinha o que devia fazer, ou então precisava receber instruções mais definidas. Quem sabe ele julgava que ela possuísse o dom de adivinhar coisas, de fazer perguntas, de descobrir desse modo? Não, não podia acreditar.

— Se é isso que ele pensa — falou Miss Marple em voz alta, — então está gagá. Quer dizer, estava, antes de morrer.

Mas ela não achava que sr. Rafiel tivesse ficado gagá.

— Eu vou receber instruções — disse Miss Marple. — Mas quais, e quando?

Foi só aí, subitamente, que reparou, que sem sentir havia aceito definitivamente o encargo. Falou de novo em voz alta, dirigindo-se ao alto.

— Eu creio na vida eterna — disse. — Não sei exatamente onde o senhor está, sr. Rafiel, mas tenho certeza de que há de estar em *algum lugar...* e tudo farei para cumprir a sua vontade.

2

Três dias depois Miss Marple escreveu a sr. Broadribb uma carta bem curta, abordando exclusivamente a questão.

"Prezado sr. Broadribb.

Refleti sobre a sugestão que me expôs e desejo informar-lhe que resolvi aceitar a proposta que me foi feita pelo falecido sr. Rafiel. Não pouparei esforços para atender o que ele me pede, embora não esteja nada segura de me sair bem. Na verdade, nem sei como me será possível chegar a algum resultado, uma vez que a carta deixada por ele não traz instruções específicas nem qualquer espécie de elucidação — acho que é o termo. Se tiver em seu poder alguma outra comunicação que esteja guardando para mim e que contenha essas instruções específicas, eu lhe agradeceria a remessa, mas imagino que como não tenha procedido assim, esse não seja o caso.

Presumo que sr. Rafiel estivesse de pleno uso de suas faculdades mentais por ocasião de sua morte, não? Creio que tenho o direito de perguntar se nos últimos tempos de sua vida ele não andava talvez interessado em algum problema criminoso, no exercício de suas atividades comerciais ou em suas relações particulares. Será que ele nunca lhe manifestou nenhuma indignação ou descontentamento frente a algum flagrante erro judicial — que lhe parecesse revoltante? Nesse caso, acho que me cabe o direito de pedir que me informe qual seja. Algum parente ou conhecido dele passou ultimamente por alguma provação ou foi vítima de alguma injustiça, ou do que se poderia considerar como tal?

Estou certa de que há de compreender o que me leva a lhe fazer essas perguntas. Acho mesmo que o próprio sr. Rafiel esperaria que as fizesse."

3

Sr. Broadribb mostrou a carta a sr. Schuster, que se recostou no assento da cadeira e soltou um assobio.

— Quer dizer, então, que ela vai aceitar, hein? Eta velha disposta — exclamou. E acrescentou: — Será que ela sabe do que se trata?

— Pelo jeito, não — retrucou sr. Broadribb.

— Eu gostaria que a gente soubesse — disse sr. Schuster. — Ele era um tipo esquisito.

— Um sujeito difícil — concordou sr. Broadribb.

— Não tenho a menor ideia — disse sr. Schuster. — E você?

— Não, nenhuma — respondeu sr. Broadribb. — No mínimo ele não queria que eu soubesse.

— Bem, desse modo ele tornou tudo muito mais difícil. Não vejo como que uma velha mexeriqueira do interior vai decifrar o cérebro de um morto e adivinhar que fantasias o atormentavam. Será que ele não a quis fazer de boba? Divertir-se à sua custa? Assim, de brincadeira, sabe? Talvez achasse que ela se julgava o máximo para solucionar os problemas do povoado, e resolveu dar-lhe uma boa lição...

— Não — disse sr. Broadribb, — não acho, não. Rafiel não era desse tipo de pessoa.

— Às vezes brincava como o diabo — lembrou sr. Schuster.

— Sim, mas não... eu tenho impressão de que desta vez foi a sério. Havia *algo* que o preocupava. De fato, estou absolutamente certo disso.

— E ele não explicou a você o que era, nem lhe deu a menor ideia?

— Não.

— Então, que diabo, como é que ele podia esperar... Schuster não completou a frase.

— Pois é, ele não podia mesmo esperar que saísse alguma coisa daí — concordou sr. Broadribb. — Quer dizer, por onde é que ela vai começar?

— Olhe, sabe de uma coisa? Ele quis pregar uma peça nela.

— Vinte mil libras é muito dinheiro.

— Sim, mas vamos que ele soubesse que ela não ia conseguir?

— Não — protestou sr. Broadribb. — Ele não seria tão maldoso assim. Com certeza achou que ela teria possibilidade de conseguir ou descobrir seja lá o que for.

— E o que é que podemos fazer?

— Esperar — respondeu sr. Broadribb. — Esperar, para ver o que acontece. Afinal de contas, alguma coisa tem que acontecer.

— Você tem alguma ordem lacrada por aí?

— Meu caro Schuster — retrucou sr. Broadribb, — sr. Rafiel confiava cegamente na minha discrição e na minha ética de advogado. Essas instruções lacradas só serão abertas mediante certas circunstâncias, que por enquanto ainda não surgiram.

— E nem surgirão — disse sr. Schuster.

Isso encerrou o assunto.

4

Sr. Broadribb e sr. Schuster tinham a sorte de levar uma vida profissional muito agitada. Miss Marple não. Tricotava, refletia e também saía a dar caminhadas, sendo de vez em quando repreendida por Cherry por causa disso.

— A senhora sabe o que o médico disse. Não é para fazer exercício demais.

— Eu caminho bem devagar — explicou Miss Marple, — e não fico fazendo nada. Quer dizer, escavando ou arrancando ervas daninhas. Eu só... ora, eu só ponho um pé na frente do outro e penso coisas.

— Que coisas? — perguntou Cherry, já interessada.

— Sei lá — respondeu Miss Marple, e pediu que Cherry lhe trouxesse outra manta porque o vento estava frio.

— Eu só queria saber o que é que anda amofinando ela — comentou Cherry com o marido, colocando diante dele um prato de arroz com picadinho de rins. — Comida chinesa — anunciou.

O marido aprovou com a cabeça.

— Você está cozinhando cada vez melhor — disse.

— Ando preocupada com ela — continuou Cherry. — E ando preocupada porque ela também anda. Recebeu uma carta que deixou ela toda nervosa.

— O que ela precisa é ficar sossegada numa cadeira — disse o marido de Cherry, — Ficar sossegada, ir com calma, arranjar livros novos lá na biblioteca e conseguir que uma ou outra amiga venham visitá-la.

— Ela está preparando alguma coisa — disse Cherry. — Uma espécie de plano. Vendo como vai pô-lo em prática, pelo menos é o que me parece.

Interrompeu a conversa a essa altura e levou a bandeja do café para colocá-la ao lado de Miss Marple.

—Você conhece uma mulher que mora numa casa nova aqui por perto, chamada sra. Hastings? — perguntou Miss Marple. — E uma outra, que se chama srta. Bartlett, acho eu, que vive com ela...

— Quê... a senhora quer dizer aquela casa que foi toda reformada e pintada, ali no fim do povoado? Não faz muito tempo que moram lá. Mas não sei o nome delas. Por que a senhora quer saber? Não são nada interessantes. Eu, pelo menos, não diria que são.

— Elas são parentes? — perguntou Miss Marple.

— Não. Apenas amigas, tenho impressão.

— Por que será que...? — começou Miss Marple e parou.

— Por que será o quê?

— Nada — respondeu Miss Marple. —Você quer me fazer o favor de limpar a escrivaninha pequena e trazer a caneta e o bloco de correspondência? Vou escrever uma carta.

— Para quem? — indagou Cherry, com a curiosidade natural de sua profissão.

— Para a irmã de um pastor — disse Miss Marple. — O nome dele é Cônego Prescott.

— Não é aquele que a senhora conheceu no estrangeiro, nas Antilhas? De quem me mostrou o retrato, no seu álbum?

— É.

— Não está se sentindo mal, não é? Querendo escrever para um pastor e tudo mais?

— Estou me sentindo extremamente bem — respondeu Miss Marple, — e estou ansiosa para começar uma coisa. É bem possível que srta. Prescott possa me ajudar.

"Prezada srta. Prescott" escreveu Miss Marple. *"Espero que não tenha se esquecido de mim. Conheci a senhora e o seu irmão nas Antilhas, lembra-se? Em St. Honoré. Faço votos para que o nosso caro cônego esteja bem de saúde e não tenha passado muito mal com sua asma no inverno rigoroso que tivemos no ano passado.*

Escrevo-lhe para perguntar se não seria possível fornecer-me o endereço de sra. Walters — Esther Walters — de quem talvez ainda se recorde dos dias no Caribe. Era a secretária de sr. Rafiel. Ela me deu o endereço naquela ocasião, mas infelizmente não sei aonde foi parar. Estava com muita vontade de escrever a ela porque tenho certas informações sobre horticultura que ela me pediu e de que na hora não dispunha. Outro dia soube casualmente que havia casado de novo, mas acho que a pessoa que me falou nisso não estava muito segura desse fato. Talvez a senhora saiba sobre ela mais do que eu.

Espero que isso não lhe dê muito incômodo. Com respeitosas lembranças a seu irmão e os melhores votos para a senhora mesma, subscrevo-me,

atenciosamente,
Jane Marple."

Miss Marple sentiu-se melhor depois que remeteu essa carta.

— Ao menos — pensou, — comecei a *fazer* alguma coisa. Não que tenha muitas esperanças nisso mas sempre pode ajudar.

Srta. Prescott respondeu quase que pela volta do correio. Era eficientíssima. Escreveu uma carta simpática, fornecendo o endereço solicitado.

"Não soube de nada diretamente a respeito de Esther Walters" — dizia, — "mas, como a senhora, alguns amigos me informaram que tinham visto a participação do novo casamento dela. Parece que agora ela se chama sra. Alderson ou Anderson. O endereço é Winslow Lodge, perto de Alton, Hants. Meu irmão envia-lhe as

suas melhores recomendações. É uma pena que moremos tão longe. Nós no norte da Inglaterra, e a senhora ao sul de Londres. Espero que possamos nos encontrar em alguma próxima oportunidade.

*Atenciosamente,
Joan Prescott."*

— Winslow Lodge, Alton — disse Miss Marple, anotando o endereço. — Realmente, não fica muito longe daqui. Não. Nem tanto. Eu podia... não sei qual seria o melhor meio de transporte... talvez um dos táxis do Inch. É um pouco extravagante, mas se eu obtivesse algum resultado, daria para incluir perfeitamente nas despesas. Agora, escrevo antes para ela ou deixo tudo por conta do acaso? Acho francamente melhor deixar tudo por conta do acaso. Pobre Esther. Ela não teria o menor motivo para se lembrar de mim com afeto ou simpatia.

Miss Marple entregou-se a uma série de pensamentos provocados pelas suas recordações. Era bem possível que as suas ações no Caribe tivessem impedido Esther Walters de ser assassinada. Pelo menos era o que acreditava, mas Esther Walters provavelmente não compartilhava dessa opinião.

— Uma mulher tão simpática — murmurava Miss Marple, — simpaticíssima. O tipo de criatura que seria capaz de casar facilmente com um mau caráter. E até com um criminoso, se algum dia lhe surgisse a oportunidade. Continuo achando — disse, pensativa, baixando ainda mais a voz, — que provavelmente lhe salvei a vida. De fato, tenho quase certeza disso, mas não creio que ela fosse concordar com esse ponto de vista. No mínimo antipatiza solenemente comigo. O que torna mais difícil usá-la como fonte de informações. Mesmo assim, não custa tentar. É melhor do que ficar sentada aqui, esperando em vão.

Quem sabe sr. Rafiel não estava se divertindo à sua custa ao escrever aquela carta? Nem sempre se mostrava especialmente bondoso — era capaz do maior menosprezo pela sensibilidade alheia.

— Em todo caso — disse Miss Marple, olhando o relógio e decidindo que devia dormir mais cedo, quando a gente pensa nas coisas pouco antes de pegar no sono, muitas vezes ocorre alguma ideia. Talvez hoje aconteça isso.

— Dormiu bem? — perguntou Cherry, pousando a bandeja do chá de manhã cedo na mesa de cabeceira de Miss Marple.

— Tive um sonho esquisito — disse Miss Marple.

— Pesadelo?

— Não, não, nada disso. Estava conversando com uma pessoa, que não era ninguém que eu conhecesse direito. Só conversando. Aí, quando olhei, vi que não era mais a mesma de antes. Era outra. Estranhíssimo.

— Uma pequena confusão — sugeriu Cherry, à guisa de consolo.

— Só que me lembrei de uma coisa — disse Miss Marple, — ou melhor, de alguém que conheci certa vez. Telefone para o Inch, sim? Peça para virem me buscar lá pelas onze e meia.

Inch fazia parte do passado de Miss Marple. A princípio dono de um único táxi, sr. Inch acabou morrendo, sendo sucedido pelo filho, "o jovem Inch", já então com quarenta e quatro anos de idade, que transformou o negócio da família em garagem, comprando mais dois carros usados. Depois que ele também morreu, a garagem passou às mãos de outros proprietários — chamando-se, sucessivamente, *Automóveis Pip, Táxis James* e *Auto-Locadora Arthur* — mas os antigos moradores do lugar ainda diziam *Inch*.

— Não está querendo ir a Londres, não é?

— Não, não estou querendo ir a Londres. Talvez almoce em Haslemere.

— Hum, o que que a senhora anda querendo fazer? — perguntou Cherry, desconfiada.

— Vou ver se consigo me encontrar com alguém por acaso, dando impressão de que foi sem querer — explicou Miss Marple. — Não é nada fácil, mas espero me sair bem.

Às onze e meia o táxi estava esperando. Miss Marple recomendou:

— Quer me ligar para este número, Cherry? Pergunte se sra. Anderson está em casa. Se for ela mesma que atender, ou alguém chamá-la ao telefone, diga que sr. Broadribb deseja falar-lhe. Finja que é a secretária dele. Se tiver saído, descubra a que horas volta.

— E se ela estiver em casa e atender?

— Então pergunte qual o dia que mais lhe convém para procurar sr. Broadribb no escritório dele em Londres na semana que vem. Anote a resposta e desligue.

— A senhora tem cada uma! Pra que tudo isso? Por que a senhora quer que *eu* faça uma coisa dessas?

— A memória é uma coisa curiosa — disse Miss Marple. — Às vezes a gente se lembra de uma voz que há mais de ano não se ouve.

— Bem, mas essa sra. Não-sei-o-quê nunca ouviu a minha.

— Justamente — respondeu Miss Marple. — É por isso mesmo que é *você* quem vai telefonar.

Cherry foi cumprir a ordem. Informaram-lhe que sra. Anderson tinha saído para comprar umas coisas, mas que estaria em casa à hora do almoço e durante toda a tarde.

— Bom, melhorou muito — disse Miss Marple. — O Inch já veio? Ah, sim. Bom dia, Edward — saudou o atual motorista dos táxis de Arthur, cujo verdadeiro nome era George. — Olhe, eu quero que você me leve neste endereço aqui. Creio que dá para ir em menos de hora e meia.

E assim começou a expedição.

IV

Esther Walters

ESTHER ANDERSON SAIU do supermercado e rumou para o ponto onde deixara o carro estacionado. Cada dia fica mais difícil estacionar, pensou. Nisso esbarrou em alguém, uma mulher idosa mancando um pouco, que vinha na direção oposta. Pediu desculpas, mas a outra foi logo exclamando:

— Mas ora... claro... é sra. Walters, não? Esther Walters? Vai ver que não se lembra mais de mim. Jane Marple. Nos conhecemos no hotel em St. Honoré, ah... já faz tanto tempo. Um ano e meio.

— Miss Marple? Mas lógico. Imagina, encontrá-la aqui!

— Que prazer revê-la. Vou almoçar com uns amigos aqui perto, mas depois tenho que passar de novo por Alton. Vai estar de tarde em casa? Gostaria tanto de conversar um pouco. É tão bom encontrar uma velha amiga.

— Sim, claro. Passe a qualquer hora depois das três.

Ficou então combinado.

— A velha Jane Marple — disse Esther Anderson, sorrindo sozinha. — Imagina, aparecer por aqui. Julguei que já tivesse morrido há muito tempo.

Miss Marple tocou a campainha de Winslow Lodge às 3h30min em ponto. Esther abriu a porta e mandou-a entrar.

Miss Marple aceitou a cadeira que lhe foi oferecida, agitando-se da maneira meio inquieta que assumia quando ligeiramente confusa. Ou, em todo caso, quando queria dar impressão de estar ligeiramente confusa. Como desta vez, já que tudo tinha acontecido exatamente como havia previsto.

— É tão bom ver a senhora — disse Esther. — Tão bom reencontrá-la. Sabe, eu de fato acho que este mundo tem coisas estranhíssimas. A gente espera rever as pessoas e tem absoluta certeza de que vai rever mesmo. Depois passa-se o tempo e de repente é uma surpresa total.

— E aí — completou Esther, — se diz, que mundo pequeno, não é?

— Pois é, e eu acho que *há* qualquer coisa nisso. Quero dizer, o mundo realmente *parece* enorme e as Antilhas ficam a uma distância tão grande da Inglaterra. Bem, naturalmente eu poderia ter encontrado a senhora em qualquer lugar. Em Londres ou no Harrods, Numa estação ferroviária ou num ônibus. Existem tantas possibilidades.

— Existem, sim. Uma porção — concordou Esther. — Eu, sem dúvida, não esperava encontrá-la logo aqui, que não é propriamente uma região em que a senhora costume andar, não é mesmo?

— Não, não é. Embora, a rigor, a senhora não esteja tão longe assim de St. Mary Mead, onde eu moro. Na verdade, acho que são apenas uns trinta quilômetros. Mas trinta quilômetros no interior, quando não se tem carro... e é lógico que não posso me dar ao luxo de ter um, e de qualquer forma, aliás, eu não sei guiar... portanto não ia adiantar nada, de modo que a gente só encontra mesmo os vizinhos no trajeto do ônibus, ou então tomando um táxi no povoado.

— A senhora está com um aspecto ótimo — disse Esther.

— Eu já ia dizer o mesmo da *senhora*, minha cara. Nunca pensei que morasse por aqui.

— Faz muito pouco tempo que vim para cá. Foi depois do meu casamento, aliás.

— Ah, não sabia. Que interessante. No mínimo me passou despercebido. Sempre vejo as participações.

— Casei há uns quatro ou cinco meses — explicou Esther. — Meu nome agora é Anderson.

— Sra. Anderson — disse Miss Marple. — É. Preciso ver se não esqueço. E o seu marido?

Seria estranho, pensou, que não perguntasse por ele. Todo mundo sabe que as solteironas são bisbilhoteiras.

— É engenheiro — respondeu Esther. — Dirige a filial da Time and Motion. Ele é — hesitou — um pouco mais moço que eu.

— Muito melhor assim — retrucou logo Miss Marple. — Ah, muito melhor, minha cara. Hoje em dia os homens envelhecem bem mais depressa que as mulheres. Sei que antigamente não se dizia isso, mas no fundo é verdade. Quer dizer, eles têm mais coisas para atender. Acho, talvez, que se preocupam e trabalham demais. E aí ficam com a pressão alta ou baixa, e às vezes com pequenas complicações cardíacas. Também tendem um pouco a sofrer de úlceras gástricas. Não creio que *nós* nos preocupemos tanto, sabe? Acho que somos o sexo mais forte.

— Pode ser que sim — disse Esther.

Agora sorria. Miss Marple se sentiu tranquilizada. A última vez que a tinha visto, parecia que Esther a odiava e provavelmente era o que havia acontecido naquela ocasião. Mas agora, bem, agora, possivelmente, se sentisse até agradecida. Talvez tivesse compreendido que a esta hora poderia estar sob uma lápide de cemitério respeitável, em vez de levar a boa vida que decerto levava com sr. Anderson.

— A senhora está tão bem — disse, — tão alegre.

— A senhora também, Miss Marple.

— Bem, é lógico que fiquei um pouco mais velha. E a gente tem tantas doenças. Quer dizer, não são irremediáveis, não é nada de desesperar, mas sempre aparece alguma espécie de reumatismo ou de dor em alguma parte. Os pés já não são os mesmos. E em geral há problemas com as costas, com o ombro ou com as mãos. Ah, meu Deus, nem se devia falar nisso. Que casa ótima que a senhora tem.

— Pois é, faz muito pouco tempo que moramos aqui. Nos mudamos há uns quatro meses apenas.

Miss Marple olhou em torno. De fato, era bem a impressão que dava. Pareceu-lhe, também, que quando se haviam mudado, ninguém cogitara de fazer economia. Os móveis eram caros, confortáveis, quase luxuosos, podia-se dizer. Boas cortinas, boas capas, sem revelar nenhum gosto artístico especial, mas afinal ela não esperava encontrar isso. Achou que sabia o motivo dessa aparência de prosperidade. Decerto provinha da bela herança deixada a Esther pelo falecido sr. Rafiel. Ficou contente de ver que ele não tinha mudado de ideia.

— Suponho que haja visto a notícia da morte de sr. Rafiel — disse Esther, falando quase como se adivinhasse o que se passava no espírito de Miss Marple.

— Sim. Sim, de fato vi. Faz mais ou menos um mês, não é? Fiquei tão penalizada. Muito abalada até, apesar de que, bem, acho que a gente já sabia... ele mesmo não escondia, não é? Deu a entender várias vezes que não ia demorar muito. Creio que ele enfrentou tudo com grande coragem, não lhe parece?

— É, foi muito corajoso, e realmente era um homem boníssimo — concordou Esther. — Ele me disse, sabe, quando comecei a trabalhar para ele, que ia me pagar um ótimo salário, mas que eu teria de economizar bastante, pois não devia esperar mais nada dele. Ora, eu certamente não esperava ganhar mais *nada* dele. Era um homem de palavra, não era? Mas pelo visto mudou de ideia.

— Pois é — disse Miss Marple. — Pois é. Fico muito contente com isso. Achei que talvez... não que ele, lógico, tivesse me falado qualquer coisa... mas desconfiei.

— Ele me deixou uma herança enorme — disse Esther. — Uma soma de dinheiro simplesmente incrível. Fiquei assombrada. A princípio, mal pude acreditar.

— Acho que ele quis lhe fazer uma surpresa. Tenho a impressão de que era desse tipo de pessoa — disse Miss Marple. E acrescentou: — Ele não deixou nada para... ora, como era o nome dele?... o empregado, o que fazia as vezes de enfermeiro?

— Ah, quer dizer o Jackson? Não, ele não deixou nada para o Jackson, mas creio que lhe deu ótimos presentes no último ano.

— A senhora nunca mais viu o Jackson?

— Não. Não, acho que não me encontrei nem uma vez com ele desde aquela época lá nas ilhas. Ele não ficou com sr. Rafiel depois que eles voltaram para a Inglaterra. Me parece que foi trabalhar para um Lord que mora em Jersey ou Guernsey.

— Eu gostaria de ter reencontrado sr. Rafiel — disse Miss Marple. — É tão estranho, com tudo o que enfrentamos juntos. Ele, a senhora, eu, e aquelas outras pessoas. E depois, mais tarde, quando voltei para casa, quando já haviam passado seis meses... foi que um dia me dei conta de como era íntima a ligação que tínhamos mantido naquele período de tensão, e como, apesar de tudo, eu realmente conhecia pouquíssimo a respeito de sr. Rafiel. Ainda outro dia estive pensando nisso, depois que vi a notícia da morte dele. Fiquei com vontade de conhecer mais coisas. Onde ele nasceu, sabe, e quem foram seus pais. Como é que eles eram. Se nunca teve filhos, ou sobrinhos, primos, ou qualquer família. Gostaria tanto de saber.

Esther Anderson sorriu de leve. Olhou para Miss Marple como quem diz: — Pois é, garanto que a senhora sempre quer saber tudo isso a respeito de todas as pessoas que conhece.

Mas limitou-se a dizer:

— Pois é, mas só havia mesmo uma única coisa a respeito dele que todo mundo sabia.

— Que era riquíssimo — retrucou Miss Marple imediatamente. — É isso que a senhora quer dizer, não é? Quando se sabe que uma pessoa é muito rica, de certo modo, bem, não se pergunta mais nada. Quer dizer, não se faz mais *nenhuma* pergunta que exija resposta. A gente diz: "Ele é muito rico", ou então: "Ele é riquíssimo", e baixa um pouco a voz, porque é tão impressionante, não é mesmo, quando se conhece alguém que seja *tremendamente* rico.

Esther sorriu.

— Ele não era casado, era? — perguntou Miss Marple. — Nunca me falou na mulher.

— Ela morreu há muitos anos. Logo depois que casaram, se não me engano. Parece que era muitíssimo mais moça do que ele... acho que morreu de câncer. Uma tristeza.

— Tiveram filhos?

— Tiveram sim. Duas meninas e um rapaz. Uma casou e foi morar na América. A outra morreu quase criança, creio eu. Encontrei a americana uma vez. Não era nada parecida com o pai. Uma moça bastante quieta, com ar deprimido. — Acrescentou: — sr. Rafiel nunca falava no filho. Tenho impressão de que houve alguma encrenca com ele. Um escândalo ou qualquer coisa no gênero. Acho que morreu há poucos anos atrás. Em todo caso... nunca se referiu a ele.

— Ah, meu Deus. Que coisa mais triste.

— Se não me engano, isso se passou há muito tempo. Deve ter ido embora para um lugar qualquer no estrangeiro e nunca mais voltou... acabou morrendo por lá mesmo.

— Sr. Rafiel não ficou muito abalado com isso?

— Seria difícil dizer — respondeu Esther. — Era o tipo do homem capaz de superar qualquer revés. Se o filho lhe desse desgostos, tornando-se uma carga em vez de uma bênção para ele, creio que se limitaria a encerrar o caso encolhendo os ombros. Fazendo o que fosse necessário, como por exemplo enviando-lhe dinheiro para se sustentar, mas nunca mais pensando nele.

— É incrível — disse Miss Marple. — Ele nunca mencionou, nem falou nada sobre ele?

— A senhora precisa se lembrar que ele era um homem que jamais abria a boca para comentar seus sentimentos pessoais ou sua própria vida íntima.

— Pois é. De fato. Mas achei talvez que a senhora, depois de ter sido... bem, secretária dele durante tantos anos, poderia, quem sabe, estar a par de problemas que possivelmente o afligissem.

— Ele não era homem de revelar problemas — disse Esther. — Se é que os tivesse, o que duvido muito. Vivia só para os seus negócios, por assim dizer. E os seus negócios eram a única espécie de filho ou filha que lhe interessavam, a meu ver. Divertia-se muito com tudo aquilo, com os investimentos, com os lucros. Com os golpes que dava...

— Nunca considere feliz alguém que não esteja morto... — murmurou Miss Marple, repetindo as palavras como se fossem um *slogan,* o que de fato pareciam ser atualmente, como ela diria.
— Quer dizer, então, que não havia nada que o preocupasse de maneira especial antes de morrer?

— Não. Por que pensou nisso?

Esther parecia surpresa.

— Bem, pensar eu propriamente não pensei — retrucou Miss Marple. — Apenas me passou pela ideia, porque na verdade as pessoas ficam mais preocupadas quando estão... não direi envelhecendo... porque de fato ele não era velho, mas quero dizer que a gente se preocupa mais quando vive deitada e não pode fazer tantas coisas como antes e tem de levar tudo na calma. Aí então as preocupações simplesmente se manifestam e se fazem *sentir.*

— Sim, eu entendo o que a senhora quer dizer — disse Esther. — Mas acho que sr. Rafiel não era assim. Seja como for — acrescentou, — já faz algum tempo que deixei de ser secretária dele. — Foi dois ou três meses depois que conheci Edmund.

— Ah, pois é. O seu marido. Sr. Rafiel deve ter ficado muito sentido quando perdeu a senhora.

— Não, creio que não — disse Esther despreocupadamente. — Ele não era de ficar sentido só por uma coisa dessas. Tomaria logo outra secretária... que foi o que ele fez. E aí, se ela não servisse, simplesmente se livraria dela com um aperto de mão cortês e generoso, e contrataria outra, até encontrar uma que desse certo. Sempre foi um homem profundamente sensato.

— Sim. Sim, estou vendo. Embora perdesse a paciência com muita facilidade.

— Ah, ele gostava de perder a paciência — disse Esther. — Acho que adorava fazer um pouco de drama.

— Drama — repetiu Miss Marple, pensativa. — A senhora não acha... às vezes fico pensando... a senhora não acha que sr. Rafiel tinha algum interesse especial por criminologia, pelo seu estudo, quero dizer? Ele... bem, não sei...

— Por causa do que aconteceu no Caribe?

A voz de Esther, subitamente, estava áspera.

Miss Marple não sabia se devia continuar, mas sentiu que, de uma maneira ou doutra, precisava se esforçar para ver se obtinha alguma informação útil.

— Bem, não, por causa disso não, mas depois talvez ele tenha refletido sobre a psicologia daquelas coisas. Ou se interessado por casos em que a justiça não fosse aplicada da maneira mais correta ou... ah, não sei...

Parecia-lhe que tudo o que dizia soava, a cada instante, mais absurdo.

— Por que teria ele o mínimo interesse em algo desse gênero? E não vamos falar sobre aquela coisa horrível que aconteceu em St. Honoré.

— Oh, não, eu acho que a senhora tem *toda* a razão. Desculpe, sinceramente. Estava apenas me lembrando de certas coisas que sr. Rafiel às vezes *dizia*. Umas frases soltas meio esquisitas, e me perguntando se ele não teria alguma teoria, sabe... sobre as causas que levam ao crime.

— Os interesses dele sempre foram exclusivamente financeiros — retrucou Esther, abrupta. — Um desfalque realmente inteligente, de um tipo criminoso, poderia talvez interessá-lo, mais nada...

Continuava encarando Miss Marple friamente.

— Perdão — pediu Miss Marple, desculpando-se. — Eu... eu não devia ter comentado assuntos espinhosos que felizmente já pertencem ao passado. E acho que está na hora de ir embora — acrescentou. — Tenho de pegar o trem, que não falta muito para partir. Ah, meu Deus, onde foi que deixei minha bolsa?... ah, cá está.

Recolheu a bolsa, a sombrinha e algumas outras coisas, agitando-se muito até diminuir um pouco a tensão. Ao dirigir-se à saída, virou-se para Esther, que insistia para que tomasse outra xícara de chá.

— Não, obrigada, minha cara, não dá mais tempo. Fiquei contentíssima por tornar a vê-la e quero dar-lhe meus parabéns e os melhores votos para que tenha uma vida muito feliz. Imagino que agora não vá se empregar de novo, não é?

— Ah, tem gente que se emprega. Dizem que acham interessante. Se aborrecem quando ficam sem fazer nada. Mas tenho a impressão de que vou gostar muito de levar uma vida de lazeres. Pretendo também aproveitar a herança que sr. Rafiel me deixou. Foi muito amável da parte dele e penso que ele gostaria de que eu... bem, que eu aproveitasse mesmo, gastando-a no que ele julgaria talvez que fosse uma maneira meio idiota, feminina! Em roupas caras, penteados novos, coisas assim. Ele ia achar tudo uma bobagem. — De repente acrescentou: — Eu gostava muito dele, sabe? Sim, gostava mesmo. Creio que talvez porque representava uma espécie de desafio para mim. Era difícil de lidar, e por isso eu me divertia em consegui-lo.

— E conseguia?

— Bem, tanto assim não digo, mas talvez um pouco mais do que ele pensava.

Miss Marple saiu às pressas pela estrada afora. Virou-se uma vez para acenar com a mão — Esther Anderson continuava parada no degrau da porta e retribuiu alegremente o aceno.

Julguei que isto pudesse ter qualquer coisa que ver com ela ou com algo que ela soubesse — disse Miss Marple consigo mesma. — Acho que me enganei. Não. Não creio que ela esteja metida neste negócio, seja lá qual for, *de jeito nenhum*. Ah, meu Deus, tenho a impressão de que sr. Rafiel esperava que eu fosse muito mais inteligente do que estou sendo. Vai ver que ele esperava que eu juntasse uma coisa com a outra... sim, mas quais? E agora, o que é que eu faço? — Sacudiu a cabeça.

Precisava refletir sobre aquilo com o máximo cuidado. Esse negócio tinha-lhe sido entregue por assim dizer. Para que recusasse, aceitasse, compreendesse do que se tratava? Ou para que *não* compreendesse nada, mas fosse em frente, à espera de que lhe dessem uma espécie de orientação? De vez em quando fechava os olhos e procurava lembrar-se da fisionomia de sr. Rafiel. Sentado no jardim do hotel nas Antilhas, com seu terno tropical, o rosto irascível enrugado, e seus ocasionais rasgos de bom humor. O que ela queria realmente saber era o que lhe passara pela ideia ao elaborar esse plano, ao decidir pô-lo em prática. A seduzi-la a aceitá-lo, a convencê-la a aceitá-lo, a... bem, talvez se pudesse dizer... a forçá-la a aceitá-lo. A terceira era muito mais plausível, conhecendo-se sr. Rafiel. E no entanto, suponhamos que ele quisesse que se fizesse alguma coisa e a escolhesse, incumbindo-a de fazê-lo. A troco de quê? Só porque de repente se lembrara dela? Mas por que logo dela?

Tornou a pensar em sr. Rafiel e nas coisas que tinham ocorrido em St. Honoré. Quem sabe se o problema que o interessava na época de sua morte o levasse a recordar aquela visita às Antilhas? Estaria de certo modo ligado a alguém que havia estado lá, que tivesse tomado parte ou sido espectador lá e fosse isso que o fizera pensar em Miss Marple? Existiria algum vínculo, alguma relação? Se não, por que tinha de repente se lembrado dela? O que seria que poderia torná-la útil a ele, em qualquer sentido que fosse? Era uma pessoa idosa, meio excêntrica, bastante comum, não muito forte fisicamente, e mentalmente bem menos alerta do que antes. Quais poderiam ser as suas qualificações especiais, se é que existiam? Não conseguiu encontrar nenhuma. Não seria, talvez, o caso de que sr. Rafiel quisesse se *divertir* um pouco? Mesmo encontrando-se às portas da morte, era bem capaz de sentir vontade de fazer uma espécie de brincadeira que combinasse com o seu estranho senso ele humor.

Não se podia negar que sr. Rafiel seria bem capaz de querer fazer uma brincadeira, mesmo no seu leito de morte. Que talvez lhe satisfizesse alguma veleidade irônica.

Não — disse Miss Marple com firmeza consigo mesma, — eu *tenho* que ter alguma qualidade rara. — Afinal de contas, uma vez que sr. Rafiel já não se achava mais neste mundo, ele não poderia apreciar pessoalmente a sua brincadeira. Que qualidades ela *teria*. — O que é que eu tenho que poderia servir de *alguma coisa* a alguém? — perguntou-se Miss Marple.

Analisou-se com a devida humildade. Era bisbilhoteira, vivia fazendo perguntas, estava numa idade e tinha um tipo de quem seria normal que se esperasse que procedesse assim. Esse era um dos aspectos, um aspecto possível. Pode-se incumbir um detetive particular, ou algum investigador psicológico, de sair por aí a fazer perguntas, mas a gente tem que concordar que é muito mais fácil usar uma senhora idosa, cujo hábito de bisbilhotar e ser intrometida, de falar demais, de querer descobrir coisas, passe por perfeitamente natural.

Uma velha mexeriqueira — disse Miss Marple consigo mesma. — É, tenho certeza que é assim que me julgam. Existem tantas por aí, e são todas tão parecidas. E naturalmente sou um tipo muito comum. Uma velhota comum, meio excêntrica. Agora, lógico que isso serve de ótima camuflagem. Ah, meu Deus, será que estou raciocinando pelo caminho certo? Verdade que às vezes sei como as pessoas *são*. Quer dizer, eu sei como elas são porque me fazem lembrar outras que já conheci. Por isso compreendo certos defeitos e certas virtudes delas. Sei o tipo de gente que *são*. É só isso.

Pensou de novo em St. Honoré e no Hotel da Palmeira Dourada. Ao visitar Esther Walters tinha feito uma tentativa de sondar as possibilidades de um vínculo. Miss Marple chegou à conclusão de que o resultado fora decididamente improfícuo. Tudo indicava que aquilo não a levaria a parte alguma. Não havia nada que se relacionasse com o pedido de sr. Rafiel e que pudesse servir-lhe de ponto de partida — embora ainda não tivesse a mínima ideia do quê!

— Ah, meu Deus — exclamou Miss Marple, — que criatura mais irritante que o senhor é, sr. Rafiel!

Disse isso em voz alta, num tom positivamente de repreensão.

Mais tarde, porém, ao deitar-se na cama e aplicar a reconfortante bolsa de água quente na parte mais dolorida das costas reumáticas, tornou a falar — no que se podia quase chamar de um pedido de desculpas.

— Fiz todo o possível — disse.

Isso também em voz alta, com o ar de quem se dirige a uma pessoa que poderia perfeitamente estar ali, no quarto. Verdade que ele poderia estar em qualquer lugar, mas mesmo assim era possível que houvesse alguma comunicação telepática ou telefônica, e nesse caso, ia falar-lhe francamente e sem rodeios.

— Fiz tudo o que pude. O máximo, dentro dos meus limites, e agora tenho que deixar a coisa *ao seu critério*.

E aí instalou-se mais comodamente, estendeu a mão, apagou a lâmpada e pegou no sono.

V

INSTRUÇÕES DO ALÉM

DALI A TRÊS OU QUATRO DIAS veio uma carta pelo correio da tarde. Miss Marple pegou-a, fez o que habitualmente fazia — virá-la do outro lado, olhar o selo, examinar a caligrafia — e, chegando à conclusão de que não se tratava de nenhuma conta, abriu-a. Estava datilografada.

"Prezada Miss Marple.

Quando a senhora ler estas linhas, estarei morto e enterrado. Não cremado, o que já é um alívio! Sempre me pareceu impossível que a gente conseguisse se erguer das cinzas de uma bela urna de bronze, se tivesse vontade de assombrar alguém! Ao passo que a ideia de levantar-se de um túmulo para fazer o mesmo é perfeitamente plausível. Será que me sentirei tentado a proceder assim? Quem sabe. Sou bem capaz de querer entrar em contato com a senhora.

A esta altura, meus advogados decerto já a procuraram para apresentar-lhe certa proposta. Espero que a tenha aceitado. Do contrário, não fique cheia de remorsos. A senhora tem plena liberdade de escolher.

Esta carta deve chegar às suas mãos no dia 11 do corrente, isto se meus advogados cumprirem as instruções e o correio desempenhar as funções que dele se espera. Dentro de dois dias a senhora receberá um aviso de uma agência de turismo. Confio que o que lhe propuserem não lhe seja desagradável. Não preciso dizer mais nada. Prefiro que não tenha opiniões preconcebidas. Cuide-se bem. Acho que saberá fazer isso. A senhora é uma pessoa muito perspicaz. Boa sorte e que um anjo da guarda fique a seu lado, zelando pela senhora. Talvez necessite dele.

Seu amigo afetuoso,
J. B. Rafiel."

— Dois dias! — exclamou Miss Marple Parecia-lhe que o tempo não passava nunca. Mas o correio cumpriu com seu dever — e o mesmo aconteceu com as Casas e Jardins Célebres da Grã-Bretanha.

"Prezada Miss Jane Marple.

Em obediência a instruções que nos foram transmitidas pelo falecido sr. Rafiel estamos enviando-lhe os pormenores da nossa Excursão n.º 37 das Casas e Jardins Célebres da Grã-Bretanha que partirá de Londres na próxima quinta-feira, dia 17.

Caso lhe seja possível passar pelos nossos escritórios em Londres, a nossa funcionária sra. Sandbourne, encarregada de chefiar a excursão, terá o máximo prazer em lhe fornecer todos os dados e responder quaisquer perguntas.

Nossas excursões duram cerca de duas a três semanas e, na opinião de sr. Rafiel, a supracitada lhe será especialmente bem-vinda, uma vez que abrange uma região da Inglaterra que, no entender dele, a senhora ainda desconhece, e propicia a oportunidade de apreciar um cenário e jardins verdadeiramente deslumbrantes. Ele providenciou para que a senhora dispusesse das melhores acomodações e do máximo conforto disponível e ao nosso alcance.

Quem sabe daria para nos informar qual o dia mais conveniente para visitar nossos escritórios em Berkeley Street?"

Miss Marple dobrou a carta, guardou-a na bolsa, anotou o número do telefone, lembrou-se de umas amigas que tinha e ligou para duas delas. A primeira já havia feito excursões pelas Casas. e Jardins Célebres, e referiu-se à organização nos termos mais elogiosos; a segunda nunca tinha participado de nenhuma, mas possuía amigas que haviam viajado justamente por essa agência de turismo e diziam que era tudo muito bem organizado, embora meio caro, e não cansativo demais para as pessoas idosas. Depois telefonou para o número de Berkeley Street e avisou que passaria por lá na terça-feira da próxima semana.

No dia seguinte abordou o assunto com Cherry.

— Talvez eu vá viajar, Cherry — disse. — Numa excursão.

— Uma excursão? — estranhou Cherry. — Uma dessas viagens de turismo? Pelo estrangeiro, a senhora quer dizer?

— Não. Pelo interior — respondeu Miss Marple. — Mais para visitar casas e jardins históricos.

— Não acha meio arriscado para a sua idade? Essas coisas às vezes são muito cansativas, sabe? A gente tem de caminhar quilômetros.

— Estou muito bem de saúde — disse Miss Marple, — e sempre ouvi dizer que nessas excursões eles tomam o cuidado de propiciar intervalos de descanso para as pessoas que não sejam lá muito fortes.

— Bom, veja lá, hein? — retrucou Cherry. — Não queremos que caia por aí com um ataque cardíaco, mesmo que esteja admirando algum chafariz especialmente maravilhoso ou coisa que o valha. A senhora já anda meio velha, sabe, para fazer uma coisa dessas. Desculpe-me a franqueza, pode até parecer grosseria, mas nem gosto de pensar em vê-la morta só porque se esforçou demais ou sei lá mais o quê.

— Não precisa se preocupar — disse Miss Marple, com certa dignidade.

— Está bem, mas veja lá, hein? — advertiu Cherry.

Miss Marple arrumou uma mala apropriada, foi para Londres, hospedou-se num hotel modesto — (Ah, o Hotel Bertram — pensou com seus botões, — *aquilo* sim que era hotel! Ah, meu Deus, preciso esquecer todas essas coisas, até que o St. George é um lugar bastante agradável.) Apresentou-se em Berkeley Street na hora marcada e foi conduzida ao escritório, onde uma mulher simpática de uns trinta e cinco anos levantou-se para recebê-la, explicando-lhe que se chamava sra. Sandbourne e que estaria pessoalmente encarregada da tal excursão.

— Não sei se entendi bem — começou Miss Marple, mas essa viagem é... — hesitou.

Sra. Sandbourne, percebendo o seu constrangimento, logo esclareceu:

— Mas claro, eu deveria ter explicado melhor na carta que lhe mandamos. Sr. Rafiel já pagou todas as despesas.

— A senhora *sabe* que ele morreu, não? — perguntou Miss Marple.

— Sei, sim. Mas isso ficou combinado antes de sua morte. Ele falou que estava muito doente, mas queria proporcionar uma alegria a uma velha amiga que não havia tido a oportunidade de viajar tanto quanto decerto gostaria.

2

Dois dias mais tarde, Miss Marple, carregando sua pequena sacola de viagem e tendo entregado a elegante mala nova ao motorista, entrou no confortável ônibus de luxo que ia sair de Londres pelo lado noroeste da cidade. Pôs-se a ler a lista de passageiros anexa ao belo folheto que dava todos os detalhes sobre o itinerário cotidiano da excursão e continha várias informações referentes a hotéis, refeições, pontos de atração, e opções ocasionais para certos dias que, apesar do fato não estar sublinhado, no fundo sugeria que parte do itinerário destinava-se aos mais jovens e ativos, enquanto que a outra seria especialmente adequada a pessoas idosas, cujos pés incomodassem, que sofressem de artrite ou reumatismo e que preferiam ficar sentadas em vez de percorrer longas distâncias ou subir morros demais. Tudo isso com muito tato e senso de programação.

Miss Marple leu a lista de passageiros e observou seus companheiros de viagem. Não encontrou dificuldade para isso porque os outros também estavam fazendo a mesmíssima coisa. Todos se entreolhavam, mas pelo que Miss Marple pôde perceber, por enquanto ninguém tinha tomado nenhum interesse pessoal por ela.

Sra. Riseley-Porter
Srta. Joanna Crawford
Coronel Walker e senhora
Sr. e sra. H. T. Butler
Srta. Elizabeth Temple
Professor Wanstead
Sr. Richard Jameson
Srta. Lumley
Srta. Bentham
Sr. Caspar
Srta. Cooke
Srta. Barrow
Sr. Emlyn Price
Miss Jane Marple

Havia quatro senhoras de idade. Miss Marple começou por elas para eliminá-las da lista, por assim dizer. Duas viajavam juntas. Miss Marple calculou que tivessem uns setenta anos. Podiam ser mais ou menos consideradas como suas contemporâneas. Uma era positivamente do tipo que vive reclamando tudo, que exige lugares na frente do ônibus ou então faz questão de que sejam bem atrás. Que só quer sentar do lado que dá sol ou só suporta o que fica na sombra. Que insiste em abrir, ou fechar, as janelas. Tinham trazido cobertores de viagem, mantas de tricô e ampla variedade de guias. Eram meio inválidas e sempre com dores nos pés, nas costas ou nos joelhos, mas que mesmo assim nem a idade nem as doenças impediriam de aproveitar a vida enquanto pudessem. Velhas mexeriqueiras, mas definitivamente *não* do tipo caseiro. Miss Marple anotou essa observação na sua agenda.

Quinze passageiros, não contando ela e sra. Sandbourne. E uma vez que a haviam mandado nessa excursão de ônibus, pelo menos um desses quinze devia ter alguma importância. Seja como fonte de informações, ou então por ser relacionado com a lei ou com algum caso judicial, ou até mesmo por ser um criminoso. Um criminoso que talvez já houvesse cometido um crime ou que estivesse se preparando para cometê-lo. Com sr. Rafiel, pensou Miss Marple, tudo era possível! De qualquer modo, precisava anotar observações sobre essa gente toda.

Na página direita da agenda ela ia anotar as pessoas que fossem dignas de atenção do ponto de vista de sr. Rafiel e na esquerda incluiria ou eliminaria as que só pudessem apresentar interesse se fossem capazes de lhe fornecer uma informação útil. Que talvez nem sequer soubessem que possuíam. Ou então que, mesmo que possuíssem, ignorassem que possivelmente poderia ter serventia para ela, para sr. Rafiel, para a lei ou para a Justiça, com J maiúsculo. Reservaria as últimas páginas da agenda para alguma observação que quisesse anotar logo mais à noite, caso alguém a fizesse lembrar-se dos tipos que havia conhecido no passado em St. Mary Mead e noutros lugares. Quaisquer semelhanças poderiam fornecer uma sugestão útil. Já tinha acontecido isso em ocasiões anteriores.

As outras duas senhoras de idade viajavam, aparentemente, separadas. Ambas deviam andar pelos sessenta anos. Uma era bem conservada e bem vestida, de óbvia importância social não só na sua opinião como também na alheia. Falava em voz alta, ditatorial. Parecia dominar a sobrinha, uma moça de seus dezoito ou dezenove anos, que a chamava de tia Geraldine e que; segundo Miss

Marple observou, já estava evidentemente acostumada a aturar o despotismo da tia. Além de competente era bonita.

   Do outro lado do corredor, no lugar correspondente ao de Miss Marple, havia um homenzarrão de ombros largos e corpo desajeitado, que se diria feito de tijolos grossos, da maneira mais negligente, por uma criança ambiciosa. O rosto dava impressão de que a natureza queria que fosse redondo, antes que ele se rebelasse e decidisse obter um efeito quadrado, desenvolvendo uma poderosa mandíbula. Tinha cabeça grande, cabelos grisalhos e enormes sobrancelhas hirsutas que agitava para cima e para baixo a fim de sublinhar o que dizia. Seus comentários pareciam, de modo geral, sair numa série de latidos como se fosse um cão pastor tagarela. Dividia o assento com um moreno estrangeiro e alto que não parava de se mexer e gesticular. Falava um inglês muito esquisito, entremeado de vez em quando por comentários em francês e alemão. O mastodonte parecia perfeitamente capaz de enfrentar essas investidas em idioma estrangeiro, e defendia-se valentemente tanto em francês como em alemão. Lançando-lhes de novo um olhar rápido, Miss Marple chegou à conclusão de que o de sobrancelhas hirsutas devia ser o professor Wanstead e o estrangeiro irrequieto sr. Caspar.

   Sentiu curiosidade de saber o que discutiam com tanta animação, mas viu-se frustrada pela rapidez e ênfase da fala de sr. Caspar.

   O banco imediato estava ocupado pela outra senhora de sessenta anos, talvez mais, uma mulher alta, mas que mesmo que não fosse se destacaria no meio de qualquer multidão. Ainda era muito bonita, com o cabelo escuro e grisalho preso na nuca, puxado para trás de uma bela testa. Tinha a voz grave, clara, incisiva. Uma personalidade, pensou Miss Marple. Alguém! Sim, decididamente alguém.

   — Faz lembrar Dame Emily Waldron — disse consigo mesma.

   Dame Emily Waldron havia sido reitora de uma faculdade de Oxford e notável cientista, e Miss Marple, tendo-a encontrado certa vez em companhia do sobrinho, nunca mais pôde esquecê-la.

Continuou o levantamento dos passageiros. Havia dois casais, um americano, já maduro, simpático, com a mulher tagarela e o marido serenamente cordato. Tratava-se evidentemente de uma dupla que gostava de viajar e conhecer lugares novos, E um casal inglês, também já maduro, que ela classificou sem hesitar de militar reformado acompanhado da esposa. Assinalou-os na lista como coronel Walker e senhora.

No assento atrás de Miss Marple achava-se um homem magro e alto de seus trinta anos, que usava um vocabulário extremamente técnico: arquiteto, sem dúvida. Havia também duas senhoras, de certa idade, que viajavam juntas, instaladas mais para os fundos do ônibus. Comentavam o folheto, procurando ver o que a excursão lhes reservava em matéria de atrações. Uma era morena e magra, mas a outra, loura e de constituição robusta, pareceu vagamente familiar a Miss Marple. Perguntou-se onde a teria encontrado antes. Não conseguiu precisar a ocasião. Provavelmente em algum coquetel ou sentada à sua frente no trem. Não possuía nada de especial que a singularizasse.

Faltava apenas mais um passageiro para analisar: um rapaz que poderia ter, no máximo, dezenove ou vinte anos. Trajava roupa apropriada à sua idade e sexo: calças pretas justas e suéter roxo de gola *roulé*. A cabeça era uma vasta juba de cabelos negros desgrenhados. Olhava com curiosidade para a sobrinha da mulher autoritária — sendo que na opinião de Miss Marple, a sobrinha da mulher autoritária retribuía essa curiosidade com certo interesse. A despeito da preponderância de velhas mexeriqueiras e senhoras em idade madura havia, de qualquer forma, duas pessoas *jovens* entre os passageiros.

Pararam para almoçar num bom hotel à beira-rio, e o passeio turístico da tarde foi dedicado a Blenheim. Miss Marple já tinha visitado Blenheim duas vezes, de modo que poupou os pés, limitando-se a visitar interiores e passando logo a apreciar os jardins e o belo panorama.

Quando chegaram ao hotel onde deveriam pernoitar, quase todos os passageiros já se conheciam bastante bem. A eficiente sra. Sandbourne, sempre animada e incansável, apesar dos encargos da chefia dos passeios turísticos, desincumbia-se muito bem de seu papel, formando pequenos grupinhos onde procurava incluir os que dessem impressão de andarem meio abandonados, murmurando-lhes:

— Ah, mas é *preciso* que faça o coronel Walker descrever-lhe o jardim dele. Não imagina a coleção maravilhosa de fúcsias que de tem.

E ia aproximando as pessoas com rápidos comentários desse gênero.

Miss Marple agora já podia identificar todo mundo pelo nome. O das sobrancelhas hirsutas, tal como havia pensado, era de fato o professor Wanstead, e o estrangeiro, sr. Caspar. A mulher autoritária chamava-se sra. Riseley-Porter e a sobrinha, Joanna Crawford. O rapaz da vasta cabeleira era Emlyn Price e ele e Joanna pareciam estar descobrindo uma série de afinidades e aversões em comum, tais como opiniões categóricas sobre economia, arte, política e outros tópicos semelhantes.

As duas mexeriqueiras mais velhas foram aos poucos se fundindo numa única identidade aos olhos de Miss Marple. Discutiam alegremente suas artrites, reumatismos, dietas, médicos, e medicamentos receitados e patenteados, trocando ideias a respeito de antigos tratamentos caseiros que tinham dado certo quando tudo já parecia perdido. E as várias excursões que haviam feito pela Europa; os hotéis, as agências de turismo; e, finalmente, a comarca de Somerset, onde srta. Lumley e srta. Bentham moravam, e a dificuldade de encontrar um jardineiro que prestasse era simplesmente inacreditável.

As duas senhoras já maduras que viajavam juntas chamavam-se srta. Cooke e srta. Barrow. Miss Marple ainda continuava com a leve sensação de que uma delas, a loura, srta. Cooke, parecia-lhe familiar, mas não podia se lembrar onde a tinha visto antes. Vai ver, era mera impressão. Talvez fosse também apenas impressão, mas o inegável é que srta. Barrow e srta. Cooke procuravam evitá-la. Dir-se-iam meio ansiosas para se afastarem toda vez que ela se aproximava. Isso, naturalmente, *podia* ser pura imaginação sua.

Quinze pessoas, das quais pelo menos uma deveria, de certo modo, interessar. Naquela noite Miss Marple mencionou displicentemente o nome de sr. Rafiel na conversa para ver se alguém demonstrava qualquer reação, mas foi inútil.

A bonita sessentona ficou identificada como srta. Elizabeth Temple, diretora aposentada de um famoso colégio feminino. Miss Marple achou que ninguém tinha cara de criminoso, com a possível exceção de sr. Caspar, mas isso devido, provavelmente, a um preconceito seu contra estrangeiros. O rapaz magro chamava-se Richard Jameson e era arquiteto.

—Talvez amanhã eu tenha mais sorte — disse consigo mesma.

3

Foi deitar-se positivamente exausta. Fazer turismo pode ser agradável, mas também é cansativo, e tentar analisar quinze ou dezesseis pessoas de uma só vez, enquanto se fica imaginando qual delas estará relacionada com um crime, é mais cansativo ainda. A coisa tinha um toque de irrealidade tão grande na opinião de Miss Marple que levá-la a sério tornava-se impraticável. Toda aquela gente parecia absolutamente simpática, do tipo que sai em cruzeiros de navio e excursões, e tudo mais. Apesar disso, lançou outro olhar rápido e perfunctório à lista de passageiros, anotando algumas observações na agenda.

Sra. Riseley-Porter? *Impossível* relacioná-la com algum crime. Demasiadamente social e egocêntrica.

A sobrinha, Joanna Crawford? Idem? Muito eficiente, porém.

Mas sra. Riseley-Porter dispunha talvez de alguma espécie de informação que Miss Marple pudesse achar que apresentasse conexão com o assunto. Devia manter-se em termos cordiais com sra. Riseley-Porter.

Srta. Elizabeth Temple? Uma personalidade. Interessante.

Não lhe lembrava nenhum criminoso que já tivesse conhecido.

De fato — disse consigo mesma, — ela positivamente irradia integridade. Se chegasse a cometer um crime, teria que ser um crime célebre. Talvez por algum motivo nobre ou por um que ela julgasse nobre? — Mas isso também não era satisfatório. Srta. Temple, na sua opinião, sempre saberia o que estava fazendo, e por que, e jamais se deixaria levar por ideias tolas de nobreza quando se tratasse de uma pura questão de maldade. — Seja como for — disse Miss Marple, — ela é *alguém* e poderia... simplesmente *poderia* ser uma pessoa que sr. Rafiel gostaria que eu conhecesse por uma razão qualquer. — Anotou esse raciocínio na página do lado direito da agenda.

Trocou de ponto de vista. Tinha estado considerando a possibilidade de um criminoso — que tal a de uma vítima presuntiva? Quem se enquadrava nessa hipótese? Ninguém, pareceu-lhe. Talvez sra. Riseley-Porter possuísse qualificações: rica, bastante antipática. A sobrinha eficiente no mínimo ficaria com a herança. Ela e o anárquico Emlyn Price podiam aliar-se pela causa do anticapitalismo. Não era uma ideia lá muito crível, mas qual seria o outro candidato plausível?

O professor Wanstead? Um homem interessante, sem dúvida. E também amável. Cientista ou médico? Por enquanto ainda não dava para dizer, mas classificou-o provisoriamente como cientista. Ela própria não entendia nada do assunto, mas a ideia não lhe pareceu descabida.

Sr. e sra. Butler? Descartou-os. Americanos pacatos. Nenhuma ligação com ninguém nas Antilhas ou que ela já tivesse conhecido. Não, não achava que os Butlers pudessem ter relevância.

Richard Jameson? Era o arquiteto magro. Miss Marple não via que relação a arquitetura poderia ter com aquilo; embora talvez tivesse. Um esconderijo de padre[6], quem sabe? Uma das casas que iam visitar poderia ter um esconderijo de padre contendo um esqueleto. E sr. Jameson, sendo arquiteto, saberia a sua localização exata. E então a ajudaria a descobri-lo, ou vice-versa, terminando ambos por encontrar um cadáver.

— Ah, francamente — disse Miss Marple, — quanta bobagem que estou imaginando: srta. Cooke e srta. Barrow? Uma dupla perfeitamente comum. E no entanto estava certa de já ter visto antes uma delas, srta. Cooke. Ah, paciência, acabaria se lembrando.

O coronel Walker e a esposa? Gente simpática. Elemento reformado do exército. Sediado principalmente no estrangeiro. Bons para conversar, mas achava que ali não encontraria nada que lhe interessasse.

Srta. Bentham e srta. Lumley? As velhas mexeriqueiras. Era improvável que fossem criminosas, mas, sendo velhas solteironas, talvez soubessem uma porção de mexericos, ou tivessem alguma informação, ou até fizessem algum comentário revelador, mesmo que por acaso estivesse relacionado com reumatismo, artrite ou medicamentos patenteados.

Sr. Caspar? Possivelmente um tipo perigoso: Agitado demais. Ia mantê-lo na lista por enquanto.

Emlyn Price? Estudante, no mínimo. E os estudantes costumam ser muito violentos. Tê-la-ia sr. Rafiel colocado na pista de um estudante? Bem, isso talvez dependesse do que o estudante tivesse feito ou quisesse e pretendesse fazer: Um anarquista ferrenho, talvez.

— Ah, meu Deus — exclamou Miss Marple, subitamente exausta, — *tenho* que ir me deitar.

Doíam-lhe os pés e as costas, e a sua agilidade mental não estava, a seu ver, em plena forma. Pegou logo no sono. E passou a noite inteira sonhando. — Sonhou inclusive que as sobrancelhas

---

[6] Certas casas inglesas possuíam câmaras secretas no tempo em que os padres católicos estavam proscritos.

hirsutas do professor Wanstead tinham caído porque não eram verdadeiras. Ao acordar de novo, a primeira impressão que lhe veio foi a que sucede com tanta frequência depois de um sonho: a crença de que o sonho em questão havia solucionado tudo.

Mas claro — pensou, — *lógico!*

As sobrancelhas dele eram falsas e isso resolvia todo o problema. O criminoso era *ele*.

Depois, com tristeza, percebeu que tudo continuava no mesmo. O fato de as sobrancelhas do professor Wanstead terem caído não adiantava nada.

Agora infelizmente havia perdido o sono. Sentou-se na cama com certa determinação.

Suspirou, vestiu o roupão, trocou a cama por uma cadeira de encosto reto, tirou outra agenda um pouco maior de dentro da mala e pôs-se a trabalhar.

"O encargo que aceitei — escreveu — está certamente relacionado com alguma espécie de crime. Sr. Rafiel declarou isso claramente em sua carta. Disse que eu tinha um *faro* para a justiça, o que forçosamente pressupõe um faro para o crime. Trata-se, portanto, de crime e não, presumivelmente, de espionagem, fraude ou roubo, coisas que jamais encontrei pela frente e com as quais não tenho a menor relação, nem conhecimento ou talento especial para abordá-las. O que sr. Rafiel sabe a meu respeito é apenas o que ele já sabia durante o período de tempo que passamos juntos em St. Honoré. Ali estivemos ligados a um assassinato. Nunca me interessei pelo tipo de crime que a imprensa costuma divulgar. Nem tampouco leio livros sobre criminologia, assunto que aliás me deixa indiferente. Mas o acaso quis que me achasse por perto do crime com frequência bastante maior do que seria normal. Concentro a atenção de preferência em homicídios que envolvem amigos ou conhecidos. Essas curiosas coincidências que parecem perseguir a gente na vida não são tão raras assim. Me lembro que uma de minhas tias esteve em cinco navios que foram ao fundo e tive uma amiga que era o que se pode chamar de propensa a acidentes. Muitas pessoas se recusavam a andar de táxi com ela. Também pudera. Passou por quatro acidentes de táxi, três de automóvel e dois de trem. Parece que essas coisas têm tendência de acontecer com certas pessoas sem nenhum motivo aparente. Não me agrada registrar isto, mas dir-se-ia, realmente, que costumam suceder assassinatos, não comigo mesma, graças a Deus, mas quando me encontro por perto.

Miss Marple fez uma pausa, trocou de posição, colocou uma almofada nas costas, e prosseguiu:

"Preciso efetuar um levantamento tão lógico quanto possível desse encargo que aceitei. Minhas instruções, ou "ordens", como dizem meus amigos da marinha, por enquanto são muito imprecisas. Praticamente inexistentes. Por isso devo me fazer uma pergunta bem clara: o que vem a *ser* isso? Responda! *Não sei*. Curioso e interessante. Que maneira mais estranha de proceder, ainda mais para um homem como sr. Rafiel, habituado a tratar de operações comerciais e financeiras com êxito. Ele quer que eu adivinhe, que use meu instinto, que observe e obedeça as indicações que me forem dadas ou sugeridas.

"Portanto: ponto 1. Vou receber indicações — de um morto. Ponto 2. Meu problema se relaciona com *justiça*. Para corrigir uma injustiça ou desagravar o mal, trazendo-o à justiça. Isso está de acordo com o código *Nêmesis,* que me foi dado por sr. Rafiel.

"Depois das explicações preliminares, recebi minha primeira diretriz concreta. Antes de sua morte, sr. Rafiel preparou a minha participação na Excursão n.º 37 das Casas e Jardins Célebres. Por quê? Eis a pergunta que tenho de fazer. Seria por alguma razão geográfica ou territorial? Uma conexão ou uma pista? Alguma casa célebre, de modo especial? Ou algo relacionado com um jardim ou paisagem especial? Me parece pouco provável. A explicação mais plausível está nas *pessoas* ou numa das pessoas que participam desta excursão. Não conheço ninguém pessoalmente, mas uma delas ao menos deve ter relação com o enigma que preciso resolver. Alguém do nosso grupo esteve ligado ou comprometido com um crime.

Ou então possui informação ou vínculo especial com a vítima de um homicídio — podendo inclusive ser o próprio criminoso ou criminosa. De quem até agora ninguém desconfia."

Nesse ponto Miss Marple de repente parou. Sacudiu afirmativamente a cabeça. Agora estava satisfeita com os resultados provisórios de sua análise.

Podia dormir, portanto.

Acrescentou na agenda:

— Aqui finda o Primeiro Dia.

VI

AMOR

NA MANHÃ SEGUINTE VISITARAM uma pequena casa no estilo da Rainha Ana. O percurso até o local não foi muito demorado nem cansativo. Era uma construção cheia de encanto e tinha uma história interessante, além de um jardim lindíssimo, de contornos insólitos.

Richard Jameson, o arquiteto, tomou-se de amores pela beleza estrutural da casa e sendo o tipo do rapaz que gosta de escutar sua própria voz, fazia todo mundo parar praticamente em cada peça que entravam, ressaltando tudo quanto era cornija ou lareira e fornecendo dados e referências históricas. Certos participantes do grupo, a princípio reconhecidos, começaram a ficar meio impacientes à medida que a preleção um tanto monótona prosseguia. Alguns foram aumentando gradativamente a distância com toda a cautela até se manterem na retaguarda da comitiva. O guardião encarregado do prédio, nada satisfeito com o fato de um dos turistas lhe usurpar as funções, esforçava-se para retomar o controle da situação, mas sr. Jameson era inexorável. O guardião fez uma última tentativa.

— Foi aqui neste recinto, senhoras e senhores, conhecido como o Salão Branco, que encontraram um cadáver. O cadáver de um rapaz, que jazia apunhalado sobre o tapete da lareira. Isso lá por volta de mil e setecentos e tanto. Dizia-se que a Lady Moffat daquele tempo tinha um amante. Ele entrava por uma portinha lateral, vinha por uma escada íngreme até aqui e passava por um painel secreto da parede que havia à esquerda da lareira, Os dois pensavam que Sir Richard Moffat, o marido, andasse lá pelo outro lado do mar, nos Países Baixos. Mas ele voltou pra cá, chegou de repente e surpreendeu os dois em flagrante.

Fez uma pausa, ufano. Estava contente com a reação dos presentes, felizes por aquele intervalo nos detalhes arquitetônicos que vinham sendo forçados a engolir.

— Puxa, mas que coisa mais romântica, não é, Henry? — comentou sra. Butler com seu ressonante sotaque americano. — É mesmo, esta sala aqui tem uma *atmosfera,* sabe? A gente sente. Eu pelo menos sinto.

— Mamie é muito sensível a atmosferas — explicou o marido, todo orgulhoso, aos circunstantes. — Olhem, uma vez quando estávamos numa casa velha lá na Louisiana...

E lançou-se a pleno vapor à descrição da sensibilidade especial de Mamie. Miss Marple e algumas outras pessoas aproveitaram a oportunidade para sair discretamente da sala e descer a escadaria primorosamente modelada até o andar térreo.

— Uma amiga minha — disse Miss Marple a srta. Cooke e srta. Barrow que estavam a seu lado — passou por uma experiência terrível há poucos anos. Uma manhã deu com um cadáver na biblioteca.

— Alguém da família? — perguntou srta. Barrow. — Algum ataque epilético?

— Não, nada disso. Assassinato. Uma moça desconhecida, em traje de gala. Loura. Mas tinha o cabelo pintado. Na realidade era morena; e... ah.... — Miss Marple interrompeu a frase, com os olhos fixos na cabeleira loura de srta. Cooke que a echarpe deixava entrever.

Subitamente tinha-se lembrado. Sabia por que a fisionomia de srta. Cooke lhe era familiar e onde a havia visto antes. Só que naquela ocasião o cabelo de srta. Cooke estava escuro — quase preto. E agora era louro vivo.

Sra. Riseley-Porter, que vinha descendo a escada, passou por elas aos altos brados até pisar no último degrau e entrar no vestíbulo:

— Eu realmente não aguento mais esse sobe-e-desce — declarou, taxativa, — e andar por estes salões é muito cansativo. Se não me engano, os jardins daqui, embora nada vastos, gozam de grande fama nos meios de horticultura. Acho melhor ir vê-los sem perda de tempo. Pelo jeito não demora a ficar tudo nublado. Acho que teremos chuva antes do meio-dia.

A autoridade com que sra. Riseley-Porter manifestava sua opinião teve o resultado habitual. Todos os que se encontravam por perto ou ao alcance de sua voz seguiram-na docilmente, dirigindo-se ao jardim pelas portas envidraçadas da sala de refeições. Os jardins de fato mostraram-se à altura de tudo o que sra. Riseley-Porter tinha apregoado. Ela mesma se apoderou com firmeza do coronel Walker e tomou a dianteira com passo resoluto. Alguns foram atrás, outros enveredaram por alamedas no sentido oposto.

Miss Marple saiu chispando feito uma abelha, rumo a um banco de jardim que, além ele méritos artísticos, parecia oferecer proporções confortáveis. Instalou-se nele, aliviada, e o seu suspiro foi ecoado pelo de srta. Elizabeth Temple, que a havia seguido para ocupar o lugar a seu lado.

— Visitar casas é muito cansativo — disse srta. Temple. — A coisa mais cansativa do mundo. Ainda mais quando se tem que prestar atenção a um verdadeiro discurso em cada sala.

— Sim, mas tudo o que nos disseram foi muito interessante — retrucou Miss Marple, meio em dúvida.

— Ah, a senhora acha? — perguntou srta. Temple, virando-se um pouco e encarando-a.

Qualquer coisa então se passou entre as duas, uma espécie de *cumplicidade* — de compreensão misturada com alegria.

— Não concorda? — disse Miss Marple.

— Não — respondeu srta. Temple.

Desta vez estabeleceu-se definitivamente a cumplicidade entre ambas. Ficaram ali sentadas, como amigas, em silêncio. Não demorou muito Elizabeth Temple pôs-se a falar sobre jardins, especialmente sobre aquele ali.

— Foi planejado por Holland — informou, — lá por 1800 ou 1798. Morreu jovem. Uma pena. Tinha grande talento.

— É tão triste quando alguém morre jovem — comentou Miss Marple.

— Será? — disse Elizabeth Temple, de uma maneira curiosa, pensativa.

— Sim, eles perdem tanto — continuou Miss Marple. — Tantas coisas.

— Ou escapam de tantas — lembrou srta. Temple.

— Na idade em que já estou — disse Miss Marple, — tenho impressão de que é inevitável achar que a morte prematura implica numa grande perda.

— E eu — retrucou Elizabeth Temple, — depois de passar quase toda a minha existência no meio da juventude, considero a vida como um período de tempo completo em si próprio. Como foi mesmo que T.S. Eliot disse? O *momento da rosa e o momento do teixo têm a mesma duração.*

— Percebo o que quer dizer... Uma vida, seja qual for sua extensão, é uma experiência completa. Mas nunca lhe pareceu — hesitou, — que uma vida pudesse ficar incompleta por ter sido indevidamente encurtada?

— Sim, tem razão.

— Como as peônias são bonitas — disse Miss Marple, contemplando as flores a seu lado. — Essas pontas tão longas que têm... tão orgulhosas e no entanto tão maravilhosamente frágeis.

Elizabeth Temple virou a cabeça para ela.

— A senhora veio nesta excursão para ver as casas ou para ver os jardins? — perguntou.

— Acho que realmente para ver as casas — respondeu Miss Marple. — Vou gostar mais dos jardins, porém, mas as casas... são uma experiência inédita para mim. A variedade delas, a história de cada uma, e os lindos móveis e quadros antigos. — Acrescentou: — Um amigo generoso me proporcionou esta excursão. Estou muito grata. Não tenho visto muitas casas célebres em minha vida.

— Uma ideia realmente generosa — disse srta. Temple.

— Sempre costuma fazer essas excursões de turismo? — perguntou Miss Marple.

— Não. Pra mim esta não é propriamente uma excursão de turismo.

Miss Marple olhou-a com interesse. Entreabriu os lábios para falar, mas não fez a pergunta que ia fazer. Srta. Temple sorriu-lhe.

— Deve estar imaginando por que motivo, por que razão, estou aqui. Bem, por que não arrisca um palpite?

— Ah, eu não gostaria de fazê-lo — disse Miss Marple.

— Ora, tente, vamos — insistiu Elizabeth Temple. — Me interessaria. E muito, até. Veja se adivinha.

Miss Marple ficou algum tempo calada. Fixou o olhar com firmeza em Elizabeth Temple, procurando avaliá-la, pensativa. Por fim falou:

— O que vou dizer não tem nenhuma relação com o que sei a seu respeito ou com o que me informaram sobre a senhora. Sei que é uma pessoa muito famosa e que o seu colégio goza de grande prestígio. Não. Estou apenas tentando adivinhar pela sua aparência. Eu... eu a classificaria como uma peregrina. A senhora dá impressão de estar fazendo uma peregrinação.

Houve um silêncio e depois Elizabeth retrucou:

— Isso me descreve com perfeição. Sim. É exatamente o que estou fazendo. Uma peregrinação.

Miss Marple esperou um pouco e aí comentou:

— O amigo que me proporcionou esta excursão, pagando-me todas as despesas, já morreu. Chamava-se sr. Rafiel e era riquíssimo. Não o conheceu, por acaso?

— Jason Rafiel? Sim, de nome, claro. Mas não pessoalmente. Uma vez ele contribuiu com um grande donativo para um projeto educacional em que eu estava interessada. Fiquei muito grata. Como a senhora disse, era riquíssimo. Li no jornal a notícia da morte dele há poucas semanas. Quer dizer, então, que era velho amigo seu?

— Não — respondeu Miss Marple. — Faz pouco mais de ano que o conheci no estrangeiro. Nas Antilhas. Nunca soube grande coisa a respeito dele. Nem sobre a vida, a família ou quaisquer amigos íntimos que poderia ter. Um grande financista, sem dúvida, mas fora disso, ou pelo menos era o comentário geral, mantinha extrema reserva a respeito de si mesmo. A senhora não conheceu a família dele ou alguém que... — Miss Marple estacou. — Eu muitas vezes me pergunto, mas a gente não gosta de andar indagando, para não dar impressão de bisbilhoteira.

Elizabeth ficou um instante calada; depois disse:

— Uma vez conheci uma moça... que tinha sido minha aluna em Fallowfield, o meu colégio. Na verdade não era aparentada com sr. Rafiel, mas houve uma época em que esteve noiva do filho dele.

— E os dois não casaram? — perguntou Miss Marple.

— Não.

— Por quê?

— Talvez se poderia... se gostaria de dizer... que fosse por ela ser muito sensata. Ele não era o tipo do rapaz que se desejaria ver casado com uma moça por quem se tivesse estima. Ela era muito bonita e muito boa. Não sei por que não casou com ele. Nunca fiquei sabendo. — Suspirou e depois disse: — Enfim, ela morreu...

— De quê? — perguntou Miss Marple.

Elizabeth Temple fitou as peônias durante certo tempo. E respondeu com uma só palavra — que soou como o dobre pungente de um sino — a tal ponto que chegava a ser surpreendente.

— Amor! — disse.

Miss Marple estranhou, com veemência.

— Amor?

— Uma das palavras mais terríveis que existem neste mundo — disse Elizabeth Temple.

E repetiu, com voz amargurada, trágica:

— Amor...

VII

Um convite

MISS MARPLE DECIDIU ESQUIVAR-SE ao passeio da tarde.

Reconheceu que estava meio cansada e que não lhe faria falta visitar uma igreja antiga com vitrais do século XIV. Ia descansar um pouco e depois os encontraria no salão de chá que lhe tinham indicado na rua principal, sra. Sandbourne concordou que era a melhor solução.

Miss Marple, repousando num banco confortável diante do salão de chá, pôs-se a refletir sobre o que pretendia fazer a seguir e se seria ou não aconselhável fazê-lo.

Quando os outros apareceram à hora do chá, ela não teve problemas para formar discretamente um grupo com srta. Cooke e srta. Barrow. As três sentaram-se a uma mesa de quatro lugares. A quarta cadeira foi ocupada por sr. Caspar, que Miss Marple não considerava suficientemente familiarizado com a língua inglesa para que pudesse atrapalhar.

Debruçando-se sobre a mesa, a mordiscar uma fatia de pão suíço, Miss Marple disse a srta. Cooke:

— Sabe, tenho certeza *absoluta* de que já nos vimos antes. Andei pensando muito a respeito... já não sou tão boa fisionomista quanto fui, mas estou certa de que a encontrei em alguma parte.

Srta. Cooke fez uma cara amável, mas de dúvida. Olhou para a amiga, srta. Barrow. Miss Marple imitou-a. Srta. Barrow não demonstrou que possuísse dados que permitissem esclarecer o mistério.

— Não sei se já esteve na região em que eu moro — prosseguiu Miss Marple. — É em St. Mary Mead. Um lugarejo muito pequeno, sabe? Bem, hoje em dia, nem tanto, com todas essas construções que andam fazendo por aí. Fica pouco distante de Much Benham e a apenas quinze quilômetros da costa de Loomouth.

— Ah — fez srta. Cooke, — deixe-me ver. Bom, eu conheço Loomouth bastante bem e talvez...

De repente Miss Marple soltou uma exclamação de alegria.

— Mas *claro*! Um dia eu estava no jardim da minha casa em St. Mary Mead e a senhora conversou comigo quando passava pela rua. Disse que se achava hospedada lá, eu me lembro, em casa de uma amiga...

— Lógico — disse srta. Cooke. — Que estupidez a minha. Agora me recordo perfeitamente. Nós ainda falamos da dificuldade que se tem atualmente para encontrar alguém... que saiba cuidar de plantas, quero dizer... alguém que preste para alguma coisa.

— Sim. Mas a senhora não estava morando lá, não é? Apenas se achava hospedada em casa de alguém.

— É, eu estava em casa de... de... — srta. Cooke hesitou um pouco, com ar de quem não consegue lembrar um nome direito.

— De uma tal de sra. Sutherland, não foi? — sugeriu Miss Marple.

— Não, não, era... hum... sra...

— Hastings — disse srta. Barrow com firmeza, pegando uma fatia de bolo de chocolate.

Ah é, uma daquelas casas novas — concordou Miss Marple.

— Hastings — exclamou sr. Caspar, inesperadamente. Sorriu, radiante. — Já estive em Hastings... e em Eastbourne, também. — Tornou a sorrir. — Muito bonito... à beira-mar.

— Que coincidência — disse Miss Marple, — nos reencontrarmos tão cedo... que mundo pequeno, não é?

— Também pudera, do jeito que gostamos de jardins — comentou srta. Cooke vagamente.

— Flores lindas — continuou sr. Caspar. — Gosto muito... — Sorriu outra vez.

— E arbustos tão raros e bonitos — disse srta. Cooke.

Miss Marple lançou-se a todo vapor a uma conversa sobre certos aspectos técnicos de jardinagem — com a colaboração de srta. Cooke. De vez em quando srta. Barrow intercalava algum comentário.

Sr. Caspar recolheu-se a um sorridente silêncio.

Mais tarde, quando Miss Marple fez seu descanso habitual antes do jantar, ponderou sobre os dados que acabava de colher. Srta. Cooke *tinha* reconhecido que havia estado em St. Mary Mead. E que havia *passado* pela sua casa, admitindo que de fato era muita coincidência. Coincidência? repetiu Miss Marple, pensativa, girando a palavra na boca como faria uma criança com um pirulito cujo sabor quisesse definir. Seria coincidência? Ou teria ela algum motivo para aparecer lá? Não teria sido *enviada* por alguém? Nesse caso — a troco de quê? Estaria imaginando coisas ridículas?

Toda coincidência — disse consigo mesma, — é *sempre* digna de nota. Mais tarde posso descartá-la, se *for* só coincidência.

Srta. Cooke e srta. Barrow davam impressão de formarem uma dupla de amigas perfeitamente comum, empreendendo o tipo de excursão que, segundo elas, faziam todos os anos. No ano precedente tinham participado de um cruzeiro pelas ilhas gregas, e antes de uma excursão pelas tulipas da Holanda e de uma visita à Irlanda do Norte. Pareciam pessoas absolutamente simpáticas e normais. Mas srta. Cooke, na opinião de Miss Marple, por pouco havia negado que tivesse estado em St. Mary Mead. Tinha olhado para a amiga, srta. Barrow, como que à procura de orientação sobre o que devia dizer. Pelo visto era srta. Barrow que exercia a autoridade na relação de ambas...

Ah, é bem provável que eu esteja imaginando coisas — pensou Miss Marple. — Talvez nem tenham o menor significado.

De repente, sem querer, ocorreu-lhe a palavra perigo. Sr. Rafiel a tinha usado em sua primeira carta — mencionando na segunda qualquer coisa sobre a provável necessidade de recorrer a um anjo da guarda. Estaria correndo perigo nessa história — mas por quê? E da parte de quem?

Não de srta. Cooke e srta. Barrow, certamente. Duas criaturas de aspecto tão inofensivo.

Em todo caso, srta. Cooke *tinha* pintado o cabelo, e mudado de penteado. Disfarçando, tanto quanto possível, a aparência. O que era estranho, vamos e venhamos! Passou outra vez em revista seus companheiros de viagem.

Sr. Caspar, agora, tornava-se bem mais fácil imaginá-lo como perigoso. Será que compreendia inglês melhor do que demonstrava? Começou a ficar curiosa a respeito de sr. Caspar.

Miss Marple jamais conseguira se libertar por completo de sua formação vitoriana em matéria de estrangeiros. Com eles nunca se *sabia*. Uma sensação totalmente absurda, lógico — pois tinha muitos amigos em vários países estrangeiros. Mesmo assim...? Srta. Cooke, srta. Barrow, sr. Caspar, aquele rapaz de cabeleira selvagem — Emlyn não-sei-o-quê — revolucionário — anarquista praticante? Sr. e sra. Butler — americanos tão simpáticos — mas talvez — demasiadamente típicos para serem autênticos?

— Positivamente — disse Miss Marple — preciso me conter um pouco.

Fixou sua atenção no itinerário da excursão. Amanhã, pensou, vai ser um dia bastante carregado. Um passeio matinal de turismo, começando bem cedo; à tarde, uma caminhada longa, meio atlética, por uma estrada costeira. Certas plantas floríferas marinhas interessantes... Ia ser cansativo. O apêndice oferecia uma sugestão cheia de tato. Quem sentisse necessidade de descanso poderia permanecer no hotel do Javali Dourado, onde havia um jardim muito agradável, ou então fazer uma rápida excursão que levaria apenas uma hora, a um ponto de atração das redondezas. Achou que talvez faria isso.

Mas embora ainda não soubesse, seus planos iam sofrer uma súbita modificação.

No dia seguinte, quando Miss Marple desceu do seu quarto no Javali Dourado, depois de levar as mãos para ir almoçar, uma mulher de costume de *tweed* aproximou-se meio nervosa e perguntou-lhe:

— Desculpe-me, mas a senhora não é Miss Marple... Miss Jane Marple?

— Sim — respondeu Miss Marple, bastante surpresa.

— O meu nome é sra. Glynne. Lavinia Glynne. Moro perto daqui com duas irmãs e... bem, nós estávamos prevenidas sobre a sua chegada, sabe, e...

— Já sabiam que eu vinha? — interrompeu Miss Marple, cada vez mais admirada.

— Sim. Um velho amigo nosso nos avisou... ah, já faz algum tempo, deve ter sido há três semanas, mas ele nos pediu para anotar a data. A data da Excursão das Casas e Jardins Célebres. Disse que uma grande amiga dele... ou parente, não tenho bem certeza... participaria dessa excursão.

Miss Marple continuou com a mesma expressão atônita.

— Refiro-me a sr. Rafiel- explicou sra. Glynne.

— Ah! Sr. Rafiel — disse Miss Marple, — a senhora... a senhora sabe que...

— Que ele morreu? Sim. Uma pena. Assim que chegou a carta dele. Acho que decerto deve ter sido pouco depois de nos escrever. Mas sentimos uma *urgência* especial para procurarmos fazer o que ele tinha pedido. Ele sugeriu, sabe, que a senhora talvez gostasse de se hospedar algumas noites lá em casa. Esta parte da excursão é bastante carregada. Quer dizer, é muito boa, para as pessoas jovens, mas cansativa demais para qualquer pessoa já de certa idade. Implica em fazer vários quilômetros a pé e numa quantidade de escalagem por caminhos difíceis e lugares escarpados. A senhora nos dará uma grande alegria se for se hospedar conosco. A casa dista dez minutos daqui do hotel e tenho certeza de que poderíamos mostrar-lhe muitas coisas interessantes por aqui.

Miss Marple hesitou um pouco. Simpatizava com o aspecto de sra. Glynne, gordinha, bem-humorada e cordial, apesar de meio tímida. Além disso — seriam aquelas, mais uma vez, as instruções de sr. Rafiel? — o próximo passo que devia dar? Sim, com certeza devia ser.

Mas, não sabia por que, sentia-se nervosa. Talvez por que agora já estivesse mais familiarizada com as pessoas da excursão, sentindo-se parte do grupo, embora só as conhecesse há apenas três dias.

Virou-se para sra. Glynne, que continuava parada, ansiosa, à espera da resposta.

— Obrigada... é muita gentileza de sua parte. Terei o máximo prazer em aceitar.

VIII

AS TRÊS IRMÃS

MISS MARPLE FICOU PARADA, olhando da janela. Atrás dela, em cima da cama, estava a sua mala. Contemplava o jardim distraída. Não lhe era comum distrair-se enquanto admirava ou reprovava um jardim. Diante deste, provavelmente, não deixaria de manifestar sua reprovação. Era um jardim descuidado, onde talvez pouco dinheiro tivesse sido aplicado nos últimos tempos, abandonado à própria sorte. A casa, por sua vez, não fora mais bem aquinhoada. De boas proporções, possuía móveis que já deviam ter sido ótimos, mas que há muito não recebiam polimento nem atenção. Não se via nenhum vestígio de amor, pelo menos recente, por ali. Merecia o nome que lhe davam: o Velho Solar. Uma casa construída com graça e certa dose de beleza, que havia sido habitada e tratada com carinho, mas cujos filhos e filhas terminaram por casar e ir embora. E agora servia de morada a sra. Glynne que, ao conduzir Miss Marple ao quarto que lhe estava reservado, informou de passagem que a tinha herdado de um tio junto com as irmãs, em companhia de quem viera morar desde que enviuvara. As três envelheceram, os rendimentos foram escasseando e conseguir empregados transformou-se em problema.

As outras duas, senhoritas Bradbury-Scott — uma mais velha e a outra mais moça que sra. Glynne — haviam, presumivelmente, ficado solteiras.

Não se via nenhum indício de algo que pertencesse a uma criança: uma bola caída pelos cantos, um carrinho velho, uma cadeirinha alta, uma mesa. Nada. Apenas uma casa, com três irmãs.

— Que coisa mais russa — murmurou Miss Marple consigo mesma.

Queria referir-se às *Três Irmãs,* não era? De Tchécov, não? Ou seria de Dostoievski? Francamente, não se lembrava mais. Três irmãs. Mas não, evidentemente, do tipo que sonha com ir morar em Moscou. Tinha quase certeza de que estas viviam satisfeitas por ali mesmo. Já havia sido apresentada às outras duas. Uma surgira da cozinha e a outra do alto de uma escada, para cumprimentá-la. Eram educadas e amáveis. Em suma, o que Miss Marple na juventude designaria pelo termo hoje obsoleto de "damas" — e que certa vez lembrava-se de ter dito: "damas decaídas", ao que seu pai lhe chamara a atenção:

— Não, minha filha, *decaídas* não. Empobrecidas.

Hoje em dia é meio difícil encontrar damas empobrecidas. Elas têm o governo, sociedades beneficentes ou parentes ricos para ajudá-las. Quando não alguém como sr. Rafiel. Porque, afinal de contas, a questão se resumia nisso, era esse o motivo da sua presença ali, não? Sr. Rafiel tinha preparado tudo aquilo, dando-se um trabalho danado, na opinião de Miss Marple. Quatro ou cinco semanas antes de morrer, no mínimo já sabia exatamente a data de sua morte, de maneira aproximada, ao menos, uma vez que os médicos em geral são bastante otimistas e sabem, por experiência, que os pacientes que vão morrer dentro de certo prazo muitas vezes se refazem da maneira mais imprevista, continuando vivos, embora condenados, mas recusando-se tenazmente a baixar à sepultura. Em compensação, as enfermeiras que se encarregam deles nos hospitais, segundo a observação pessoal de Miss Marple, sempre esperam que morram no dia seguinte, ficando muito admiradas quando tal não acontece. Mas ao manifestarem suas sinistras impressões ao médico, são bem capazes de obter como resposta, mal ele sai no corredor, um aparte sigiloso como este: " — Eu não me surpreenderia se ainda levasse algumas semanas". Muito simpático esse otimismo, pensa a enfermeira, mas com certeza o doente está enganado. Só que na maioria das vezes não está, não.

Sabe que as pessoas que sentem dores, que se encontram inválidas, aleijadas, infelizes mesmo, ainda se agarram à vida com unhas e dentes, não querendo morrer. Tomam os comprimidos receitados para ajudá-las a passar a noite, mas não têm a menor intenção de exagerar a dose só para transpor o limiar de um mundo sobre o qual nada sabem!

Sr. Rafiel. Era nele que Miss Marple pensava contemplando o jardim distraída. Sr. Rafiel? Sentia que agora começava a compreender melhor a tarefa que aceitara, o encargo que lhe fora proposto. Sr. Rafiel era homem de fazer planos. E os fazia de maneira idêntica à que usava para seus negócios ou empreendimentos financeiros. Nas palavras de Cherry, a empregada, ele havia tido um problema. E quando Cherry tinha um problema, quase sempre vinha expô-lo a Miss Marple.

Mas esse era um problema que sr. Rafiel não podia tratar pessoalmente, o que devia tê-lo aborrecido muito, na opinião de Miss Marple, porque em geral ele não só podia como até insistia em tratar de tudo pessoalmente. Mas se estava de cama, já quase agonizante, providenciando sobre seus negócios, mantendo contato com seus advogados e subalternos, e com os amigos e parentes que porventura tivesse, alguma coisa ou alguém havia escapado do seu controle. Algum problema que não deu tempo de resolver, que não queria deixar inconcluso, algum plano que ainda pretendia pôr em execução. E que, pelo visto, nenhum recurso econômico, nenhuma transação comercial, nem mesmo os serviços profissionais de um advogado, seriam capazes de efetivar.

Aí então ele se lembrou de mim — pensou Miss Marple.

Mesmo assim, achava surpreendente. E muito, até. Porém, por outro lado, a carta dele tinha sido bem explícita: havia imaginado que ela possuía certas qualificações ideais para se desincumbir de determinado trabalho que, mais uma vez, estava forçosamente relacionado com algo especificamente criminoso ou que tivesse ficado abalado por um crime. A única outra coisa que ele sabia a seu respeito era que ela gostava muito de plantas. Mas seria difícil que fosse pedir-lhe para resolver um problema dessa natureza. O mais provável é que se tratasse de algo relacionado com crime. Sim — mas onde? Nas Antilhas? Na Inglaterra, perto da região onde ela morava?

O fato é que sr. Rafiel tinha tomado uma série de providências. A começar pelos seus próprios advogados, que, seguindo suas instruções, haviam enviado a Miss Marple, dentro do prazo estipulado, a carta deixada por ele. Uma carta muito bem pensada e elaborada. Teria sido mais simples, sem dúvida, dizer logo o que queria que ela fizesse, explicando inclusive os motivos. Sentia-se admirada, de certo modo, por não tê-la mandado chamar antes de morrer, provavelmente de forma bem categórica e mais ou menos mentindo sobre o que afirmaria ser o seu leito de moribundo, para então intimidá-la até que concordasse em aceder ao seu pedido. Mas não, essa não seria a sua maneira típica de agir. Miss Marple o considerava perfeitamente capaz de intimidar os outros — quem melhor do que ele? — mas não lhe parecia que fosse caso para intimidações e também tinha certeza de que sr. Rafiel tampouco havia de querer apelar, ou implorar para que lhe fizesse um favor, insistindo para que corrigisse algum erro. Não. Isso, mais uma vez, não seria típico da sua maneira de agir. Acreditava que ele quisesse pagar pelos serviços que julgava imprescindíveis — atitude que provavelmente tinha mantido durante toda a sua vida. Queria pagar-lhe e, portanto, deixá-la bastante interessada pelo trabalho que precisava ser feito. Mas oferecia-lhe o pagamento para aguçar-lhe a curiosidade, não propriamente para tentá-la. Era só para despertar-lhe o interesse. Ela não achava que ele tivesse pensado consigo mesmo: "Basta falar em dinheiro que ela logo salta em cima", pois Miss Marple sabia muito bem que embora o pagamento constituísse uma perspectiva extremamente agradável, não carecia dele com urgência. Para isso dispunha de um sobrinho querido e afetuoso. Quando ela precisasse reformar a casa, consultar algum médico especialista ou ter a alegria de receber um presente especial, sempre encontraria o seu caro

Raymond de prontidão. Não. A recompensa proposta teria que ser empolgante. Que causasse a mesma sensação de quem espera o resultado do Sweepstake Irlandês de bilhete na mão: uma soma enorme, maravilhosa, que ninguém sonha ganhar por outro meio que não seja a sorte.

Mas ainda assim, pensou Miss Marple com seus botões, além de contar com a sorte, precisava trabalhar muito, entregando-se a uma série de raciocínios e deduções, o que não excluía a hipótese de correr uma certa dose de riscos. Mas agora só lhe restava descobrir o que vinha a ser tudo aquilo, já que ele não podia mais explicar--lhe — quem sabe se, em parte, por não querer influenciá-la? É difícil explicar qualquer coisa a alguém sem revelar o próprio ponto de vista que se tem a respeito.

Talvez ele temesse que o dele pudesse estar errado. Não seria uma atitude típica de sr. Rafiel, mas era possível. Talvez desconfiasse de que a sua capacidade de julgar, enfraquecida pela doença, já não fosse tão boa quanto antes. E assim ela, Miss Marple, funcionando como uma espécie de agente, de emissária, devia fazer suas próprias conjeturas, tirar as suas próprias conclusões. Bem, que estava esperando, então? Por outras palavras, repetindo a pergunta: o *que vinha a ser tudo aquilo?*

Tinha sido orientada. Convinha começar por aí. E orientada por um homem que agora estava morto. E que a havia afastado de St. Mary Mead. Por conseguinte, fosse qual fosse o trabalho a fazer, não podia ser lá. Não era um problema localizado nas imediações, que pudesse resolver simplesmente procurando em recortes de jornal ou efetuando sindicâncias — desde que soubesse, é óbvio, do que se tratava. Tinha sido orientada, primeiro para ir ao escritório do advogado, depois para ler uma carta — duas, aliás — e, por fim, para empreender uma excursão agradável e bem organizada por algumas das Casas e Jardins Célebres da Grã--Bretanha. Que a havia trazido até ali, ao local onde se achava neste momento: o Velho Solar, em Jocelyn St. Mary, residência de srta. Clotilde Bradbury-Scott, sra. Glynne e srta. Anthea Bradbury-

—Scott. Sr. Rafiel tinha planejado isso de antemão, poucas semanas antes de morrer. Provavelmente fora a primeira coisa que fizera depois de dar instruções aos advogados e de reservar-lhe lugar na excursão. Portanto achava-se naquela casa com uma finalidade. Talvez fosse só por duas noites, talvez por mais tempo. Era possível que se formasse uma situação que a levasse a ficar mais ou a lhe pedirem que ficasse mais. O que a trazia de volta ao ponto em que se encontrava agora.

Sra. Glynne e suas duas irmãs. Deviam estar relacionadas, comprometidas, com o que quer que aquilo fosse. Teria que descobrir o que era. Não dispunha de muito tempo. Eis aí o único problema. Miss Marple não duvidava um instante sequer de sua capacidade para descobrir coisas. Ela era uma dessas velhotas tagarelas, avoadas, que as outras pessoas esperam que conversem, que façam perguntas que parecem ser mera bisbilhotice. Falaria de sua infância e isso levaria uma das irmãs a falar sobre a delas. Falaria dos pratos que mais apreciava, das empregadas que havia tido, das filhas, primas e parentes, das viagens, casamentos, nascimentos e — sim — mortes. Não devia demonstrar nenhum interesse especial ao ser informada de alguma morte. De modo algum. De maneira quase maquinal, estava certa de que se sairia com a reação certa — por exemplo: — "Ah, meu Deus, que coisa mais *triste!*" Teria de descobrir ligações, incidentes, episódios, para ver se surgia um que fosse sugestivo, por assim dizer. Poderia ter ocorrido ali por perto, sem nenhuma conexão direta com essas três irmãs. Alguma coisa que elas soubessem, sobre a qual falassem, ou fosse quase certo que falassem. Enfim, *alguma coisa* tinha de haver ali, uma pista, um ponto de partida. Dentro de dois dias voltaria a reunir-se à excursão, a menos que a essa altura surgisse alguma indicação de que *não* devia voltar. Sua imaginação passou da casa para o ônibus e seus passageiros. Talvez o que andasse procurando estivesse lá, e continuaria a estar quando voltasse. Uma pessoa, ou várias, algumas inocentes, outras nem tanto, algum episódio perdido no passado. Franziu um pouco a testa, tentando lembrar-se de uma coisa. Uma coisa que lhe ocorrera como um relâmpago ao pensar: positivamente, eu tenho certeza — do que era que havia tido certeza?

Tornou a concentrar-se nas três irmãs. Não devia ficar tanto tempo assim ali em cima. Tinha que tirar da mala o pouco de que necessitava para duas noites: uma muda de roupa para o jantar, o traje de dormir e a sacola da esponja de banho; depois desceria ao encontro das donas da casa e conversaria com toda a naturalidade. Mas antes precisava decidir uma coisa. As três seriam suas aliadas ou inimigas. Podiam ser tanto uma coisa como outra. Tinha que pensar seriamente naquilo.

Ouviu-se uma batida na porta e sra. Glynne entrou.

— Espero sinceramente que esteja bem instalada aqui. Não quer que a ajude a desarrumar a mala? Nós temos uma mulher muito boazinha para fazer a limpeza, mas ela só vem de manhã cedo. A senhora pode pedir que ela a ajude.

— Oh não, obrigada — disse Miss Marple. — Só tirei umas coisas que me são indispensáveis.

— Achei que devia mostrar-lhe de novo o caminho até lá embaixo. Esta casa é meio grande, sabe? Tem duas escadas, o que torna tudo mais difícil. Às vezes as pessoas chegam a se perder aqui dentro.

— Quanta gentileza — disse Miss Marple.

— Venha, então, para tomarmos um cálice de xerez antes do almoço.

Miss Marple aceitou, agradecida, e acompanhou a cicerone ao andar térreo. Sra. Glynne, a seu ver, era bem mais moça do que ela. Teria cinquenta anos, talvez. Não muito mais do que isso. Miss Marple foi pisando os degraus com cuidado, por causa do joelho esquerdo que sempre ficava meio vacilante. Mas havia um corrimão para se segurar. A escada era muito bonita e ela comentou:

— Realmente, que beleza de casa. Se não me engano, a construção é de 1700 e tanto, não?

— 1780 — confirmou sra. Glynne.

Parecia estar contente com a admiração de Miss Marple. Conduziu-a à sala de visitas, uma peça ampla e elegante, onde havia dois móveis de certo requinte: uma secretária estilo Rainha Ana e uma escrivaninha decorada com conchas de ostra, no estilo holandês em voga no tempo de Guilherme de Orange. Havia também uns divãs e armários da era vitoriana, pesados e incômodos. As cortinas de chitão já estavam desbotadas e um tanto gastas, e Miss Marple teve a impressão de que o tapete devia ser irlandês, possivelmente do tipo Limerick Aubusson. O sofá era maciço, com o veludo todo desfiado. As outras duas irmãs já se achavam sentadas nele. À entrada de Miss Marple, levantaram-se e vieram ao seu encontro, uma de cálice de xerez na mão e a outra para levá-la até a uma poltrona.

— Não sei se a senhora gosta de assento meio alto. Muita gente gosta.

— Gosto, sim — disse Miss Marple. — É bem mais cômodo. Por causa da coluna, sabe?

As irmãs pareciam familiarizadas com os problemas da coluna. A mais velha era uma mulher alta, morena, bonita, que usava coque. A outra talvez fosse bastante mais moça: magra, com o cabelo, que devia ter sido louro, mas agora estava grisalho, solto em desordem sobre os ombros, O que lhe dava um aspecto levemente fantasmagórico. Miss Marple achou que ela podia fazer sucesso no papel de uma Ofélia já velhusca.

Clotilde, na opinião de Miss Marple, sem dúvida nada tinha de Ofélia, mas daria uma Clitemnestra magnífica — capaz de apunhalar exultante o marido no banho. Mas como nunca fora casada, essa explicação não serviria. Miss Marple não conseguiu imaginá-la assassinando outra pessoa que não fosse o marido — e naquela casa não tinha existido nenhum Agamêmnon.

Clotilde Bradbury-Scott, Anthea Bradbury-Scott, Lavinia Glynne. Clotilde era bonita, Lavinia feia mas simpática, e Anthea tinha uma pálpebra que de vez em quando se contraía.

De olhos grandes e cinzentos, vivia se virando para os lados, e depois subitamente, de modo meio esquisito, para trás. Dava Impressão de que sentia alguém as suas costas, observando-a o tempo todo. Que estranho, pensou Miss Marple. E ficou um pouco curiosa a respeito de Anthea.

Sentaram-se e começaram a conversar. Sra. Glynne saiu da sala, dirigindo-se aparentemente à cozinha. Tudo indicava que tinha o espírito mais doméstico e ativo das três. A conversa tornou um curso normal. Clotilde Bradbury-Scott explicou que a casa era da família. Havia pertencido primeiro a um tio-avô, depois a um tio, que quando morreu deixou-a de herança para ela e suas duas irmãs, que então foram morar juntas.

— Ele só tinha um filho, sabe? — explicou srta. Bradbury-Scott, — que morreu na guerra. Nós somos de fato as últimas descendentes, à exceção de uns primos muito afastados.

— Uma casa de ótimas dimensões — disse Miss Marple. — Sua irmã me falou que foi construída por volta de 1780.

— Sim, creio que foi. Mas bem que gostaríamos que não fosse tão grande e espalhada, sabe?

— Ainda mais que qualquer reforma hoje em dia sai tão caro — disse Miss Marple.

— Pois é — suspirou Clotilde. — E tivemos que deixar que vários recantos simplesmente caíssem em ruínas. Uma tristeza, mas que se há de fazer? Uma porção de dependências externas, por exemplo, e uma estufa de plantas. Enorme, lindíssima.

— Que produzia uma uva moscatel maravilhosa — disse Anthea. — E com uma trepadeira de heliotrópios que cobria todas as paredes por dentro. Sim, eu francamente sinto muita falta daquilo. Claro que durante a guerra não se conseguiam jardineiros. Nós tínhamos um que era bem moço, mas depois ele foi convocado. É lógico que ninguém ficou reclamando por causa disso, mas mesmo assim tornou-se impossível consertar qualquer coisa, de modo que a estufa toda terminou vindo abaixo.

— E o pequeno jardim de inverno também.

As duas irmãs suspiraram, com ar de quem nota que o tempo passa e tudo muda — mas não para melhor.

Existe uma melancolia aqui nesta casa — pensou Miss Marple. — Não sei por que, mas ela está impregnada de tristeza — uma tristeza que não se pode afastar nem extirpar porque entranhou demais. E se abateu sobre tudo...

De repente sentiu um calafrio.

IX

Polygonum baldschuanicum

A REFEIÇÃO NADA TEVE DE ESPECIAL. Um pequeno pernil de carneiro com batata assada, seguido por uma torta de ameixas com creme e uma massa folhada meio insossa. Havia alguns quadros pendurados na sala de jantar. Retratos de família, calculou Miss Marple, pinturas vitorianas sem nenhum mérito especial. O aparador era grande e pesado, uma bela peça de mogno escuro. As cortinas eram de damasco vermelho e na vasta mesa, também de mogno, cabiam facilmente dez pessoas.

Miss Marple comentou os incidentes da excursão de que estava participando. Mas como fazia apenas três dias, não tinha muito o que dizer.

— Suponho que sr. Rafiel fosse seu amigo de longa data, não? — perguntou a mais velha das senhoritas Bradbury-Scott.

— Nem tanto assim — disse Miss Marple. — Conheci-o quando fiz uma viagem às Antilhas. Creio que ele se encontrava lá por motivos de saúde.

— Sim, ele já estava inválido há alguns anos — informou Anthea.

— Que tristeza — disse Miss Marple. — Que tristeza, mesmo. Eu realmente admirava a sua força de caráter. Não sei como conseguia trabalhar tanto. Imaginem que todos os dias ele ditava para a secretária e vivia passando telegramas. Parecia não se conformar de jeito nenhum com o fato de ser inválido.

— Que esperança — concordou Anthea.

— Nestes últimos anos quase não o vimos — disse sra. Glynne. — Também, andava sempre tão ocupado. Mas nunca se esquecia de nós no Natal. Tão amável!

— A senhora mora em Londres, Miss Marple? — perguntou Anthea.

— Oh, não — respondeu Miss Marple. — Eu moro no interior. Um lugarejo de nada, entre Loomouth e Market Basing. A uns trinta quilômetros de Londres. Antes era um povoado tranquilo muito bonito, mas naturalmente, como tudo mais, está ficando cada dia mais desenvolvido. — Acrescentou: — Se não me engano, sr. Rafiel morava em Londres, não é? Pelo menos reparei que no registro do hotel em St. Honoré o endereço dele era perto de Eaton Square, me parece, ou seria Belgrave Square?

— Ele tinha uma casa de campo em Kent — explicou Clotilde. — Creio que às vezes costumava receber hóspedes lá. Em geral, colegas de negócio, sabe, ou estrangeiros. Acho que nenhuma de nós jamais foi visitá-lo ali. Ele quase sempre nos recebia em Londres nas raras ocasiões em que por acaso nos encontrávamos.

— Ele foi tão amável — disse Miss Marple — em sugerir que me convidassem a vir cá durante a excursão. Muito atencioso. Ninguém podia esperar que um homem ocupado como ele fosse capaz de ideias tão gentis.

— Não é a primeira vez que convidamos amigos dele durante essas excursões. De modo geral, são muito previdentes na maneira de organizá-las. Mas é impossível, evidentemente, contentar todo mundo. Os jovens, lógico, gostam de caminhar, de dar longos passeios, de subir morros para apreciar o panorama, e toda essa espécie de coisa. Ao passo que os mais velhos nem sempre estão dispostos a fazer isso, e então permanecem nos hotéis. Só que os que existem por aqui não oferecem o mínimo conforto. Tenho certeza de que a senhora acharia a excursão de hoje, e também a de amanhã a St. Bonaventure, muito cansativas. Me parece que amanhã, inclusive, pretendem ir de barco até uma ilha, sabe, e o mar às vezes fica muito agitado.

— Mesmo andar visitando casas pode ser muito cansativo — lembrou sra. Glynne.

— A quem o diz — retrucou Miss Marple. — A gente não faz outra coisa senão caminhar. Fica-se com os pés em petição de miséria. Eu de fato acho que não devia me meter nessas viagens, mas quem é que resiste ver casas lindas, quartos e móveis maravilhosos, essas coisas todas? E certos quadros magníficos, claro.

— E os jardins — completou Anthea. — A senhora gosta de jardins, não gosta?

— Pois é — disse Miss Marple, — sobretudo os jardins. A julgar pela descrição no prospecto, estou ardendo de curiosidade para ver alguns dos jardins realmente bem conservados das casas históricas que ainda temos que visitar.

Sorriu para as três.

Estava tudo tão agradável, tão natural, e no entanto, não sabia por que, tinha uma sensação de tensão. Uma sensação de que havia qualquer coisa de anormal ali. Mas anormal como? A conversa era o que podia haver de mais banal, girando principalmente em torno de trivialidades. Tanto ela como as três irmãs só faziam observações convencionais.

As Três Irmãs, repetiu Miss Marple, pensativa. Por que será que toda ideia de trio de certo modo evoca uma atmosfera sinistra? *As Três Irmãs.* As três bruxas de *Macbeth.* Bem, mal podia-se compará-las com essas três ali. Embora Miss Marple no fundo sempre achasse que os produtores teatrais cometiam um erro na maneira de apresentar as três bruxas. Uma montagem a que tinha assistido, então, parecera-lhe simplesmente absurda. As bruxas davam mais impressão de personagens de pantomima com asas esvoaçantes e chapéus afunilados ridiculamente espetaculares. Dançavam e deslizavam de um lado para outro. Miss Marple lembrava-se de ter dito ao sobrinho, que a havia convidado para esse espetáculo shakespeariano: — Sabe, Raymond, se algum dia *eu* produzisse esta peça, as três bruxas seriam apresentadas de modo *bem* diferente, como velhas comuns, normais. Escocesas. Não sairiam dançando aos pinotes pelo palco. Elas se entreolhariam furtivamente, e a gente sentiria uma espécie de ameaça pairando por trás do jeito natural delas.

Miss Marple serviu-se da última garfada de torta de ameixas e olhou para Anthea do outro lado da mesa. Comum, desmazelada, com ar meio vago, um pouco avoada. Por que tinha que achá-la sinistra?

Estou imaginando coisas — disse Miss Marple consigo mesma. — Não devo fazer isso.

Depois do almoço, quiseram mostrar-lhe o jardim. Anthea ficou encarregada de acompanhá-la. Na opinião de Miss Marple, foi um passeio bastante triste. Ali, antigamente havia existido um jardim bem cuidado, embora decerto sem nada de especial ou notável. Com todos os elementos de um jardim típico da era vitoriana. Uma série de arbustos, uma alameda de loureiros salpicados, onde sem dúvida outrora se viam gramados e caminhos impecáveis, e uma horta de uns cento e cinquenta metros quadrados, grande demais, evidentemente, para as três irmãs que agora moravam ali. Parte dela estava abandonada, quase toda entregue a ervas daninhas. O capim já tinha tomado conta da maioria dos canteiros e Miss Marple mal podia conter a vontade de arrancar os carrapichos esparsos que impunham a sua superioridade.

O vento ondulava os cabelos compridos de srta. Anthea, deixando de vez em quando cair um grampo aqui e ali no caminho ou na grama. Ela falava por frases entrecortadas.

— A *senhora,* no mínimo, deve ter um jardim muito bonito — disse.

— Ah, é um jardinzinho de nada — retrucou Miss Marple.

Vinham caminhando por uma trilha coberta de relva e pararam diante de uma espécie de montículo que terminava no limite do muro.

— A nossa estufa de plantas — anunciou srta. Anthea, pesarosa.

— Ah é, onde havia aquela parreira que dava uma uva deliciosa, não?

— Três — corrigiu Anthea. — Uma hamburguesa preta e uma dessas brancas, pequenas, muito doces, sabe. E uma terceira, moscatel, linda.

— E um heliotrópio, a senhora disse.

— Uma trepadeira de heliotrópios — frisou Anthea.

— Pois é. Que tem um cheiro tão bom. Não houve nenhum problema com os bombardeios por aqui? Não foram eles que... hum... derrubaram a estufa?

— Oh não, nós nunca passamos por nada disso. Esta região ficou totalmente livre das bombas. Não, eu acho que ela simplesmente veio abaixo. Fazia pouco tempo que estávamos aqui e não tínhamos dinheiro para mandar consertar ou reconstruir. E de fato nem valia a pena mesmo, porque não poderíamos conservá-la direito, por mais que quiséssemos. Acho que simplesmente deixamos que ruísse por terra. Não havia mais remédio. E agora, como vê, as macegas tomaram conta de tudo.

— Pois é. Está completamente coberta por... que planta rasteira é aquela que está começando a florir?

— Ah, é muito comum — respondeu Anthea. — Começa por P. Ora, como é o nome? — disse, em dúvida. — Poly não-sei-o--quê, uma coisa assim.

— Espere. Acho que sei. *Polygonum Baldschuanicum*. Me parece que cresce bem rápido, não é? Muito útil realmente. se a gente quer esconder uma construção em ruínas ou qualquer coisa feia desse tipo.

O montículo à sua frente estava sem dúvida espessamente coberto por aquela planta que floria verde e branca e envolvia tudo. Era, como Miss Marple bem sabia, uma espécie de ameaça a tudo mais que quisesse crescer. O *Polygonum* cobria tudo, com uma rapidez incrível.

— A estufa devia ser bem grande — comentou.

— Ah é... também dava pêssegos... de qualidades raras, até.

Anthea fez uma cara desolada.

— Mas agora está tão bonita — disse Miss Marple, à guisa de consolo. — Essas florzinhas brancas são lindas, não acha?

—Tem um pé de magnólia que é uma beleza no fim desta trilha, à esquerda — disse Anthea. — Se não me engano, antigamente havia uma sebe magnífica aqui... toda fechada. Mas isso é outra coisa que não se pode mais ter hoje em dia. Está tudo mudado... não tem mais graça... em lugar nenhum.

Tomou rapidamente a dianteira por um caminho que dobrava à direita, ao longo do muro. Tinha apressado o passo. Miss Marple mal conseguia acompanhá-la. Parecia-lhe que estava sendo deliberadamente afastada do montículo do *Polygonum* pela dona da casa. Como se aquilo ali fosse um lugar feio ou desagradável. Quem sabe não estaria envergonhada pela ausência do esplendor antigo? O *Polygonum* indubitavelmente crescia sem o menor controle. Dava impressão de que ninguém se lembrava de cortá-lo ou mantê-lo dentro de proporções razoáveis. Transformava aquela parte do jardim num ermo florido.

Até parece que ela está fugindo dele, pensou Miss Marple, ao seguir a dona da casa. De repente desviou a atenção para um chiqueiro abandonado, cercado por estacas de roseira.

— Meu tio-avô criava porcos — explicou Anthea, — mas é lógico que hoje em dia a gente nem se atreve mais a fazer uma coisa dessas, não é mesmo? Seria muito barulhento, inclusive. Nos temos umas rosas plantadas perto da casa. Eu realmente acho que elas são uma grande solução para esse tipo de problema.

— Ah, é — concordou Miss Marple.

E citou o nome de alguns cruzamentos recentes em matéria de rosas. Pareceu-lhe que srta. Anthea os ignorava por completo.

— A senhora sempre faz essas excursões?

A pergunta veio de repente.

— Refere-se às excursões de casas e jardins?

— É. Tem gente que faz todos os anos.

— Ah, que esperança. Sai meio caro, sabe? Um amigo teve a gentileza de me dar esta de presente, pra festejar o meu próximo aniversário. Tão amável!

— Ah. Bem que eu estava imaginando. Não sabia *por que* a senhora tinha feito. Quero dizer... deve ser bastante cansativo, não? Mas se está acostumada a ir às Antilhas, a lugares assim...

— Ah, mas as Antilhas também foram um presente. Só que dessa vez por parte de um sobrinho. Um encanto de rapaz. Tão cheio de considerações com sua velha tia.

— Ah, compreendo. Sim, compreendo.

— Não sei o que se faria sem essa nova geração — disse Miss Marple. — São tão amáveis, não é mesmo?

— Eu... eu creio que sim. Para falar com franqueza, não sei. Eu... nós não temos... nenhum parente que seja jovem.

— A sua irmã, a sra. Glynne, não tem filhos? Ela não me falou se tinha. A gente não gosta de estar perguntando.

— Não tem, não. Ela e o marido nunca tiveram. Talvez até tenha sido melhor.

O que será que ela quis dizer com isso? — perguntou-se Miss Marple, enquanto voltavam à casa.

X

"AH! QUE BOM, QUE LINDO QUE ERA ANTIGAMENTE"

NO OUTRO DIA DE MANHÃ, ÀS OITO E MEIA, ouviu-se uma batida de leve na porta.

— Entre — disse Miss Marple.

A porta se abriu e apareceu uma velha, trazendo a bandeja com o bule de chá, uma xícara, uma jarra de leite e um pratinho com pão e manteiga.

— É o chá da senhora — anunciou, toda alegre. — Está fazendo uma manhã tão bonita que só vendo. Ah, já abriu as cortinas. Então, dormiu bem?

— Muito bem mesmo — respondeu Miss Marple, largando um livrinho de devoção que estava lendo.

— Pois está fazendo um dia bonito que só vendo. O pessoal que vai aos rochedos de Bonaventure teve muita sorte. Ainda bem que a senhora desistiu de ir. As pernas ficam doendo que não é brinquedo.

— Estou contentíssima por estar aqui — disse Miss Marple. — As senhoritas Bradbury-Scott e sra. Glynne foram muito amáveis em me convidar.

— Ah, pois é, pra elas também foi bom. Assim pelo menos elas se animam tendo um pouco de companhia em casa. Isto aqui hoje em dia anda tão triste que só vendo.

Abriu mais as cortinas da janela, recuou uma poltrona e esvaziou uma lata de água quente na bacia de porcelana.

— Lá em cima há um banheiro — disse, — mas nós achamos que é sempre melhor para uma pessoa já idosa ter a sua água quente aqui, para não precisar subir a escada.

— Puxa, quanta gentileza...Você conhece bem esta casa?

—Vim pra cá quando moça... eu era a arrumadeira, então. Tinha três criadas... uma cozinheira, uma arrumadeira... uma copeira... e houve época que também tinha uma ajudante na cozinha. Isso foi no tempo do velho coronel. Ele inclusive criava cavalos e tinha um empregado só para cuidar deles. Ah, aquilo sim que era vida. É uma tristeza quando as coisas acontecem do jeito que aconteceram. O coronel perdeu a mulher ainda jovem. O filho morreu na guerra e a única filha foi morar lá do outro lado do mundo. Casou com um neozelandês, mas morreu de parto, e a criança também. Ele ficou muito tristonho, vivendo aqui sozinho, e não cuidou mais da casa... ninguém a conservou como devia. Quando o coronel morreu, deixou ela de herança para as sobrinhas, e srta. Clotilde e srta. Anthea se mudaram pra cá... depois srta. Lavinia perdeu o marido e também veio morar aqui... — suspirou e sacudiu a cabeça. — Elas nunca fizeram muito pela casa não tinham com quê... e aos poucos o jardim foi se estragando.

— Que lástima tudo isso — disse Miss Marple.

— Ainda mais com umas moças tão boas como elas... Srta. Anthea é meio avoada, mas srta. Clotilde cursou a universidade e tem muita cabeça... fala três idiomas... e sra. Glynne é pra lá de simpática. Eu pensava que as coisas fossem melhorar quando ela veio pra cá. Mas não dá pra gente prever o futuro, não é? Às vezes eu acho que esta casa foi amaldiçoada.

Miss Marple fez uma cara de curiosidade.

— Primeiro uma coisa e depois outra. O horrível desastre de avião... lá na Espanha... matando todo mundo. Que coisa medonha esses aviões... eu é que nunca viajaria neles. Os dois amigos de srta. Clotilde morreram, eram marido e mulher... a filha, felizmente, estava interna no colégio, e escapou, mas srta. Clotilde trouxe ela pra morar aqui e fez tudo por ela.Viviam viajando pelo estrangeiro... na Itália e na França, tratando a menina como se fosse uma filha. Era tão feliz... tinha um caráter tão meigo. Quem havia de imaginar que pudesse acontecer uma coisa tão terrível!

— Uma coisa tão terrível? Qual? Aconteceu aqui?

— Não, aqui não, graças a Deus. Embora de certo modo se possa dizer que *sim*. Foi aqui que ela conheceu ele. Ele morava na vizinhança... e as moças conheciam o pai dele, que era um homem muito rico, e então ele veio fazer uma visita... e aí começou...

— Os dois se apaixonaram?

— Sim, ela se apaixonou por ele na mesma hora. Ele era um rapaz de aspecto atraente, com um jeito simpático de falar e de passar o tempo. Quem é que podia imaginar... quem que ia pensar por um instante sequer... — não terminou a frase. .

— Os dois tiveram um romance? E a coisa não deu certo? A moça se suicidou?

— Se suicidou?

A velha arregalou os olhos, assombrada.

— Ora, quem lhe disse *isso?* Ela foi assassinada, isso sim. Pura e simplesmente. Assassinada. Estrangularam e esmigalharam a cabeça dela até sangrar. Srta. Clotilde teve que ir identificar o corpo... e desde então nunca mais foi a mesma. Encontraram o cadáver a uns bons quarenta quilômetros daqui... entre as moitas de uma pedreira abandonada. E consta que não era o primeiro crime que ele cometia. Tinha havido outros. Ela ficou desaparecida durante seis meses. E a polícia procurando por tudo quanto é canto. Ah! Ele foi um verdadeiro demônio... nunca prestou, desde o dia em que nasceu, ou pelo menos parece. Agora dizem que eles não sabem o que fazem... não regulam bem da cabeça, e que não são responsáveis. Pois sim! Pra mim, quem mata não deixa de ser assassino. E nem querem mais enforcar esses bandidos. Eu sei que muitas vezes há casos de loucura nas famílias antigas... teve os Derwents, lá em Brassington... de duas em duas gerações, tem um que sempre morre no hospício... e a velha sra. Paulett, que vivia caminhando pelo campo com uma tiara de brilhantes na cabeça, dizendo que era Maria Antonieta, até que acabaram com a alegria dela. Mas não havia nada de realmente errado com a coitada... apenas maluquice. Agora, esse rapaz... nem tem dúvida, era um verdadeiro demônio.

— E o que fizeram com ele?

— A essa altura já tinham acabado com a forca... ou então ele era muito moço demais. Não me lembro bem. Acharam que era culpado. Deve ter ido pra Bostol ou Broadsand... um desses lugares que começam com "B". Foi pra lá que ele foi.

— Como era o nome dele?

— Michael... não me lembro do sobrenome. Já faz dez anos que isso aconteceu... a gente se esquece. Um nome meio Italiano... que nem um quadro. Alguém que pinta quadros...

Raffle, me parece...

— Michael Rafiel?

— Isso mesmo! Correu boato que o pai era tão rico que conseguiu tirar ele da cadeia. Uma fuga que nem aquela famosa dos Assaltantes do Banco. Mas eu acho que foi pura conversa fiada...

Então não havia sido suicídio, mas assassinato. "Amor!" — indicara Elizabeth Temple como a causa da morte da moça. De certo modo tinha razão. Uma garota que se apaixona por um assassino — e por amor a ele termina sendo vítima incauta de uma morte atroz.

Miss Marple estremeceu de leve. Na véspera, ao passar pela rua do povoado, havia lido num cartaz de jornaleiro: CRIME EM EPSON DOWNS. DESCOBERTO O CADÁVER DA SEGUNDA MOÇA. POLÍCIA INTERROGA RAPAZ.

A história, portanto, se repetia. Uma coisa tão velha — e tão medonha. Vieram-lhe à memória, intermitentes, uns versos antigos já quase esquecidos:

Luminosa Mocidade,
Pálida, arrebatada,
Sonoro ímpeto,

Em silenciosa anseada,
Criatura de sonho,
De conto de fada,
Ah, dizei-me onde,
Em que idade,
Se vê algo tão belo, frágil,
Como a luminosa Mocidade.

Quem estava lá para defender a Mocidade contra a Dor e a Morte? A Mocidade que não é, que nunca foi capaz, de se defender. Seria por saber tão pouco? Ou por saber demais? E que, por isso, julgava que nada tinha a aprender?

2

Miss Marple, ao descer a escada naquela manhã, provavelmente um pouco mais cedo do que esperavam, não encontrou nenhum sinal de vida. Saiu pela porta da frente e deu uma volta em torno do jardim. Não porque realmente gostasse dele, mas pela vaga sensação de que ali havia uma coisa que devia notar, que lhe daria alguma ideia, ou que já lhe dera, só que não — bem, francamente, só que não fora bastante inteligente para perceber que ideia luminosa teria sido essa. Uma coisa que precisava reparar, uma coisa que possuía um significado.

De momento não estava com vontade de ver nenhuma das três irmãs. Queria refletir sobre certos fatos. Sobretudo o que ficara sabendo por intermédio de Janet durante o chá matinal.

Saindo por um portão lateral que encontrou aberto, tomou a rua do povoado, passando diante de uma série de lojinhas até chegar ao local onde se erguia a torre de um campanário, indicando a igreja e o cemitério. Empurrou a grade do alpendre e pôs-se a perambular entre os túmulos, alguns muito antigos, outros, perto do muro ao fundo, mais recentes, e um ou dois, do lado de lá, no que era evidentemente um novo terreno cercado. Não havia nada de grande interesse entre os mais antigos. Como sempre ocorre nesses lugarejos do interior, certos nomes se repetiam com maior frequência. Ali se achavam enterrados vários Princes, naturais da localidade. Jasper Prince, saudades eternas. Margery Prince, Edgar e Walter Prince, Melanie Prince, de 4 anos de idade. Uma crônica de família. Hiram Broad — Ellen Jane Broad, Eliza Broad, 91 anos.

Ao se afastar desse último avistou um ancião andando lentamente entre os túmulos, arrumando aqui e ali enquanto caminhava. Acenou para ela e disse "bom dia".

— Bom dia — respondeu Miss Marple. — Que manhã agradável, não é?

— Sim, mas acho que vai chover — disse o velho.

Falava com inabalável certeza.

— Parece que tem uma porção de Princes e Broads enterrados aqui — comentou Miss Marple.

— Ah, pois é, os Princes sempre moraram aqui. Antigamente possuíam muitas terras. Já faz tempo também que os Broads se radicaram nesta região.

— Vi o túmulo de uma menina. É tão triste quando a gente encontra a sepultura de uma criança.

— Ah, deve ser o da pequena Melanie. Todo mundo a chamava de Mellie. Sim, foi uma morte triste. Morreu atropelada. Saiu correndo na rua pra comprar doce na confeitaria. Isso é tão frequente hoje em dia, com esses carros andando por aí na disparada.

— É triste pensar na quantidade de gente que morre a toda hora. E só se nota mesmo quando se começa a olhar as inscrições no cemitério. Doença, velhice, crianças atropeladas, às vezes coisas ainda mais pavorosas. Mocinhas mortas. Assassinadas, quero dizer.

— Ah, pois é, isso é o que não falta. Umas bobinhas, a meu ver. E hoje em dia as mães nem têm tempo de cuidar delas direito... também pudera, vivem trabalhando fora.

Miss Marple até que concordava com a crítica, mas não queria perder tempo com discussões sobre os costumes modernos.

— Está hospedada no Velho Solar, não é? — perguntou o ancião. — Vi quando a senhora chegou com o ônibus da excursão. Mas decerto não aguentou o programa, não é? Algumas pessoas já de certa idade nem sempre aguentam.

— De fato — confessou Miss Marple, — achei a coisa meio cansativa, mas um amigo meu, extremamente gentil, sr. Rafiel, escreveu a umas amigas que tinha aqui e elas me convidaram para passar uns dois dias lá com elas.

O nome Rafiel evidentemente não significava nada para o velho jardineiro.

— Sra. Glynne e as duas irmãs dela têm sido muito amáveis comigo — continuou Miss Marple. — Se não me engano, já moram aqui há muito tempo, não?

— Nem tanto. Há uns vinte anos, no máximo. O Velho Solar pertencia ao falecido coronel Bradbury-Scott. Ele estava com quase setenta anos quando faleceu.

— Não tinha filhos?

— Teve um, que morreu na guerra. Foi por isso que a casa ficou para as sobrinhas. Não havia mais ninguém pra quem deixar.

E voltou a trabalhar entre os túmulos.

Miss Marple entrou na igreja. Tinha caído nas mãos de um restaurador vitoriano e as janelas estavam cheias de vitrais coloridos da época. Do passado, restava apenas uns bronzes e algumas placas pelas paredes.

Miss Marple sentou-se num banco incômodo e ficou pensando.

Estaria na pista certa? As coisas começavam a se concatenar — mas os pontos de contato não estavam nada nítidos.

Uma moça tinha sido assassinada — (aliás, várias moças tinham sido assassinadas) — um rapaz suspeito havia sido detido pela polícia para "auxiliá-la nas investigações" — como se diz hoje em dia. Um quadro comum. Mas tudo isso era uma história antiga, que remontava a dez ou doze anos atrás. Agora já não havia mais nada a descobrir, nenhum problema a solucionar.

Uma tragédia rotulada e encerrada. Que poderia fazer? O que seria que sr. Rafiel queria que ela fizesse?

Elizabeth Temple... Precisava conseguir que Elizabeth Temple lhe contasse mais coisas. Elizabeth tinha falado de uma moça que havia estado noiva de Michael Rafiel. Mas seria realmente assim? As moradoras do Velho Solar pareciam ignorar esse fato.

Miss Marple pensou noutra versão mais plausível — o tipo da história que acontecia com tanta frequência em seu próprio povoado. Que começava sempre da mesma maneira: um rapaz conhecia uma moça. Com as consequências de praxe...

E aí a moça descobre que está grávida — disse Miss Marple consigo mesma, — revela ao rapaz e pede para que ele case com ela. Mas acontece que ele não quer nada disso... a ideia de casar nunca lhe passou pela cabeça. E aí então talvez se veja numa situação crítica. O pai dele, por exemplo, talvez nem queira ouvir falar numa coisa dessas. Os parentes da moça vão insistir para que ele "cumpra com o seu dever". E a essa altura ele já está cansado dela... talvez até já tenha conhecido outra. E assim opta por uma solução rápida, brutal — estrangula a coitada, batendo-lhe com a cabeça até sangrar para evitar que seja identificada. Combina com a ficha que ele tem — um crime sórdido, terrível — *mas* que todo mundo já esqueceu e arquivou.

Olhou em torno da igreja em que estava sentada. Parecia tão tranquila. Mal dava para se acreditar na realidade do Mal. Um *faro* para o Mal — fora isso que sr. Rafiel lhe atribuíra. Levantou-se, saiu da igreja e ficou de novo parada, contemplando o cemitério. Ali, entre as lápides funerárias e suas inscrições quase apagadas, nenhuma sensação de presença do Mal a abalava.

Seria o que tinha pressentido na véspera, no Velho Solar? Aquela melancolia profunda, desesperada, aquela tristeza soturna, angustiada. Anthea Bradbury-Scott, olhando para trás, como se temesse alguém que estivesse ali — que sempre estivesse ali — às suas costas.

Aquelas Três Irmãs sabiam qualquer coisa — mas o quê?

Elizabeth Temple, lembrou-se de novo. Imaginou Elizabeth Temple com o resto do grupo, a percorrer as colinas naquele instante, subindo por uma trilha íngreme para ir contemplar o mar do alto dos penhascos.

No dia seguinte, quando se reunisse à excursão, faria com que Elizabeth Temple lhe contasse mais coisas.

Miss Marple voltou ao Velho Solar pelo mesmo trajeto, só que agora com passo mais lento, pois sentia-se cansada. Não podia realmente achar que a manhã tivesse sido, sob qualquer aspecto, produtiva. Por enquanto o Velho Solar não lhe tinha dado nenhuma ideia nítida, apesar daquela história trágica do passado, contada por Janet, mas as empregadas domésticas sempre guardam tragédias na memória, que recordam com a mesma clareza de todos os acontecimentos felizes, como casamentos espetaculares, grandes festas, e operações bem sucedidas ou acidentes dos quais as pessoas se recuperaram de modo milagroso.

Ao aproximar-se do portão, avistou duas mulheres ali paradas. Uma separou-se da outra e veio ao seu encontro. Era sra. Glynne.

— Ah, cá está a senhora — disse. — Ficamos preocupadas, sabe? Eu achei que decerto tivesse saído para dar algum passeio. Espero que não tenha se cansado demais. Se soubesse que a senhora já havia descido, teria ido junto para lhe mostrar o que há de interessante. Não que haja grande coisa.

— Ah, eu apenas andei caminhando por aí — explicou Miss Marple. — Fui até o cemitério, sabe, e a igreja. Sempre me interesso muito por igrejas. Às vezes a gente encontra epitáfios curiosíssimos, coisas assim. Gosto muito de colecioná-los. Pelo que pude ver, a igreja daqui foi restaurada na era vitoriana, não?

— Sim, e eu acho que puseram uns bancos bem feios, até. Sabe, madeira de boa qualidade, forte, e tudo mais, mas sem a mínima arte.

— Tomara que não tenham destruído nada de interesse especial.

— Não, creio que não. A igreja não é tão velha assim.

— Não me pareceu que tivesse muitas placas, bronzes, ou qualquer coisa desse gênero — concordou Miss Marple.

— A senhora se interessa mesmo por arquitetura religiosa?

— Ah, não é que eu faça estudos sobre isso ou algo semelhante, mas naturalmente lá onde eu moro, em St. Mary Mead, as coisas de fato giram em torno da igreja. Sempre giraram, aliás. Já no meu tempo de moça era assim. Hoje em dia, é lógico, mudou bastante. A senhora se criou nesta região?

— Não, realmente não. Nós morávamos a pouca distância daqui, a uns quarenta quilômetros, mais ou menos. Em Little Herdsley. Meu pai era militar reformado... major de artilharia. De vez em quando vínhamos visitar meu tio... e também meu tio-avô, antes dele. Não. Nestes últimos anos quase não estive aqui. Minhas irmãs se mudaram para cá depois da morte de titio, mas naquela época eu ainda estava no exterior com meu marido, que faz apenas uns cinco anos que faleceu.

— Ah, compreendo.

— Elas tinham muita vontade que eu viesse morar aqui e de fato me pareceu a melhor coisa que podia fazer. Havíamos vivido alguns anos na Índia. Meu marido ainda estava servindo lá quando morreu. Hoje em dia é tão difícil saber onde a gente gostaria de... criar raízes, digamos.

— Pois é. Eu entendo perfeitamente. E a senhora, é lógico, achou que suas raízes estavam aqui, uma vez que já fazia tanto tempo que a sua família andava por estes lados.

— Sim. De fato foi isso. Claro, nunca perdi contato com as minhas irmãs, costumava visitá-las frequentemente. Mas as coisas sempre saem diferentes do que a gente espera. Comprei um pequeno chalé perto de Londres, lá por Hampton Court, onde passo boa parte do meu tempo, e de vez em quando trabalho para umas obras de caridade em Londres.

— E assim tem o tempo todo ocupado. Faz muito bem.

— Sim, mas ultimamente venho achando que devia passar mais tempo aqui, talvez. Ando meio preocupada com minhas irmãs.

— Com a saúde delas? — arriscou Miss Marple. — Hoje em dia isso realmente dá pra preocupar, ainda mais quando não se encontra ninguém competente mesmo, que se possa contratar pra cuidar de pessoas que ficam um tanto fracas ou padecem de certos males. Há tanto reumatismo e artrite por aí. A gente sempre vive com medo de que caiam no banheiro ou sofram um acidente ao descer a escada. Coisas desse tipo.

— Clotilde sempre foi muito forte — disse sra. Glynne. — Rija, seria a palavra exata para ela. Mas às vezes fico meio apreensiva por causa de Anthea. Ela é distraída, sabe, bem distraída mesmo. E tem horas que sai de casa, sem rumo... e parece que perde a noção do lugar por onde anda.

— Ah, é uma tristeza quando a gente fica apreensiva assim. Com tantas preocupações que já se tem. — Eu realmente não acho que haja muito motivo para me preocupar com Anthea.

— Vai ver que ela se preocupa com impostos, problemas dinheiro, quem sabe? — sugeriu Miss Marple.

— Não, não, não é só por causa disso, é que... ah, ela se preocupa tanto com o jardim. Ela se lembra como era antes, e fica desesperada, sabe, para... bem, para gastar dinheiro para deixar tudo direito de novo. Clotilde teve de dizer a ela que a gente não pode, sinceramente, dar-se a esse luxo hoje em dia. Mas ela não pára de falar nas estufas, nos pêssegos que havia lá. Nas uvas... e tudo mais.

— E na trepadeira das paredes? — sugeriu Miss Marple, lembrando-se de um comentário.

— Puxa, que memória que a senhora tem. Pois é. Uma dessas coisas que a gente não esquece. Tem um cheiro tão bom, o heliotrópio. Marcante. E a parreira. As uvinhas pequenas, temporãs, doces. Ah, nem convém ficar relembrando o passado.

— E com flores nas cercas, também, imagino — disse Miss Marple.

— Pois é. A Anthea gostaria de ter uma cerca toda florida, bem cuidada. Coisa que agora, francamente, é *impraticável*. A gente pode-se dar por feliz quando consegue alguém do lugarejo para vir cortar o gramado de quinze em quinze dias. Cada ano tem que se recorrer a uma firma diferente. E a Anthea gostaria de plantar capim-dos-pampas outra vez. E cravos. Brancos, sabe? Em toda a extensão do muro de pedra. E uma figueira que crescesse bem na frente da estufa. Ela se lembra de tudo, e só vive falando nisso.

— Deve ser duro para a senhora.

— É, sim. Porque não tenho a mínima queda para discussões, compreende? Já a Clotilde é muito positiva nesse sentido. Ela simplesmente se recusa, à queima-roupa, dizendo que não quer mais ouvir falar nesse assunto.

— É difícil saber que atitude tomar — disse Miss Marple, — Se a gente não devia ser mais firme. Impor mais autoridade. Talvez até mesmo ser um pouco... um pouco *categórica,* compreende? Ou se não se deveria ser mais compreensiva. Dar ouvidos e talvez refrear esperanças que se sabe que não têm cabimento. É difícil, sim.

— Mas para mim não é tanto porque eu sempre me ausento, compreende, e depois, de vez em quando, volto para ficar. Assim se torna mais fácil fingir que em breve tudo se simplificará e que algo pode ser feito. Mas francamente, outro dia cheguei aqui e descobri que Anthea havia tentado contratar uma firma caríssima de jardineiros paisagistas para remodelar o jardim e reconstruir as estufas — o que é *totalmente* absurdo, porque mesmo que se plantassem parreiras, levaria uns dois ou três anos para que produzissem. Clotilde não sabia de nada e ficou furiosa quando encontrou o orçamento da obra na escrivaninha de Anthea. Não teve dó da coitada.

— Esta vida é um problema — disse Miss Marple.

Era uma frase útil que usava com frequência.

— Creio que terei de ir embora amanhã de manhã continuou. — Andei me informando lá no Javali Dourado, e me disseram que a excursão parte de manhã cedo. O ônibus vai sair logo depois do café. Às nove horas.

— Puxa. Espero que não seja cansativo demais para a senhora.

— Ah, acho que não. Ao que me consta vamos para um lugar chamado... espere aí, como é o nome mesmo?.. Stirling St. Mary.

Qualquer coisa assim. Parece que não fica longe daqui. No caminho há uma igreja interessante e um castelo. De tarde visitaremos um jardim bastante agradável, que não é muito grande mas tem flores especiais. Estou certa de que depois deste descanso que tive aqui vou me sentir ótima. Agora percebo como estaria exausta se tivesse passado estes dois dias subindo penhascos e tudo mais.

— Pois convém descansar hoje à tarde, para estar bem disposta amanhã — disse sra. Glynne, enquanto entravam na casa. — Miss Marple tinha ido visitar a igreja — explicou a Clotilde.

— Desconfio que não há muito que ver — disse Clotilde, Vitrais vitorianos do tipo mais horrendo, na minha opinião. Não pouparam despesas. Creio que a culpa, em parte, foi do titio. Ele ficava encantado com aqueles vermelhos e azuis meio vulgares.

— Meio? Vulgaríssimos, a meu ver — frisou Lavinia Glynne.

Depois do almoço Miss Marple dormiu um pouco e só se reuniu às donas da casa quando já era quase hora de jantar. A noite conversaram bastante antes de se recolherem. Miss Marple levou a conversa para o lado das recordações... Falou do seu tempo de juventude, do início de sua vida, dos lugares que tinha visitado em viagens ou excursões, e de certas pessoas que havia conhecido.

Foi deitar-se cansada, com uma sensação de fracasso. Não tinha descoberto mais nada, possivelmente porque não tinha mais nada para ser descoberto. Uma pescaria com absoluta falta de peixes — possivelmente porque ali não havia nenhum. Ou quem sabe não seria por ignorar a isca que devia usar?

XI

ACIDENTE

NA MANHÃ SEGUINTE SERVIRAM O CHÁ de Miss Marple às sete e meia, para lhe dar bastante tempo de levantar e guardar na mala as poucas coisas que trouxera. Tinha recém-terminado de fechá-la quando ouviu uma batida meio apressada na porta e Clotilde entrou, com ar de contrariedade.

— Ah, meu Deus. Miss Marple, está aí um rapaz chamado Emlyn Price que quer falar com a senhora. Ele também faz parte da excursão e mandaram que viesse cá à sua procura.

— Ah, sim, já sei de quem se trata. Bem jovem, não é?

— É. Todo moderno, cabeludo e tudo mais, mas ele veio de fato para... olhe, para lhe trazer uma má notícia. Lamento dizer, mas houve um acidente.

— Um acidente? — Miss Marple arregalou os olhos. — Com o ônibus, quer dizer? Um acidente na estrada? Alguém se feriu?

— Não, não foi com o ônibus. Com o ônibus não houve nada. Foi durante a excursão de ontem à tarde. Estava ventando muito, talvez a senhora se lembre, apesar de que eu acho que isso nada teve que ver com a história. O grupo se dispersou um pouco, me parece. Há uma trilha especial, mas a gente também pode subir e ir pelos morros. De um jeito ou de outro, vai dar no monumento aos mortos da guerra, lá no alto de Bonaventure... que é para onde todos se dirigiram. O pessoal ficou meio separado e eu tenho mesmo a impressão de que não havia ninguém servindo propriamente de guia ou cuidando deles como seria de esperar. As pessoas nem sempre têm o passo firme e a encosta que dá para o desfiladeiro é muito íngreme. Houve um grande desmoronamento de pedras ou rochas que caíram com estrondo morro abaixo e derrubaram alguém que ia passando pela trilha.

— Ah, meu Deus! — exclamou Miss Marple — Que horror. Que verdadeiro horror. Quem foi que saiu ferido?

— Uma tal de srta. Temple ou Tenderdon, se não me engano.

— Elizabeth Temple — disse Miss Marple. — Ah, meu Deus, mas que horror. Conversei muito com ela. Ela vinha do meu lado no ônibus. Me parece que foi professora de um colégio, muito afamado, por sinal.

— Lógico — lembrou-se Clotilde, — conheço-a perfeitamente. Era diretora do Fallowfield, um colégio que tem grande prestígio. Nem sabia que ela estava nessa excursão. Aposentou-se há uns dois anos, acho eu, e agora existe lá uma nova diretora mais moça, com ideias progressistas bastante avançadas. Mas srta. Temple não é propriamente velha, deve andar beirando os sessenta, e é muito ativa, gosta de subir morros, caminhar, e tudo mais. Mas que pena, *realmente*. Tomara que não tenha se ferido muito. Ainda não soube de nenhum detalhe.

— Já estou com tudo pronto — disse Miss Marple, trancando o fecho da mala. — Vou descer imediatamente para falar com sr. Price.

Clotilde pegou a mala.

— Deixe que eu levo. Posso carregar isto perfeitamente Desça junto comigo, e tome cuidado com os degraus.

Miss Marple desceu. Emlyn Price estava à sua espera Tinha os cabelos mais despenteados do que nunca e usava um magnífico conjunto de botas de fantasia, jaqueta de couro e calças de um verde vivo, esmeraldino.

— Que desgraça — disse, apertando a mão de Miss Marple. — Resolvi vir pessoalmente para... bem, para lhe avisar sobre o acidente. Suponho que srta. Bradbury-Scott já tenha lhe contado. Foi com srta. Temple. Lembra-se? A tal do colégio. Não sei direito o que ela andava fazendo ou como que aconteceu, mas umas pedras, ou melhor, umas rochas, rolaram lá de cima. Aquilo é uma encosta meio abrupta e ela desmaiou com o choque e tiveram que levá-la para o hospital, ontem à noite. Tenho a impressão de que o estado dela é bem grave. Seja como for, a excursão de hoje foi cancelada e vamos passar a noite aqui.

— Ah meu Deus! — exclamou Miss Marple. — Que tristeza. Estou desolada.

— Acho que resolveram não ir embora hoje porque de um jeito ou de outro vão ter que esperar pra ver o que os médicos dizem. De modo que pretendemos ficar mais uma noite aqui, lá no Javali Dourado, e modificar um pouco a excursão. Assim talvez se desista por completo de ir até Grangmering, que era o itinerário de amanhã, e que de fato não apresenta grande interesse, segundo consta. Sra. Sandbourne foi cedo ao hospital para ver como vão as coisas. Deve se encontrar conosco lá no Javali Dourado às onze horas, para tomar café. Julguei que a senhora talvez quisesse vir junto, para saber das últimas notícias.

— Claro que vou — disse Miss Marple. — Evidente. Agora mesmo.

Virou-se para se despedir de Clotilde e de sra. Glynne, que estava ao lado da irmã.

— Nem sei como lhes agradecer — disse. — Foram tão gentis comigo e tive o maior prazer em passar estas duas noites aqui. Sinto-me tão bem agora. Pena que acontecesse uma coisa dessas.

— Se quiser ficar mais uma noite — disse sra. Glynne, estou certa de que... — Olhou para Clotilde.

Miss Marple, que era capaz de olhar pelo rabo do olho com incrível rapidez, teve a impressão de que Clotilde havia feito uma cara meio contrariada, quase sacudindo a cabeça, embora com um movimento tão leve que se diria imperceptível. Mas, na opinião de Miss Marple, dissuadindo a sugestão feita por sra. Glynne.

—... apesar de que eu, naturalmente, imagino que a senhora gostaria de estar perto de seus companheiros de viagem e...

— Pois é, eu também acho que seria melhor — concordou Miss Marple. — Aí então ficarei sabendo quais são os planos e o que tenho de fazer, e talvez até ajudar em alguma coisa. Nunca se sabe. Portanto, mais uma vez, obrigada. Suponho que não seja difícil conseguir quarto no Javali Dourado. — Olhou para Emlyn, que logo tranquilizou-a:

— Não tem problema. Hoje desocupou uma porção. Há muito lugar. Me parece que sra. Sandbourne reservou acomodações para toda a excursão pernoitar lá, e amanhã a gente vê... bem, a gente vê como é que vai ficar.

Repetiram-se as despedidas e os agradecimentos. Emlyn Price pegou as coisas de Miss Marple e saiu caminhando com passo decidido.

— É logo dobrando a esquina e depois se toma a primeira rua à direita — explicou.

— Sim, tenho a impressão de que ontem passei por lá. Coitada da srta. Temple. Tomara que os ferimentos não sejam graves.

— Olhe, eu acho que são — disse Emlyn Price. — Claro, a gente sabe o que os médicos e esse pessoal dos hospitais sempre dizem: "as esperanças não estão perdidas". Aqui não tem hospital... tiveram de levá-la a Carristown, que fica a uns dez quilômetros daqui. Em todo caso sra. Sandbourne já estará de volta com notícias quando a senhora se achar instalada no hotel.

Chegaram lá e encontraram a excursão reunida na sala do café, que já estava sendo servido, com bolos e massas folhadas. O casal Butler tinha tomado a palavra.

— Ah, mas que horror, que verdadeiro horror, acontecer uma coisa dessas — dizia sra. Butler. — Simplesmente incrível, não é? Logo agora, que todo mundo estava tão contente e aproveitando tanto. Coitada da srta. Temple. E eu que sempre pensei que ela tivesse um passo tão firme. Mas está aí, viram, quem diria, não é, Henry?

— Pois é — concordou o marido. — Pois é. Estou até pensando... nós dispomos de pouquíssimo tempo, sabem?... se não seria melhor... bem, desistir dessa excursão desde já. Não continuar com ela. Me parece quase certo que vai haver dificuldade para a gente sair daqui até que a situação se normalize. Se isso fosse... bem... quero dizer, se o caso é tão grave que possa ser fatal, talvez... bem... ora, talvez tenham que abrir um inquérito ou algo semelhante.

— Ah, Henry, nem fale numa coisa dessas!

— Tenho certeza — disse srta. Cooke, — que o senhor está sendo um pouco pessimista demais, sr. Butler. A situação não pode ser tão grave assim.

— Mas sim — fez-se ouvir a voz estrangeira de sr. Caspar, — é grave, sim. Eu ouvi ontem quando sra. Sandbourne falava com o médico pelo telefone. É muito, muito grave. Eles disseram que ela levou um choque muito... muito grande. Vão mandar um especialista examiná-la pra ver se dá pra operar ou não. Sim... a situação é gravíssima.

— Puxa! — exclamou srta. Lumley. — Já que é assim, talvez fosse melhor a gente voltar para casa, Mildred. Acho que vou me informar sobre o horário dos trens. — Virou-se para sra. Butler. — É que eu pedi para o vizinho cuidar dos meus gatos, e se me atrasar um dia ou dois é capaz de criar problemas para *todo mundo*.

— Bem, não adianta nada ficar se preocupando à toa — declarou sra. Riseley-Porter, com aquela voz grossa, autoritária. — Joanna, quer me fazer o favor de jogar esse bolo na cesta de papel? Está simplesmente intragável. Que geléia mais detestável. Mas não quero deixá-lo no meu prato. São capazes de não gostar.

Joanna fez o bolo sumir.

— Será que fica mal se o Emlyn e eu formos dar uma volta? — perguntou. — Quer dizer, pra ver um pouco como é este lugar. Também acho que não adianta nada a gente ficar sentada aqui, falando em tristezas, não é? Afinal, que se pode fazer?

— Me parece uma boa ideia — disse srta. Cooke.

—Vocês devem ir, sim — insistiu srta. Barrow, antes que sra. Riseley-Porter tivesse tempo de abrir a boca.

Srta. Cooke e srta. Barrow entreolharam-se e soltaram um suspiro, sacudindo a cabeça.

— A relva estava muito escorregadia — disse srta. Barrow. — Eu até resvalei umas duas vezes, sabem, naquele pequeno trecho do gramado.

— E as pedras também — lembrou srta. Cooke. — Caiu uma verdadeira chuva de pedregulhos bem quando eu ia dobrar uma curva na trilha. Uma até me bateu no ombro com bastante força.

Terminados o chá, o café, os biscoitos e os bolos, todo mundo ficou meio sem assunto e contrafeito. Quando acontece uma catástrofe é muito difícil saber a maneira adequada de enfrentá-la. Cada um tinha dado a sua opinião, manifestando surpresa e pesar. Agora esperavam notícias e ao mesmo tempo sentiam vontade de sair para dar um passeio, à procura de alguma coisa que os ocupasse até o fim da manhã. O almoço só seria servido à uma hora e ninguém se animava a continuar sentado pelos cantos, a repetir os mesmos comentários.

Srta. Cooke e srta. Barrow levantaram-se de uma só vez e explicaram que precisavam fazer umas compras. E que também queriam comprar selos no correio.

— Pretendo enviar uns postais. E me informar sobre o porte de uma carta para a China — disse srta. Barrow.

— E eu tenho que procurar umas lãs — disse srta. Cooke. Inclusive, me pareceu que havia uma construção bem interessante do outro lado da praça do mercado.

— Acho que todo mundo devia sair um pouco — disse srta. Barrow.

O coronel Walker e a esposa também se levantaram, insistindo para que sr. e sra. Butler fizessem o mesmo, para irem ver o que havia para ser visto. Sra. Butler estava interessada em encontrar uma loja de antiguidades.

— Só que não me refiro propriamente a uma verdadeira loja de antiguidades. Seria mais o que vocês chamam de loja de quinquilharias. Às vezes se encontram coisas realmente interessantes.

Todos se apressaram em sair. Emlyn Price já havia se aproximado disfarçadamente da porta, desaparecendo atrás de Joanna, sem se dar ao trabalho de inventar uma desculpa.

Sra. Riseley-Porter, depois de um esforço tardio para chamar a sobrinha de volta, disse que julgava que pelo menos a sala de estar fosse um lugar mais agradável para sentar. Srta. Lumley concordou — e sr. Caspar seguiu as duas com ar de camarista estrangeiro.

O professor Wanstead e Miss Marple não se levantaram.

—Tenho a impressão — disse o professor, dirigindo-se a Miss Marple, — de que seria agradável ir sentar do lado de fora do hotel. Há um pequeno terraço que dá para a rua. A senhora não gostaria?

Miss Marple agradeceu-lhe e pôs-se em pé. Até então, mal trocara uma palavra com o professor Wanstead. Ele tinha trazido uma pilha de livros de aspecto erudito, um dos quais estava sempre consultando, e mesmo no ônibus não parava de ler.

— Mas talvez a senhora também queira fazer compras — lembrou. — Eu, por mim, prefiro esperar sossegado num canto qualquer até que sra. Sandbourne volte. Acho importante que se fique sabendo exatamente o que temos pela frente.

— Quanto a isso, concordo plenamente com o senhor — disse Miss Marple. — Ontem já andei caminhando bastante aí pelo povoado e não sinto a mínima vontade de sair hoje de novo. Prefiro esperar aqui para ver se não há nada que eu possa fazer para ajudar. Não que eu creia que haja, mas quem sabe lá?

Cruzaram juntos a porta do hotel e rumaram para o recanto onde havia um jardinzinho quadrado com um passeio de lajes em plano superior, pegado à parede do hotel, e no qual estava instalada uma série de cadeiras de vime dos mais variados formatos. No momento não havia ninguém ali e os dois se sentaram. Miss Marple fitou pensativa o homem que se achava à sua frente: fisionomia sulcada de rugas, sobrancelhas cerradas e volumosa cabeleira grisalha. Quando caminhava, encolhia as costas de leve. Ele tem uma cara interessante, decidiu Miss Marple. A voz era seca e cáustica, de pessoa que exerce alguma profissão, pareceu-lhe.

— Não estou enganado, estou? — perguntou o professor Wanstead. — O seu nome *é* Miss Jane Marple, não é?

— É, sim.

Ficou meio surpresa, embora sem nenhum motivo especial. Não fazia tanto tempo assim que viajavam juntos, portanto era natural que o processo de identificações fosse mais lento. E depois, ela havia passado as duas últimas noites longe do resto dos participantes da excursão, de modo que não tinha por que se admirar.

— Foi o que pensei — disse o professor Wanstead, — pela descrição que fizeram da senhora.

— Uma descrição minha? — estranhou Miss Marple, novamente surpresa.

— Sim eu tive uma descrição da senhora... — Houve uma pequena pausa. A voz, propriamente, não baixou, mas diminuiu de intensidade, embora ainda se pudesse ouvi-la com toda a facilidade. —... feita por sr. Rafiel.

— Ah! — exclamou Miss Marple, pasmada. — Por sr. Rafiel!

— Está admirada?

— Bem, sim, confesso que estou.

— Não vejo razão.

— É que eu não esperava... — começou Miss Marple e de repente parou.

O professor Wanstead não disse nada. Ficou apenas sentado olhando-a fixamente. Daqui a pouco, pensou Miss Marple consigo mesma, ele vai me perguntar: — "Quais são exatamente os sintomas, minha cara senhora? Sente dificuldade de engolir? Anda sofrendo de insônia? Tudo bem com a sua digestão?" Agora tinha quase certeza de que ele era médico.

— Quando foi que ele me descreveu para o senhor? Isso deve ter sido há...

— A senhora ia dizer há algum tempo atrás... há algumas semanas. Antes da morte dele... e de fato foi. Ele me contou que a senhora faria esta excursão.

— E ele sabia que o senhor também... que o senhor ia fazer o mesmo.

— Sim, de certo modo — confirmou o professor Wanstead.

— Ele disse — continuou — que a senhora viajaria neste ônibus e que ele de fato havia tomado todas as providências para que a senhora fizesse isso.

— Foi muito amável da parte dele — retrucou Miss Marple. — Muito amável mesmo. Fiquei surpresa quando soube que ele tinha me incluído na viagem. Um prazer desses, que de outra forma não me seria possível.

— Sim — disse o professor Wanstead. — A senhora se expressou muito bem.

E sacudiu a cabeça, como que aplaudindo a boa atuação de um discípulo.

— É uma pena que tivesse de ser interrompida desse jeito — disse Miss Marple. — Uma pena mesmo. Quando tenho certeza que todo mundo estava aproveitando tanto.

— Pois é — concordou o professor Wanstead. — Uma verdadeira pena. E a senhora acha que foi imprevista ou não?

— Ora essa, professor Wanstead. O que é que o senhor quer dizer com isso?

Os lábios dele se franziram de leve num sorriso, enquanto enfrentava o seu olhar de desafio.

— Sr. Rafiel — respondeu — me falou muito a seu respeito, Miss Marple. Ele me aconselhou a fazer uma excursão em sua companhia. A certa altura, seria quase inevitável que travássemos conhecimento, uma vez que os participantes de uma excursão sempre acabam se conhecendo entre si, apesar de que geralmente levam um ou dois dias para que se separem, por assim dizer, em pequenos grupos com certa afinidade de gostos ou interesses. E, além disso, ele me aconselhou a, digamos, cuidar da senhora.

— Cuidar de mim? — retrucou Miss Marple, não dissimulando seu descontentamento. — E por que motivo?

— Acho que por motivos de proteção. Ele queria estar absolutamente seguro de que não lhe aconteceria nada.

— Que não me aconteceria nada? Mas o que é que poderia me acontecer, Santo Deus?

— No mínimo o que aconteceu com srta. Elizabeth Temple — respondeu o professor Wanstead.

Joanna Crawford apareceu no canto do hotel, sobraçando uma cesta de compras. Passou por eles, acenou de leve com a cabeça, olhou-os com certa curiosidade e desceu até a rua. O professor Wanstead só tornou a falar depois que ela sumiu de vista.

— Boa moça — comentou, — pelo menos na minha opinião. Atualmente se resigna aos caprichos de uma tia tirana, mas não há dúvida de que em breve chegará à idade da rebeldia.

— O que foi que o senhor quis insinuar com o que disse ainda há pouco? — insistiu Miss Marple, de momento desinteressada na possível rebeldia de Joanna.

— Eis aí uma pergunta que talvez, devido ao que aconteceu, tenhamos que discutir.

— Por causa do acidente, quer dizer?

— Sim. Se é que foi acidente.

— O senhor acha que *não foi?*

— Bem, sempre é uma possibilidade que não convém descartar. Só isso.

— Eu, evidentemente, nada sei a respeito — disse Miss Marple, hesitante.

— Pois é. A senhora não esteve presente no local do acidente. Estava... como direi... talvez montando guarda noutro lugar?

Miss Marple ficou um instante em silêncio. Olhou umas duas vezes para o professor Wanstead e finalmente respondeu:

— Creio que não estou entendendo direito o que o senhor quer dizer.

— A senhora está sendo precavida. Com toda a razão.

— É um hábito meu — disse Miss Marple.

— O de ser precavida?

— Eu não diria exatamente isso, mas sempre faço questão de me mostrar pronta a duvidar de tudo o que me dizem.

— Pois é, e nisso tem toda a razão. A senhora nada sabe a meu respeito. Conhece o meu nome de uma lista de passageiros de uma excursão muito agradável para visitar castelos e casas históricas e jardins magníficos. Provavelmente são os jardins que lhe interessam mais. Provavelmente.

— Há outras pessoas aqui que também se interessam por jardins.

— Ou fingem se interessar.

Ah — fez o professor Wanstead. — A senhora também notou.

E depois:

— Bem, quanto a mim, eu devia, pelo menos no início, observar a senhora, cuidar do que estava fazendo, ficar à mão, caso surgisse qualquer possibilidade de... bem, usemos uma expressão aproximada... de jogo sujo para o seu lado. Mas agora as coisas mudaram um pouco de figura. A senhora tem que decidir se eu sou seu inimigo ou aliado.

— Talvez tenha razão — disse Miss Marple. — O senhor se explicou com muita clareza, mas ainda não me deu nenhuma informação sobre si mesmo que me permitisse julgá-lo. Suponho que fosse amigo do falecido sr. Rafiel, não?

— Não — respondeu o professor Wanstead, — eu não fui amigo dele. Encontrei-o apenas duas vezes. A primeira num comitê de hospital, a segunda noutra ocasião pública qualquer. Sabia quem ele era. E calculo que ele também soubesse quem eu era. Se lhe disser, Miss Marple, que sou um homem de certa projeção no meu ramo de trabalho, a senhora talvez me considere um sujeito incrivelmente presunçoso.

— Acho que não — retrucou Miss Marple. — Nesse caso eu diria que no mínimo está dizendo a verdade. Tenho a impressão de que o senhor é médico.

—Ah! A senhora é perspicaz, Miss Marple. Sim, extremamente perspicaz. De fato, sou formado em medicina, mas dediquei-me a uma especialização. Sou patologista e psicólogo. Não costumo trazer credenciais no bolso. A senhora provavelmente terá que aceitar minha palavra até certo ponto, embora eu possa lhe mostrar cartas dirigidas a mim e possivelmente documentos oficiais que terminem de convencê-la. Eu me dedico sobretudo a trabalhos de especialização relacionados com jurisprudência médica. Traduzindo em linguagem perfeitamente cotidiana, interesso-me pelos diferentes tipos de cérebro criminoso. Há vários anos que venho estudando isso. Escrevi livros sobre o assunto, alguns violentamente contestados, outros que conseguiram adeptos para as minhas ideias. Hoje em dia já não faço mais nenhum trabalho muito extenuante. Passo a maior parte do tempo redigindo notas sobre o assunto, frisando certos pontos que me chamaram a atenção. De vez em quando encontro coisas que me parecem curiosas. Coisas que quero analisar mais a fundo. Receio que isso esteja lhe causando bastante tédio.

— Absolutamente — protestou Miss Marple. — Pelo que o senhor acaba de me dizer, espero que talvez possa me explicar certas coisas que sr. Rafiel não achou que eu tivesse necessidade de saber. Ele me pediu para resolver um determinado assunto, mas não me deu nenhuma informação útil que me permitisse o trabalho. Deixou-me a liberdade de escolher e de agir, por assim dizer, completamente às cegas. Me parece extremamente tolo da parte dele tratar a questão dessa maneira.

— Mas a senhora aceitou o encargo?

— Aceitei. Serei totalmente franca com o senhor. Tive um incentivo financeiro.

— Isso pesou na sua decisão?

Miss Marple ficou um instante calada e depois respondeu devagar:

—Talvez não acredite, mas a minha resposta à sua pergunta é: "Nem tanto."

— Não me admiro. Mas despertou a sua curiosidade, não? É isso que está tentando me dizer, não é?

— É. Despertou, sim. Não conheci sr. Rafiel direito; foi um conhecimento apenas casual, mas que durou certo tempo... algumas semanas, mesmo... nas Antilhas. Vejo que o senhor está mais ou menos informado a respeito.

— Sei que foi lá que sr. Rafiel conheceu a senhora e que os dois... digamos... colaboraram mutuamente.

Miss Marple olhou-o, meio em dúvida.

— Ah — perguntou, — ele lhe disse isso, é? — E sacudiu cabeça.

— Disse, sim — respondeu o professor Wanstead. — E que a senhora tinha um faro notável para questões criminosas.

Miss Marple arqueou as sobrancelhas ao olhar para ele.

— E imagino que isso lhe pareça totalmente implausível comentou. — O senhor está admirado.

— Custo muito a me admirar das coisas que acontecem — disse o professor Wanstead. — Sr. Rafiel era um homem extremamente sagaz e astucioso. Sabia julgar os outros. E achava que a senhora também sabia.

— Não me considero boa julgadora dos outros — retrucou Miss Marple. — Diria apenas que certas pessoas me fazem lembrar outras que já conheci, e que por isso sou capaz de pressupor uma certa semelhança na maneira com que agiriam. Se o senhor pensa que sei perfeitamente o que estou fazendo aqui, engana-se.

— Mais por obra do acaso do que de algum plano — disse o professor Wanstead, — parece que ficamos parados aqui num lugar especialmente adequado à discussão de certos assuntos. Ao que tudo indica, ninguém nos espreita, nem pode nos ouvir com facilidade; não estamos perto de nenhuma porta ou janela e não há nenhuma sacada aí em cima. Em suma, podemos conversar.

— Nada me agradaria mais — disse Miss Marple. — Torno a frisar que ignoro por completo o que estou fazendo ou esperam que eu faça. Não sei por que sr. Rafiel quis que fosse assim.

—Acho que posso imaginar. Ele queria que a senhora entrasse em contato com uma determinada série de fatos, de ocorrências, sem nenhuma opinião preconcebida.

— Ah, mas então quer dizer que o senhor também não vai me explicar nada? — Miss Marple parecia irritada. — Francamente! — exclamou, — tudo tem seus limites.

— Sim — disse o professor Wanstead. De repente sorriu. — Concordo. Temos que expandir alguns desses limites. Eu vou lhe contar certos fatos que tornarão as coisas bem mais claras para a senhora. Que, por sua vez, talvez possa me explicar outros.

— Duvido muito — retrucou Miss Marple. — Uma ou duas indicações meio esquisitas, talvez, mas indicações não são ratos.

— Portanto... — começou o professor Wanstead, e fez uma pausa.

— Pelo amor de Deus, conte logo — pediu Miss Marple.

XII

TROCA DE IDEIAS

— NÃO QUERO ME ALONGAR DEMAIS. Vou explicar de maneira bem simples como entrei nesta história. De vez em quando funciono como consultor confidencial do Ministério do Interior. Me mantenho também em contato com certas instituições. Existem algumas que, na eventualidade de um crime, proporcionam casa e comida a determinados tipos de criminosos que foram considerados culpados de certos atos. Permanecem ali enquanto aprouver à Sua Majestade, como se diz, às vezes por um período de tempo definido e em conformidade direta com a idade que tiverem. Se forem menores, têm de ser recolhidos em alguma casa de detenção especialmente designada. A senhora, sem dúvida, compreende o que estou dizendo, não?

— Sim, compreendo perfeitamente.

— Em geral me consultam logo depois que qualquer... crime, digamos... tenha sido cometido, a fim de julgar questões como o tratamento, as possibilidades aplicáveis ao caso, os prognósticos favoráveis ou não; enfim toda uma série de palavras. Elas não têm muita importância e não pretendo esmiuçá-las. Mas de vez em quando também sou consultado pelo diretor responsável de uma dessas instituições por um motivo todo especial. No assunto que de momento nos interessa, recebi a comunicação de um determinado Departamento, que me foi entregue por intermédio do Ministério do Interior. Fui visitar o diretor da tal instituição. No fundo, o chefe responsável pelos prisioneiros, pacientes, ou seja lá como quiser chamá-los. Por acaso, era amigo meu. E amigo de longa data, embora não tivéssemos muita intimidade. Fui à tal instituição e o diretor me expôs o problema. Referia-se a uma determinada pessoa que lá estava internada. Ele não se achava nada satisfeito com a situação. Tinha certas dúvidas. Tratava-se de um rapaz que era quase adolescente quando o recolheram ali. Isso já faz muitos anos. À medida que o tempo passou, e depois que o atual diretor assumiu o cargo (ele não estava lá quando o tal prisioneiro chegou), ele ficou preocupado. Não por também ser um profissional, mas por causa de sua experiência em matéria de pacientes e prisioneiros criminosos. Para explicar de maneira bem simples, tratava-se de um rapaz que desde a adolescência só tinha dado desgostos. Um delinquente juvenil, um pequeno malfeitor, um elemento pernicioso, uma pessoa sem a mínima responsabilidade. Há várias qualificações. Algumas se aplicam, outras não. E algumas são meramente desconcertantes. O certo é que era um tipo perigoso. Tinha participado de quadrilhas, surrado muita gente, era ladrão, havia roubado, dado desfalques, tomado parte em falcatruas, provocado certas fraudes. Em suma, o tipo do filho que seria o desespero de qualquer pai.

— Ah, já sei — disse Miss Marple.

— O que é que a senhora já sabe, Miss Marple?

— Ora, que o senhor está falando do filho de sr. Rafiel.

— Tem toda a razão. É dele mesmo que estou falando. O que é que a senhora sabe a respeito dele?

— Nada — respondeu Miss Marple. — Apenas ouvi dizer... e isso foi ontem... que sr. Rafiel tinha um filho delinquente que, sem o mínimo exagero, só lhe dava desgostos. Um filho com antecedentes criminosos. Sei muito pouco a respeito dele. Era o único filho de sr. Rafiel?

— Era, sim. Mas sr. Rafiel também teve duas filhas. Uma morreu aos quatorze anos, mas a mais velha casou e foi muito feliz, só que não teve filhos.

— Que tristeza para ele.

—Talvez — disse o professor Wanstead. — A gente nunca sabe. A mulher dele morreu jovem e acho possível que a morte *dela* o entristecesse muito, embora ele jamais tenha demonstrado. Não sei se ligava muito para o filho e as filhas. Nunca deixou que lhes faltasse nada. Fazia tudo por eles. Inclusive pelo rapaz, mas é difícil dizer quais seriam os seus sentimentos. Não era um homem fácil de se compreender nesse sentido. Creio que dedicou toda a sua vida e interesse à profissão de ganhar dinheiro, Como todo grande financista, o que lhe interessava eram os grandes lucros. Não o dinheiro, propriamente dito, que advinha daí. E que ele, pode-se dizer, tornava a reinvestir, da maneira mais interessante e imprevista. Ele gostava de finanças. Adorava. Só pensava praticamente nisso.

"Acho que fez tudo o que foi possível pelo filho. Salvou-o de apuros no colégio, contratou bons advogados para livrá-lo de processos legais, sempre que podia, até que sobreveio o golpe final, que certas ocorrências anteriores já faziam prever. O rapaz foi levado aos tribunais sob a acusação de tentar estuprar uma moça. Disseram que se tratava de tentativa de estupro e defloramento e ele foi condenado a cumprir pena na prisão, recebendo clemência por causa de sua pouca idade. Mas mais tarde apresentaram uma segunda acusação, realmente grave, contra ele.

— Ele matou uma moça — disse Miss Marple. — Não foi isso? Assim me contaram.

— Ele atraiu-a para um lugar ermo. Levou algum tempo até encontrarem o cadáver. Tinha sido estrangulada. E depois tinham-lhe esmigalhado o rosto e a cabeça com pedras ou rochas pesadas, decerto para impedir que fosse identificada.

— Que coisa mais hedionda — disse Miss Marple, esforçando-se para manter a calma.

O professor Wanstead ficou olhando um pouco para ela.

— É essa a sua opinião?

— Pelo menos me parece — respondeu Miss Marple. — Não gosto desse tipo de coisa. Nunca gostei. Se espera que eu vá ser compreensiva, que me apiede, que culpe uma infância infeliz, o mau ambiente, se de fato espera que eu verta lágrimas por ele, por esse rapaz aí de quem está falando, fique sabendo que não tenho a menor intenção de fazê-lo. Não simpatizo com gente malvada.

— Ainda bem — disse o professor Wanstead. — Não Imagina o que sofro no exercício de minha profissão com pessoas que choram e rangem os dentes, pondo toda a culpa em coisas que aconteceram no passado. Se elas soubessem o mau ambiente que certas criaturas têm, a crueldade, as dificuldades que enfrentam para viver, e que apesar disso conseguem sair ilesas, acho que mudariam de ponto de vista. Os desajustados são dignos de lástima, sim, mas mais pela herança genética que trazem ao nascer e sobre a qual não possuem o mínimo controle. Os epiléticos me dão pena pelo mesmo motivo. Se a senhora soubesse o que significa a herança genética...

— Eu sei, mais ou menos — atalhou Miss Marple. — Hoje em dia todo mundo sabe, embora eu, naturalmente, não possua nenhum conhecimento químico ou técnico muito exato.

— O diretor do presídio, um homem de experiência, me explicou exatamente por que estava tão ansioso para ouvir a minha opinião. Cada vez se certificava mais de que esse tal prisioneiro, o rapaz em questão, para ser bem claro, *não* era assassino. Ele não o achava com tipo de assassino, pois não se parecia com nenhum assassino que já tivesse visto antes, e também achava que era o tipo do criminoso que jamais se corrigiria, fosse qual fosse o tratamento que lhe aplicassem, que jamais se emendaria; e por quem nada, em certo sentido da palavra, podia ser feito — mas ao mesmo tempo cada vez se convencia mais de que a sentença que tinha recebido havia sido injusta. Ele não acreditava que o rapaz tivesse assassinado a moça, primeiro estrangulando-a para depois desfigurar-lhe o rosto e jogar o cadáver dentro de um vaio. Simplesmente não podia acreditar numa coisa dessas. Tinha examinado as circunstâncias do caso, que pareciam plenamente provadas. O rapaz havia conhecido a moça, tendo sido visto em companhia dela várias vezes antes do crime. É de se presumir que tivessem dormido juntos e existiam ainda outros detalhes. O carro dele havia sido visto nas imediações. Ele próprio tinha sido reconhecido e tudo mais. Um caso perfeitamente justo. Mas meu amigo disse que não estava satisfeito com isso. Ele é um homem que tem um sentimento de justiça muito forte. Queria uma opinião alheia. Queria, em suma, não o aspecto policial, que já conhecia, mas um ponto de vista profissional, médico. Esse era o meu campo, disse ele. Totalmente o meu território. Ele queria que eu fosse visitar o tal rapaz e falasse com ele, fazendo uma apreciação profissional e dando-lhe a minha opinião.

— Interessantíssimo — disse Miss Marple. — Sim, isso me parece muito interessante. Afinal de contas, esse seu amigo... o diretor, quero dizer... é um homem experiente, que preza a justiça. Seria uma pessoa a quem o senhor estaria disposto a dar atenção. Presumo, portanto, que tenha realmente dado.

— Sim — disse o professor Wanstead, — fiquei profundamente interessado. Fui visitar a vítima, como passarei a chamá-lo, adotando várias atitudes diferentes. Conversei com ele, expliquei uma série de modificações que talvez venham a ser introduzidas na lei. Disse-lhe que provavelmente poderia trazer-lhe um advogado, um jurisconsulto, para ver que pontos existem a seu favor, e outras coisas. Aproximei-me dele como amigo, mas também como inimigo, só para verificar como reagiria a atitudes opostas, e também fiz uma porção de testes físicos, desses que usamos com grande frequência hoje em dia. Não quero aborrecê-la com minúcias porque são totalmente técnicas.

— E no fim, a que conclusão o senhor chegou?

— Eu cheguei — respondeu o professor Wanstead — à conclusão de que o meu amigo provavelmente tinha razão. Não me parecia que Michael Rafiel fosse um assassino.

— Mas, e o caso anterior que o senhor mencionou?

— Aquilo depunha contra ele, lógico. Não no espírito do júri, que naturalmente só ficou sabendo disso depois que ouviu o resumo das provas, mas certamente no espírito do juiz. Aquilo depôs contra ele, mas eu me encarreguei de efetuar algumas sindicâncias posteriores. Ele tinha tentado estuprar uma moça. E de é se imaginar que a tenha deflorado, mas não havia tentado estrangulá-la e na minha opinião — já vi uma infinidade de exemplos apresentados nos tribunais — me parecia extremamente improvável que se tratasse de um caso bem definido de defloramento. Não se esqueça de que hoje em dia as moças se deixam deflorar com muito mais facilidade que antigamente. A moça em questão tinha tido vários namorados. As mães insistem, com muita frequência, para que elas digam que foi defloramento. A moça de que estamos falando teve vários namorados que não se contentaram com uma simples amizade. Não creio que isso tivesse grande importância como prova contra ele. Agora, o caso de assassinato... sim, porque não há que negar que foi assassinato... mas eu continuei a achar que nenhum dos testes que fiz, físicos, mentais, psicológicos, se enquadrava no crime em questão.

— E aí, que fez o senhor?

— Comuniquei-me com sr. Rafiel. Disse que gostaria de ter uma entrevista com ele a respeito de um assunto relacionado com o seu filho. Fui visitá-lo. Disse-lhe o que eu pensava, o que o diretor da prisão pensava, que não tínhamos provas, que de momento não dispúnhamos de elementos que justificassem uma apelação, mas que nós dois acreditávamos que se tratasse de um erro judicial. Expliquei que achava que possivelmente se pudesse abrir um inquérito, que talvez fosse dispendioso, mas que poderia esclarecer certos fatos que então seriam levados ao conhecimento do Ministério do Interior, com êxito ou não. Era possível que daí resultasse alguma coisa, alguma prova, se a gente procurasse bem. Disse que tudo isso ia sair caro, mas que eu supunha que não faria nenhuma diferença para uma pessoa rica como ele. A essa altura eu já tinha percebido que ele estava muito doente, malíssimo. Ele mesmo me contou. E que esperava morrer dentro em breve, que fazia dois anos que lhe tinham avisado que só teria mais um ano de vida, mas que devido a uma resistência física fora do normal continuava resistindo. Perguntei-lhe o que pensava do filho.

— E o que foi que ele respondeu?

— Ah, a senhora ficou curiosa, não é? Eu também fiquei. Creio que ele foi extremamente sincero comigo, muito embora...

— ...tivesse sido cruel? — completou Miss Marple.

— Sim, Miss Marple. A senhora usou a palavra exata. Ele era um homem cruel, porém justo e sincero. Ele respondeu: "Há muitos anos que sei como o meu filho é. Nunca tentei mudá-lo porque não acredito que alguém fosse capaz de consegui-lo. Ele não tem jeito mesmo. Não vale nada. É um mau caráter. Sempre se mete em encrencas. É desonesto. Ninguém, nada pode fazer com que endireite. Tenho absoluta certeza disso. De certo modo não me importo mais com o que venha a lhe suceder. Embora não no sentido legal ou aparentemente: nunca lhe faltou dinheiro, era só pedir. Sempre fiz o que pude, dando-lhe auxílio legal ou outro qualquer, quando se metia em alguma enrascada. Pois suponhamos que eu tivesse um filho sujeito a ataques espasmódicos, que fosse epilético, é evidente que faria tudo por ele. Quando a gente tem um filho, digamos, moralmente inválido, sem esperanças de cura, também faz tudo o que pode. Nem mais, nem menos. Que posso fazer por ele agora?" Eu expliquei que isso dependia do que ele pretendesse. "Quanto a isso não há problema", me respondeu. "Estou inutilizado, mas sei muito bem o que pretendo. Eu quero que lhe façam justiça. Que seja solto da prisão. Que fique em liberdade para continuar vivendo da melhor maneira possível. Se for arrastado a novas desonestidades, que arque com as consequências. Providenciarei para que nada lhe falte, para que tenha tudo o que for preciso. Não quero que sofra, encarcerado, impedido de levar vida normal só por causa de um erro natural e infeliz. Se outra pessoa, outro homem, matou a tal moça, quero que o fato seja divulgado e reconhecido. Quero justiça para Michael. Mas não estou em condições de tratar disso pessoalmente. Sou um homem muito doente. Meu tempo já não se conta em anos ou meses, mas em semanas."

"Contrate advogados, sugeri. Conheço uma firma... Ele me atalhou logo: "Advogado não adianta. Pode contratá-los, mas não vai adiantar nada. Tenho de fazer o que posso dentro do tempo que me resta." Me ofereceu uma soma enorme para sair em busca da verdade, sem poupar esforços nem despesas. "Eu não posso fazer praticamente nada. A morte é capaz de sobrevir a qualquer momento. Eu o nomeio meu braço direito, e para ajudá-lo no que lhe peço vou ver se localizo uma certa pessoa." E me escreveu um nome: Miss Jane Marple. "Não vou lhe dar o endereço dela. Quero que a conheça num ambiente que eu mesmo pretendo escolher", e então me falou desta excursão, desta agradável, inócua, inocente excursão por casas, castelos e jardins históricos. Ele ia providenciar para que me reservassem um lugar para certa data. "Miss Jane Marple", disse ele, "também vai estar nessa excursão. O senhor a conhecerá ali, o senhor a encontrará casualmente, e assim todo mundo pensará que se trata de um encontro casual".

"Eu tinha a liberdade de escolher a hora e o momento mais oportunos para me identificar para a senhora, se julgasse aconselhável; caso contrário, continuar incógnito. A senhora já me perguntou se eu ou o meu amigo, o diretor da prisão, tínhamos qualquer motivo para desconfiar ou saber de alguma outra pessoa que pudesse ter sido culpada do crime. Meu amigo, o diretor da prisão, certamente não sugeriu nada nesse sentido, e ele já havia estudado o assunto com o funcionário da polícia encarregado do caso, um superintendente de detetives da maior confiança, que possui ótima experiência nessas questões."

— Ninguém sugeriu outro homem? Alguém que também fosse amigo da vítima? Um namorado anterior que podia ter sido rejeitado?

— Não se encontrou nada desse gênero. Eu pedi a sr. Rafiel que me falasse um pouco sobre a senhora. Mas ele não quis. Só disse que era uma senhora já de certa idade. Que conhecia as pessoas. E acrescentou outra coisa. — Fez uma pausa.

— Qual? — perguntou Miss Marple. — Estou bastante curiosa, sabe? Realmente não consigo imaginar que outra vantagem eu possa oferecer. Sou meio surda. Não enxergo mais tão bem quanto antes. Sinceramente, não posso imaginar que outras vantagens possa oferecer, além do fato de que talvez dê a impressão de ser um tanto tola e simplória e de ser, realmente, o que antigamente se chamava de "velha mexeriqueira". Isso eu sou, mesmo. Foi isso que ele disse?

— Não — respondeu o professor Wanstead. — Ele disse que a senhora tinha um excelente sentido de percepção para o mal.

— Ah! — exclamou Miss Marple, atônita.

O professor Wanstead ficou observando-a.

— A senhora não concorda? — perguntou.

Miss Marple manteve-se calada durante bastante tempo.

— Talvez — respondeu, afinal. — Sim, talvez. Já me aconteceu várias vezes sentir uma apreensão, uma intuição da presença do mal nas minhas proximidades, nas imediações, dando-me a sensação de que um agente do mal se achava por perto, ligado com o que estava acontecendo.

De repente olhou para ele e sorriu.

— Sabe, é meio parecido — explicou, — com o fato de ter nascido com o sentido do olfato muito apurado. A gente é capaz de sentir um escapamento de gás que os outros nem notam. E de distinguir, com a maior facilidade, um perfume de outro. Eu já tive uma tia — continuou Miss Marple, pensativa, — que se dizia capaz de farejar mentiras a distância. Ela afirmava que o cheiro era bem nítido. O nariz do mentiroso tremia, segundo ela, e aí vinha o cheiro. Não sei se era verdade ou não, mas... olhe, houve várias ocasiões em que ela acertou de maneira notável. Uma vez ela avisou ao meu tio: "Jack, não dê emprego para aquele rapaz que esteve falando com você hoje de manhã. Tudo o que ele disse não passa de mentiras". E no fim tinha plena razão.

— Um sentido de percepção para o mal — repetiu o professor Wanstead. — Bem, se a senhora de fato notar qualquer coisa, me avise. Faço questão de saber. Eu acho que não possuo nenhum talento especial para pressentir isso. Má saúde, ainda vá, mas não... não o mal aqui em cima. — E bateu de leve na testa.

— Agora é melhor que eu lhe conte rapidamente como entrei nessa história — disse Miss Marple. — sr. Rafiel, conforme o senhor sabe, morreu. Os advogados me pediram para ir lá falar com eles e me comunicaram a proposta. Me entregaram uma carta dele que não explicava nada. Depois disso fiquei algum tempo sem notícias. Aí então recebi um aviso da companhia que organiza essas excursões, dizendo que sr. Rafiel antes de morrer tinha feito uma reserva em meu nome, sabendo que eu gostaria muito da viagem e querendo me fazer uma surpresa. Fiquei assombrada, mas tomei como uma indicação do primeiro passo que eu devia dar. Eu devia vir nesta excursão, durante a qual no mínimo surgiria outra indicação, sugestão, pista ou instrução para mim. Acho que foi o que aconteceu. Ontem, não, anteontem, ao chegar aqui, encontrei três senhoras que moram num velho solar e que muito gentilmente me fizeram um convite. Elas disseram que sr. Rafiel, antes de morrer, lhes havia escrito, anunciando que uma velha amiga sua ia chegar nessa excursão e que elas tivessem a bondade de acolhê-la por uns dias, pois ele achava que a tal amiga não estaria apta a subir até o alto do promontório onde se achava o monumento aos mortos da guerra, local de difícil acesso e que constituiria o principal ponto de atração do passeio de ontem.

— E a senhora também tomou isso como uma indicação do que devia fazer?

— Evidente — respondeu Miss Marple. — Que outra explicação poderia haver? Ele não era homem de cumular favores a troco de nada, só por compaixão de uma velha que não tem mais resistência para andar subindo morros. Não. Ele *queria* que eu fosse lá.

— E a senhora foi? E aí, que aconteceu?

— Nada — disse Miss Marple. — Encontrei três irmãs.

— As três parcas?

— Foi o que também pensei — disse Miss Marple, mas acho que não eram. Pelo menos não me deram essa impressão. Ainda não sei. É possível que fossem... que sejam, aliás. Mas me parecem bastante normais. Não fazem parte da casa, que pertenceu a um tio, e se mudaram há alguns anos para lá. Acham-se numa situação meio pobre, são amáveis, sem nenhum interesse especial. Não são muito parecidas e pelo jeito nem conheciam sr. Rafiel direito. Não apurei coisa nenhuma nas conversas que tive com elas.

— Então não ficou sabendo de nada enquanto esteve lá?

— Fiquei sabendo das circunstâncias do caso que acaba de me descrever. Não por intermédio delas. De uma velha criada, que se pôs a me contar reminiscências da época em que o tal tio era vivo. Ela conhecia sr. Rafiel apenas de nome. Mas foi eloquente na história do assassinato. Disse que tudo começou com a visita que o filho de sr. Rafiel andou fazendo por aqui, um rapaz que não valia nada, e aí contou como a moça se apaixonou por ele, que terminou estrangulando-a, e como tudo tinha sido trágico e horrível. "Com dobre de sinos", pode-se dizer — acrescentou Miss Marple, usando uma expressão de sua mocidade. — Exagerou muito, mas era uma história terrível, e ela achou que a polícia, pelo jeito, não acreditava que tivesse sido o único crime cometido por ele.

— E a senhora também acha que não tem nada que ver com as três parcas?

— Acho, sim, só que a moça estava sob a tutela das três... que gostavam muito dela. Mais nada.

— Será que não saberiam de algo... de alguma coisa a respeito de outro homem?

— Pois é... bem que gostaríamos que soubessem, não é? Um outro homem... um sujeito brutal, que não hesitasse em esmigalhar a cabeça de uma moça depois de matá-la. Do tipo que fosse capaz de ficar louco de ciúmes. Existem homens assim.

— Não aconteceu mais nada digno de nota no Velho Solar?

— Realmente, não. Uma das irmãs, a mais moça, se não me engano, passou o tempo todo falando no jardim. Até parecia uma jardineira fanática, mas não podia ser porque não sabia o nome da metade das coisas. Armei-lhe uma ou duas ciladas, mencionando plantas raras, especiais, perguntando se as conhecia. Sim, respondeu-me, não são mesmo uma maravilha? Disse então que não eram muito resistentes, e ela concordou. Mas logo vi que não estava entendendo nada. Isso me lembra...

— O quê?

— Olhe, o senhor vai achar que estou sendo simplesmente tola em matéria de jardins e plantas, mas o que eu quero dizer é que a gente sempre *entende* de alguma coisa sobre isso. Eu, por exemplo, entendo um pouco de pássaros e de jardins.

— E pelo que vejo não são os pássaros e sim os jardins que a estão preocupando.

— Exato. O senhor não reparou em duas mulheres de meia-idade na nossa excursão? Srta. Barrow e srta. Cooke.

— Reparei, sim. Duas solteironas já maduras, viajando juntas.

— Isso mesmo. Pois eu descobri uma coisa estranha sobre srta. Cooke. É assim que ela se chama, não é? Pelo menos é o nome que figura na lista de passageiros.

— Por quê?... Ela tem outro?

— Acho que tem. Foi ela que me visitou... bom, que me visitou, propriamente, não, mas que esteve do lado de fora da cerca do meu jardim em St. Mary Mead, o lugarejo onde eu moro. Começou a elogiar minhas plantas e a falar sobre jardinagem comigo. Contou que estava morando lá e cuidava do jardim de não sei quem, que se havia mudado para uma casa nova do lugar. Eu tenho a impressão — disse Miss Marple, — sim, eu tenho a impressão de que era tudo mentira. Nesse caso também, ela não entendia nada de jardins. Fingia entender, mas não entendia.

— Por que a senhora acha que ela andava por lá?

— Na ocasião eu não tinha a mínima ideia. Ela disse que se chamava Bartlett... e o nome da mulher com quem disse que estava morando começava com "H", embora de momento não consiga me lembrar. O cabelo dela não só estava penteado de maneira diferente, como a própria cor era outra, e ela se vestia de outro jeito, também. A princípio, durante a viagem, nem a reconheci. Só me perguntava por que a fisionomia dela me parecia vagamente familiar. E aí então, de repente, me lembrei. Era por causa do cabelo pintado. Falei onde a tinha visto antes. Ela confessou que havia estado lá... mas fingiu que *ela,* também, não tinha me reconhecido. Pura mentira.

— E qual é a sua opinião a respeito de tudo isso?

— Bem, uma coisa é certa... srta. Cooke (para chamá-la pelo seu nome atual) foi a St. Mary Mead só para me ver... para se assegurar de que seria capaz de me reconhecer quando tornássemos a nos encontrar...

— E por que a senhora acha que ela fez isso?

— Sei lá. Há duas explicações. E não estou segura de que uma delas me agrade muito.

— Não sei — disse o professor Wanstead, — mas acho que a mim também não.

Os dois ficaram um instante em silêncio, e depois o professor Wanstead acrescentou:

— Não gosto do que aconteceu com Elizabeth Temple. A senhora conversou com ela durante a viagem?

— Conversei, sim. Assim que ela melhorar, pretendo conversar com ela de novo... ela poderia me dizer... nos dizer... coisas sobre a moça que foi assassinada. Ela me falou da tal moça... que tinha sido aluna do colégio dela, que ia casar com o filho de sr. Rafiel... mas não casou. Em vez disso, morreu. Perguntei como ou por que ela havia morrido... e ela me respondeu: com uma só palavra: "Amor!" Interpretei como sendo suicídio... mas era assassinato. Provavelmente causado por ciúmes. Um outro homem. Um outro homem qualquer que precisamos descobrir. Srta. Temple talvez possa nos revelar quem foi ele.

— Nenhuma outra hipótese sinistra?

— Eu acho, francamente, que nós precisamos é de informações casuais. Não vejo motivo para acreditar que haja qualquer traço sinistro em nenhum dos passageiros do ônibus... ou nas pessoas que moram no Velho Solar. Mas uma daquelas três irmãs é capaz de saber ou se lembrar de alguma coisa que a moça ou Michael um dia disseram. Clotilde costumava levar a moça ao estrangeiro. Portanto, talvez saiba de algo que tenha ocorrido numa dessas viagens. Algo que a moça disse, mencionou ou fez numa delas. Algum homem que ela tenha conhecido. Algo que não tenha nada que ver aqui com o Velho Solar. É difícil, porque só por meio de conversas, de informações casuais, pode-se encontrar uma pista. A segunda irmã, sra. Glynne, casou cedo e me parece que passou certo tempo na Índia e na África. Talvez ficasse sabendo de algo através do marido, ou dos parentes dele, de várias coisas que não estivessem relacionadas aqui com o Velho Solar, apesar de que ela costumava visitá-lo de tempos em tempos. É de se presumir que tenha conhecido a moça assassinada, mas eu acho que ela a conheceu muito menos que as outras duas. Mas isso não significa que não possa saber de alguns *fatos* marcantes acerca da moça. A terceira irmã já é mais avoada, nunca saiu daqui, e não parece ter conhecido a moça tão bem. Mas mesmo assim, também é *capaz* de ter informações sobre possíveis amantes... ou namorados... e de tê-la visto em companhia de algum desconhecido. Por falar nisso, lá vai ela, passando agora diante do hotel.

Miss Marple, apesar de entretida na conversa, não renunciava aos hábitos de uma vida inteira. Uma via pública, para ela, sempre constituía um posto de observação. Todos os passantes, ociosos ou apressados, tinham sido automaticamente notados.

— Anthea Bradbury-Scott... aquela com o pacotão. No mínimo está indo ao correio. Fica logo dobrando a esquina, não é?

— Parece meio maluca — comentou o professor Wanstead, — com todo aquele cabelo esvoaçante... ainda por cima grisalho... uma espécie de Ofélia velhusca.

— Eu também me lembrei de Ofélia, a primeira vez que a vi. Ah, meu Deus, quem me dera saber o que devo fazer agora. Ficar uns dias aqui no Javali Dourado, ou continuar com a excursão do ônibus? É o mesmo que procurar agulha num palheiro. Se a gente procura bem, termina encontrando alguma coisa... ainda que isso implique em esfolar os dedos.

XIII

XADREZ PRETO E VERMELHO

SRA. SANDBOURNE CHEGOU NA HORA EXATA em que o pessoal da excursão estava se sentando para almoçar. Não trazia boas notícias. Srta. Temple continuava inconsciente. Certamente ia demorar vários dias até poder ser removida.

Feita a comunicação, sra. Sandbourne mudou a conversa para assuntos práticos. Apresentou horários de trens convenientes para quem quisesse regressar a Londres e propôs planos adequados ao reinício da excursão para dali a um ou dois dias. Já tinha uma lista de passeios curtos que poderiam ser realizados pelos arredores durante a tarde — pequenos grupos em carros alugados.

O professor Wanstead puxou Miss Marple para o lado quando iam saindo da sala de refeições.

— Talvez a senhora pretenda descansar agora de tarde. Caso contrário, virei buscá-la dentro de uma hora. Há aqui uma igreja interessante que gostaria de lhe mostrar...

— Seria ótimo — disse Miss Marple.

2

Miss Marple estava calmamente sentada, aguardando o professor Wanstead, que chegou na hora combinada.

— Achei que a senhora teria talvez interesse em conhecer a igreja de que lhe falei. E o lugar também é muito bonito — explicou ele. — Não há motivo realmente para se deixar de aproveitar a oportunidade de apreciar os pontos de atração locais.

— O senhor sem dúvida é extremamente amável — disse Miss Marple.

E olhou-o com aquele seu ar meio especulativo.

— *Extremamente* amável — repetiu. — Só que me parece... bem, não quero dizer insensível, mas, enfim, o senhor me entende.

— Minha cara senhora, srta. Temple não é uma velha amiga sua ou coisa que o valha. Por mais lamentável que tenha sido esse acidente...

— Bem — tornou a dizer Miss Marple, — é extremamente amável da sua parte.

O professor Wanstead abriu então a porta do carro e Miss Marple entrou. Supunha que fosse alugado. Uma ideia amável, essa de levar uma senhora idosa a visitar um dos pontos de atração das cercanias. Ele poderia ter escolhido alguém mais jovem, mais interessante e certamente mais atraente. Miss Marple olhou-o, pensativa, umas duas vezes enquanto rodavam através do povoado. Ele não estava olhando para ela, mas para o lado de fora da sua janela.

Depois que deixaram as casas para trás e tomaram uma estrada rústica que contornava uma encosta, virou a cabeça e disse:

— Não estamos indo para nenhuma igreja, sabe?

— Ah — fez Miss Marple, — foi justamente o que pensei.

— A senhora tem o pensamento muito rápido.

Posso perguntar-lhe aonde vamos?

— A um hospital, em Carristown.

— Ah, sim, foi para onde levaram srta. Temple, não é?

Era uma pergunta, apesar de totalmente dispensável.

— É — respondeu ele. — Sra. Sandbourne esteve lá e me trouxe uma carta dos diretores do hospital. Falei com eles ainda há pouco pelo telefone.

— Ela está passando bem?

— Não. Não está passando nada bem.

— Ah. Mas, pelo menos, há esperanças? — indagou Miss Marple.

— O restabelecimento dela é muito problemático, mas não há nada que se possa fazer. É bem capaz de nunca mais recobrar os sentidos. Mas talvez tenha alguns momentos de lucidez.

— E o senhor está me levando *lá?* Por quê? Não sou amiga dela, sabe? Conheci-a nesta viagem.

— Sim, eu sei. Estou levando a senhora lá porque, num dos intervalos de lucidez que teve, ela perguntou pela senhora.

— Ah! — exclamou Miss Marple. — Por que será que ela foi se lembrar de *mim?* Será que pensou que eu... que eu poderia de alguma forma lhe ser útil, ou fazer qualquer coisa? Ela é uma mulher perspicaz. Em certo sentido, uma grande mulher, sabe? Como diretora do Fallowfield, ocupava uma posição de destaque no mundo didático.

— Me parece que é o melhor colégio feminino que há por aí, não é?

— É, sim. Ela foi uma grande personalidade. E uma professora de muita competência. A especialidade dela era a matemática, mas podia lecionar tudo... uma educadora, na melhor acepção da palavra. Interessava-se pelo futuro das alunas, procurando ver para que serviam, e como encorajá-las. Ah, uma porção de outras coisas. Vai ser uma pena, uma verdadeira tristeza, se ela morrer — disse Miss Marple. — Ficará parecendo um desperdício tão grande de vida. Embora tenha se aposentado do cargo de diretora, ainda exerce muita influência. Esse acidente... — Estacou. — Mas quem sabe o senhor não quer discutir o acidente?

— Creio que seria melhor que discutíssemos. Uma pedra enorme que despenca barranco abaixo. Não é a primeira vez que isso acontece por lá, mas em todo caso é raro. Seja como for, vieram me procurar para falar sobre isso — disse o professor Wanstead.

— Vieram procurá-lo para falar sobre o acidente? Quem?

— Os dois jovens. Joanna Crawford e Emlyn Price.

— E o que foi que eles disseram?

— Joanna me disse que teve a impressão de que havia alguém no alto do morro. Bem no topo. Ela e Emlyn tinham abandonado a trilha, tomando um atalho íngreme que ia sair no outro lado. Ao dobrarem uma curva ela viu nitidamente, recortada contra o céu, o vulto de um homem ou de uma mulher que tentava deslocar uma pedra enorme para que fosse cair lá embaixo. A pedra começou a oscilar... e finalmente se pôs a rolar, a princípio devagar e depois ganhando velocidade pelo barranco abaixo. Srta. Temple vinha vindo pelo caminho principal e tinha chegado a uma altura que ficava bem no ponto que seria atingido pela pedra. Se a coisa tivesse sido feita de propósito, é claro que talvez não desse certo. Seria capaz de não pegar nela... mas pegou. Agora, se se tratava de atentado deliberado para acertar na pessoa que estivesse passando por baixo, não há dúvida de que não podia ter resultado melhor.

— Era homem ou mulher que eles viram? — perguntou Miss Marple.

— Infelizmente, Joanna Crawford não soube dizer. Seja lá quem fosse, usava calça e tinha posto um pulôver espalhafatoso de gola *roulé* de xadrez vermelho e preto. O vulto se virou e sumiu quase que imediatamente. Ela está inclinada a crer que fosse homem, mas não tem certeza.

— E ela acha, ou o senhor acha, que foi um atentado deliberado contra a vida de srta. Temple?

— Quanto mais reflete sobre o caso, mais ela acha que foi exatamente isso que aconteceu. O rapaz concorda.

— O senhor não tem nenhuma ideia de quem possa ter sido?

— Nenhuma, absolutamente. E eles tampouco. Talvez fosse um de nossos companheiros de viagem, alguém que tivesse saído para dar um passeio naquela tarde. Ou então algum desconhecido que soubesse que o ônibus estava fazendo escala aqui e escolhesse esse lugar para atacar um dos excursionistas. Algum jovem adepto da violência gratuita. Ou inimigo, talvez.

— Fica muito melodramático se a gente disser "um inimigo secreto", não fica?

— Fica, sim. Quem havia de querer matar uma diretora de colégio aposentada e respeitada? Eis aí uma pergunta que precisa ser respondida. A nossa esperança, embora remota, é que a própria srta. Temple seja capaz de respondê-la. É possível que ela tenha reconhecido o vulto lá no alto ou, ainda mais plausível, que saiba de alguém que quisesse prejudicá-la por algum motivo qualquer.

— Mesmo assim, me parece improvável.

— Concordo com a senhora — disse o professor Wanstead.

— Ela parece uma pessoa totalmente improvável de ser a vítima ideal de um ataque, mas, pensando bem, uma diretora de colégio conhece um bocado de gente. Um bocado de gente, digamos assim, que já passou pelas mãos dela.

— Um bocado de moças, o senhor quer dizer.

— Sim. Sim, é isso mesmo que eu quero dizer. Tanto moças como as respectivas famílias. Uma diretora de colégio precisa estar ciente de uma série de coisas. Namoros, por exemplo, que as alunas talvez tenham, mas que os pais ignorem.

Isso acontece, sabe? E com muita frequência. Sobretudo nos últimos dez ou vinte anos. Dizem que as moças hoje em dia amadurecem mais cedo. Fisicamente está certo, embora no sentido profundo da palavra amadureçam mais tarde. Elas permanecem infantis por mais tempo: nas roupas que gostam de usar, nos cabelos soltos. Até suas minissaias indicam uma obsessão infantil. As camisolas *baby doll*, as peças íntimas... tudo coisa de criança. Elas *não* querem ficar adultas... para *não* terem de aceitar o nosso tipo de responsabilidade. E no entanto, como toda criança, querem ser *consideradas* como gente grande, livres para fazerem coisas que julgam próprias de gente grande. O que às vezes termina em tragédia, com todas as suas consequências.

— Refere-se a algum caso especial?

— Não. Não, realmente não. Estou apenas pensando... bem, digamos, deixando que as hipóteses me passem pela cabeça. Não posso acreditar que Elizabeth Temple tenha algum inimigo *pessoal*. Um inimigo suficientemente cruel para não perder a oportunidade de matá-la. O que é que a senhora acha... — olhou para Miss Marple, — ... tem alguma sugestão a fazer?

— Alguma hipótese? Bem, eu tenho a impressão de que sei ou imagino o que o senhor *está* sugerindo. O senhor acha que srta. Temple sabia de alguma coisa, de algum fato, que poderia ser inconveniente ou até perigoso se fosse divulgado.

— Sim, a minha sensação é exatamente essa.

— Nesse caso — continuou Miss Marple, — tudo leva a crer que existe alguém no ônibus que reconheceu srta. Temple ou sabia quem ela era, mas que talvez, com a passagem dos anos, não fosse mais lembrado nem reconhecido por ela. Parece que isso nos traz de volta aos nossos companheiros de viagem, não é? — Fez uma pausa. — O tal pulôver que falou... de xadrez vermelho e preto, o senhor disse?

—Ah, é. O pulôver... — Olhou-a com curiosidade. — Que foi que lhe chamou atenção nele?

— O fato de ser digno de nota — respondeu Miss Marple. — Pelo que pude deduzir de suas palavras, me pareceu muito marcante. A ponto de Joanna mencioná-lo especificamente.

— Sim. E o que é que isso lhe sugere?

— Bandeiras desfraldadas — disse Miss Marple, pensativa. — Uma coisa para ser vista, lembrada, notada, reconhecida.

— Sim. — O professor Wanstead incentivou-a com o olhar.

— Quando se descreve uma pessoa que a gente viu, não de perto, mas de uma certa distância, a primeira coisa que se menciona é a roupa. Não o rosto, nem o modo de caminhar, as mãos ou os pés. Um gorro escarlate, uma capa roxa, uma jaqueta de couro extravagante, um pulôver de xadrez vivo, vermelho e preto. Algo facilmente identificável, de chamar atenção. Com o intuito de, ao tirar essa peça de vestuário, ao se ver livre dela, ao remetê-la pelo correio num embrulho a um endereço qualquer, digamos, a mais de cem quilômetros de distância, ou ao jogá-la numa lata de lixo na cidade, ou ao queimá-la, rasgá-la ou destruí-la, ela, ou ele, ser a única pessoa modesta e um tanto pobremente vestida que não desperte atenção nem suspeitas. O tal pulôver xadrez vermelho e preto deve ter sido escolhido *de propósito*. Para que fosse reconhecido de novo, embora na verdade jamais torne a ser visto no corpo daquela mesma pessoa.

— Uma dedução perfeitamente razoável — disse o professor Wanstead. — Como já lhe expliquei — continuou, — Fallowfield fica a pouca distância daqui. A uns vinte quilômetros, se não me engano. Portanto esta é a região de Elizabeth Temple, uma parte do mundo que ela conhece bem, onde moram pessoas que ela também deve conhecer.

— Sim. O que amplia as possibilidades — disse Miss Marple.
— Concordo com o senhor — continuou, depois de uma pausa, — que é mais provável que o agressor seja um homem. Aquela pedra, se foi jogada de propósito, acertou no alvo com muita exatidão. E a exatidão é uma qualidade mais masculina que feminina. Por outro lado, pode ter sido facilmente alguém do nosso ônibus, ou talvez das imediações, que visse srta. Temple na rua, e que tivesse sido ex-aluna dela no passado.

Alguém que ela mesma não reconhecesse depois de um determinado período de tempo. Mas a moça ou mulher a identificou logo, porque um diretor ou uma diretora de colégio de mais de sessenta anos não muda muito do aspecto que tinha aos cinquenta. É reconhecível. Uma mulher que reconhecesse sua ex-professora e estivesse ciente de que ela sabia de algo que a prejudicasse. Alguém que poderia, de certo modo, representar um perigo para ela. — Suspirou. — Eu mesma não conheço nada desta região aqui. O senhor tem algum conhecimento especial dela?

— Não — respondeu o professor Wanstead. — Não posso dizer que tenha. Mas sei de várias coisas que aconteceram por aqui, graças exclusivamente ao que a senhora me contou. Não fosse isso e a convivência que estamos tendo, estaria ainda mais confuso do que já estou.

"E a senhora, o que é mesmo que está fazendo aqui? A senhora não sabe. No entanto, mandaram que viesse. Rafiel tomou todas as providências necessárias para que a senhora viesse, para que realizasse essa excursão de ônibus, para que nós dois nos encontrássemos. Houve outros lugares onde paramos ou por onde passamos, mas foi aqui que a senhora achou tudo já preparado para se hospedar durante alguns dias. Viu-se acolhida por velhas amigas dele que não recusariam nenhum pedido que ele lhes fizesse. Havia algum motivo para isso?

— Sim, para que eu ficasse sabendo de certos fatos que tinha de saber — respondeu Miss Marple.

— Uma série de crimes ocorridos há muitos anos atrás? — O professor Wanstead fez cara de dúvida. — Isso não tem nada de raro. Pode-se dizer o mesmo de vários lugares na Inglaterra e no País de Gales. Primeiro encontram uma moça estuprada e assassinada. Depois outra, a pouca distância. Aí então algo meio parecido, a uns trinta quilômetros, mais ou menos. O mesmo tipo de morte.

"Duas moças desapareceram de Jocelyn St. Mary: aquela de quem estivemos falando, cujo corpo foi encontrado seis meses mais tarde, a muitos quilômetros de distância, e que tinha sido vista pela última vez em companhia de Michael Rafiel...

— E a outra?

— Uma moça chamada Nora Broad. *Não* do "tipo pacato, sem namorados". Pelo jeito, namorado era o que não lhe faltava. Seu cadáver nunca foi encontrado. Mas será... um dia. Houve casos que levaram vinte anos para serem descobertos — disse Wanstead. Diminuiu a marcha: — Chegamos. Isto aqui é Carristown e ali está o hospital.

Conduzida pelo professor Wanstead, Miss Marple entrou. Ele já era evidentemente esperado. Fizeram-no passar a uma saleta, onde uma mulher levantou-se de uma escrivaninha.

— Ah, sim — disse, — o professor Wanstead. E... essa é... — Meio que hesitou.

— Miss Jane Marple — explicou o professor Wanstead.

— Falei pelo telefone com a irmã Barker.

— Ah, sim. A irmã Barker disse que o acompanharia.

— Como vai a srta. Temple?

— Continua na mesma, acho eu. Receio que não haja melhoras a assinalar. — Levantou-se. — Vou levá-los à irmã Barker.

A irmã Barker, alta e magra, tinha voz grave, autoritária, e olhos cinza escuro com que costumava fitar as pessoas, desviando-os em seguida, dando a impressão de inspecioná-las e emitir um julgamento sobre elas com rapidez de relâmpago.

— Não sei como a senhora pretende fazer — disse o professor Wanstead.

— Bem, é melhor que eu explique a Miss Marple as providências que tomamos. Primeiro, devo esclarecer-lhe que a paciente, srta. Temple, ainda se acha em estado de coma, com raríssimos intervalos de lucidez. De vez em quando parece voltar a si, reconhecer o lugar onde está e ser capaz de dizer algumas palavras. Mas não há nada que se possa fazer para animá-la. Tem que se manter a máxima paciência. Espero que o professor Wanstead já lhe tenha contado que num dos intervalos de lucidez ela pronunciou com toda a nitidez as palavras: "Miss Jane Marple". E depois: *"Eu quero falar com ela. Miss Jane Marple"*. Em seguida tornou a perder os sentidos. O doutor achou aconselhável entrar em contato com os outros passageiros do ônibus. O professor Wanstead veio nos ver e explicou vários assuntos, prometendo que iria trazer a senhora. Receio que a única coisa que podemos pedir-lhe que faça é ficar sentada no quarto particular onde srta. Temple está, e talvez prontificar-se a anotar todas as palavras que ela disser, se chegar a recobrar os sentidos. Tenho a impressão de que os prognósticos não são muito animadores. Para ser bem franca, o que na minha opinião é melhor, uma vez que a senhora não é parente próxima e é pouco provável que fique abalada com esta informação, o doutor acha que ela está piorando cada vez mais e que talvez morra sem recobrar os sentidos. Não há nada que se possa fazer para aliviar o choque. É importante que alguém escute o que ela diga e o doutor crê que seja aconselhável que ela não veja muita gente por perto, caso volte a si. Para que Miss Marple não se preocupe com a ideia de ficar lá sozinha, haverá uma enfermeira no quarto, embora de maneira discreta. Quer dizer, ela não será vista da cama e só abandonará o posto se for necessário. Permanecerá sentada num canto, protegida por um biombo. — E acrescentou: — Também colocamos lá um guarda, pronto para registrar tudo. O doutor acha aconselhável que srta. Temple também não o veja. A presença de uma única pessoa, que seja possivelmente a que ela *espera* ver, não lhe causará pânico, nem lhe fará perder a noção do que ela quer dizer à senhora. Suponho que não estejamos lhe pedindo uma coisa difícil demais, não é?

— Oh, não — respondeu Miss Marple. — Estou perfeitamente preparada para atendê-los. Trouxe comigo uma pequena agenda e uma caneta esferográfica que não deixarei à vista. Sou capaz de guardar coisas de cor por um breve período de tempo, de modo que não preciso revelar que estou anotando flagrantemente o que ela disser. Podem confiar na minha memória e não sou surda... pelo menos no verdadeiro sentido da palavra. Acho que o meu ouvido já não é mais o que foi, mas se eu ficar sentada perto da cama, creio que conseguirei escutar com a maior facilidade tudo o que falar, ainda que seja em murmúrio. Estou acostumada com gente doente. Já tive de lidar com uma porção no meu tempo.

O olhar de relâmpago da irmã Barker tornou a avaliar Miss Marple. Desta vez uma leve inclinação da cabeça demonstrou aprovação.

— É muita gentileza de sua parte — disse, — e estou verta de que contamos com a senhora para qualquer auxílio que possa nos prestar. Se o professor Wanstead quiser aguardar na sala de espera do andar térreo, nós o chamaremos no momento que for necessário. E agora, Miss Marple, queira fazer o favor de me acompanhar.

Miss Marple seguiu a irmã por um corredor até entrarem num pequeno quarto de solteiro bem mobiliado. Ali, na cama, na penumbra formada pelas venezianas entrecerradas, achava-se Elizabeth Temple, deitada como uma estátua, apesar de não dar impressão de estar dormindo. Respirava de modo irregular, arfando um pouco. A irmã Barker curvou-se para examinar a paciente, indicando uma cadeira para Miss Marple ao lado da cama. Depois atravessou o quarto de novo, indo até a porta. Um rapaz de bloco em punho saiu de trás do biombo que havia ali.

— Ordens do médico, sr. Reckitt — disse a irmã Barker.

Apareceu também uma enfermeira. Tinha estado sentada no canto oposto do quarto.

— Chame-me, se for preciso, enfermeira Edmonds — disse a irmã Barker, — e traga para Miss Marple tudo o que ela pedir,

Miss Marple desabotoou o casaco. O quarto estava abafado. A enfermeira aproximou-se e apanhou o casaco, retirando-se logo para a sua posição anterior. Miss Marple sentou-se na cadeira. Olhou para Elizabeth Temple, pensando, como antes, no ônibus, na cabeça bem feita que ela tinha. Os cabelos grisalhos, repuxados na nuca, emolduravam-lhe o rosto de uma maneira justa, com a perfeição de uma coifa. Uma mulher bonita, de muita personalidade. Sim, seria uma lástima, pensou Miss Marple, uma verdadeira lástima se o mundo perdesse Elizabeth Temple.

Miss Marple ajeitou a almofada nas costas, mudou a cadeira um pouco de lugar e sentou-se tranquilamente a esperar. Se era em vão, ou com algum resultado, não tinha a mínima ideia. Passou-se o tempo. Dez, vinte, trinta, trinta e cinco minutos. Depois, subitamente, da maneira mais imprevista, por assim dizer, ouviu-se uma voz. Baixa, mas nítida, ligeiramente rouca. Sem nada da ressonância antiga.

— Miss Marple.

Os olhos de Elizabeth Temple agora estavam abertos. E fitavam Miss Marple. Pareciam lúcidos, perfeitamente sensíveis. Analisavam a fisionomia da mulher sentada perto da cama, sem mostrarem o menor sinal de emoção, de surpresa. Apenas de exame atento, minucioso, plenamente consciente. E tornou-se a ouvir a voz.

— Miss Marple. A senhora é Jane Marple?

— Exatamente. Sim — disse Miss Marple, — Jane Marple.

— Henry falava muito na senhora. Dizia coisas a seu respeito.

Fez-se silêncio.

— Henry? — repetiu Miss Marple, com leve tom interrogativo.

— Henry Clithering, um velho amigo meu... amigo de longa data.

— E meu também — disse Miss Marple. — Henry Clithering. Então lembrou-se há quanto tempo conhecia Sir Henry Clithering, das coisas que ele lhe havia dito, do auxílio que às vezes lhe solicitava, e vice-versa. Um amigo de longa data.

— Não me esqueci do seu nome. E vi na lista de passageiros. Achei que devia ser a senhora. Que podia ajudar. Era o que ele... sim, o Henry... diria, se estivesse aqui. A senhora talvez pudesse ajudar. A descobrir. É muito importante. Importantíssimo, embora... já faça muito tempo... muito... muito... tempo.

A voz vacilou um pouco, os olhos entrecerraram-se. A enfermeira levantou-se, atravessou o quarto, pegou um copo pequeno e segurou-o à altura dos lábios de Elizabeth Temple.

Srta. Temple tomou um gole, e fez sinal com a cabeça que não queria mais. A enfermeira largou o copo e voltou à sua cadeira.

— Se eu puder, eu ajudo — disse Miss Marple, e não perguntou mais nada.

— Ótimo — disse srta. Temple, repetindo após curta pausa: — Ótimo.

Permaneceu de olhos fechados por alguns minutos. Podia estar dormindo ou inconsciente. Depois, de repente, abriu-os de novo.

— Qual? — perguntou. — Qual delas? É isso que se tem de saber. A senhora entende o que estou dizendo?

— Creio que sim. Uma moça que morreu... Nora Broad?

A testa de Elizabeth Temple logo se franziu.

— Não, não, não. A outra. Verity Hunt.

Houve uma pausa.

— Jane Marple. A senhora está velha... mais do que quando ele falou a seu respeito. A senhora está velha, mas ainda é capaz de descobrir coisas, não é?

A voz tinha se tornado ligeiramente aguda, insistente.

— É capaz, não é? Diga que é. Não tenho muito tempo. Sei que não tenho. Sei perfeitamente. Uma delas, mas qual? Descubra. O Henry diria que a senhora é capaz. Talvez seja perigoso para a senhora... mas vai descobrir, não vai?

— Sim, se Deus me ajudar — disse Miss Marple. Era uma promessa.

— Ah.

Os olhos fecharam-se, depois tornaram a se abrir. A sombra de um sorriso franziu os lábios.

— A enorme pedra lá de cima. A Pedra da Morte.

— Quem foi que a fez rolar?

— Não sei. Não importa... só... a Verity. Descubra a respeito da Verity. Verdade. Outro nome para verdade, Verity.

Miss Marple percebeu a leve descontração do corpo em cima da cama. Houve um suave murmúrio:

— Adeus. Faça tudo o que puder...

O corpo se descontraiu, os olhos fecharam-se. A enfermeira tornou a aproximar-se da cama. Desta vez tomou o pulso e fez sinal para Miss Marple. Miss Marple levantou-se, obediente, e saiu do quarto atrás dela.

— Ela fez um esforço muito grande — disse a enfermeira. Vai demorar bastante até recobrar os sentidos de novo. Talvez nem recobre, Espero que a senhora tenha apurado alguma coisa.

— Acho que não — disse Miss Marple, — mas nunca se sabe, não é mesmo?

— Conseguiu alguma coisa? — perguntou o professor Wanstead, quando iam tomar o carro.

— Um nome — respondeu Miss Marple. — Verity. Era esse o nome da moça?

— Sim. Verity Hunt.

Elizabeth Temple morreu uma hora e meia depois. Sem recobrar os sentidos.

XIV

As conjeturas de sr. Broadribb

—VIU O *TIMES* DE HOJE? — perguntou sr. Broadribb a seu sócio, sr. Schuster.

Sr. Schuster respondeu que o *Times* era muito caro, que só lia o *Telegraph*.

— Bem, talvez também tenha saído nele — disse sr. Broadribb. — Nas notas necrológicas. Srta. Elizabeth Temple, D.Sc.[7]

Sr. Schuster fez uma cara meio perplexa.

— Diretora do Fallowfield. Já ouviu falar no Fallowfield, não ouviu?

— Claro — respondeu Schuster. — Um colégio de moças. Existe há cinquenta anos, mais ou menos. Grã-fino, tremendamente caro. Quer dizer, então, que era a diretora? Eu pensava que a diretora já tivesse pedido demissão há muito tempo. Há uns seis meses, no mínimo. Estou certo de que li qualquer coisa no jornal. Saiu um comentário sobre a que entrou. Uma mulher casada. Ainda jovem. De seus trinta e cinco a quarenta anos. Ideias avançadas. Dando lições de cosméticos às alunas, deixando que usem calças compridas. Qualquer coisa assim.

— Hum — fez sr. Broadribb, com o tipo de ruído que os advogados de sua idade tendem a fazer quando ouvem alguma coisa que provoca crítica baseada em longa experiência. — Acho que ela nunca há de criar o renome que Elizabeth Temple criou. Essa sim, foi alguém. Inclusive ficou muito tempo lá.

---

[7] *Doctor of Science:* doutora em ciência.

— Pois é — disse sr. Schuster, meio indiferente, perguntando-se por que Broadribb estaria tão interessado na diretora morta.

Os colégios não despertavam nenhum interesse especial em ambos. Suas proles já estavam mais ou menos encaminhadas na vida. Os dois filhos de sr. Broadribb trabalhavam, respectivamente, no serviço público e numa companhia de petróleo. E os dois de sr. Schuster, bastante mais jovens, cursavam universidades diferentes, onde armavam o maior número possível de encrencas para os professores.

— Que houve com ela? — perguntou.

— Andava fazendo uma excursão de ônibus — respondeu sr. Broadribb.

— Esses ônibus — disse sr. Schuster. — Eu é que não deixaria nenhum parente meu sair por aí num deles. Na semana passada teve um que caiu de um precipício na Suíça e dois meses atrás outro deu uma batida e vinte pessoas morreram. Não sei quem guia essas coisas hoje em dia.

— Era uma dessas excursões de Casas e Jardins e Objetos de Interesse pelo interior da Grã-Bretanha... ou sei lá como chamam... — disse sr. Broadribb. — O nome não é bem esse, mas você sabe o que eu quero dizer.

— Sei, sim. Ah, não é... não é aquela que nós mandamos a Miss. Não-sei-o-quê? A que o velho Rafiel pagou a viagem?

— Sim, Miss Jane Marple.

— Não vá me dizer que ela também morreu — disse sr. Schuster.

— Que eu saiba, não — retrucou sr. Broadribb. — Mas a coisa me deixou pensando.

— Foi algum desastre?

— Não. O negócio aconteceu num dos pontos de atração turística. Eles estavam andando por uma trilha que ia dar no alto de um morro. Um caminho íngreme. Que sobe por uma encosta cheia de pedras e outras coisas. Uma das pedras se soltou, veio rolando colina abaixo, e caiu em cima de srta. Temple, que foi levada para o hospital em estado de choque e morreu...

— Que azar — exclamou sr. Schuster, esperando o resto da história.

— Eu só fiquei pensando — disse sr. Broadribb, — porque me lembrei por acaso que... bem, que Fallowfield era o colégio em que estava a moça.

— Que moça? Francamente, não sei do que é que você está falando, Broadribb.

—Aquela, que o jovem Michael Rafiel desgraçou. Estava mesmo vendo se me lembrava de umas coisas que parecem ter ligação com esse negócio estranho da Jane Marple, em que o velho Rafiel andava tão interessado. Gostaria de que ele nos tivesse dito mais.

— Que ligação? — perguntou sr. Schuster.

Agora parecia mais interessado. Seu instinto jurídico começava a despertar, para emitir uma firme opinião sobre o que quer que fosse que sr. Broadribb estava prestes a revelar-lhe.

— Com aquela moça. Não me lembro mais do nome dela. O de batismo era Hope,[8] Faith,[9] qualquer coisa assim. Verity, era esse o nome dela. Verity Hunter, tenho impressão. Foi uma daquela série de moças assassinadas. Encontraram o corpo dela num vaio, a cerca de quarenta quilômetros de distância do lugar onde tinha desaparecido. Fazia seis meses que estava morta. Estrangulada, pelo visto, e com a cabeça e o rosto esmigalhados... para impedir que fosse identificada, pensaram eles, mas quanto a isso não houve problema. Roupas, bolsa, jóias por perto... um sinal ou cicatriz. Ah é, foi facílimo identificá-la...

— Na verdade foi em torno dela que girou todo o Julgamento, não foi?

— Foi. Suspeitaram de que Michael tivesse feito o mesmo com outras três, se não me engano, no ano precedente. Mas as

---

[8] Esperança.
[9] Fé.

provas desses outros casos não foram tão irrefutáveis... e por isso a polícia caiu em cima desse... onde havia uma profusão... Péssimos antecedentes. Acusações anteriores de estupro e defloramento. Ora, quem é que não sabe como é essa história de defloramento hoje em dia? A mãe diz à filha que ela tem de acusar o rapaz, mesmo que ele não tenha tido quase oportunidade, com a moça insistindo o tempo todo para ele ir à casa dela enquanto a mãe está fora trabalhando ou o pai saiu em férias. E só pára de amolar depois que o força a dormir com ela. Aí, como eu falei, a mãe diz à filha para chamar de defloramento. Mas não se trata disso — explicou sr. Broadribb. — O que eu me pergunto é se uma coisa não estaria meio relacionada com a outra. Tenho a impressão de que essa história da Jane Marple com o Rafiel é capaz de ter algo que ver com o Michael.

— Ele foi considerado culpado, não foi? E pegou prisão perpétua?

— Já não me lembro... faz tanto tempo. Será que a sentença não considerou que havia circunstâncias atenuantes?

— E Verity Hunter, ou Hunt, foi educada naquele colégio, no colégio de srta. Temple? Mas ela não era mais interna lá, era, quando foi assassinada? Que eu me lembre, não.

— Oh, não. Já tinha dezoito ou dezenove anos, e morava com parentes ou amigos dos pais dela, ou coisa que o valha. Bom ambiente, boa gente, boa moça, sob todos os aspectos. O tipo da criatura cujos parentes sempre dizem "ela era muito sossegada, meio tímida, não andava com estranhos, nem com namorados". Os parentes nunca sabem que namorados uma moça tem. Elas tomam o maior cuidado para que não venham a saber. E consta que o filho do Rafiel tinha uma sorte danada com mulheres.

— Jamais houve alguma dúvida de que tivesse sido ele? — perguntou sr. Schuster.

— Nem por sombra. Ainda por cima, contou uma porção de mentiras ao prestar depoimento. Teria sido melhor que o advogado não o deixasse depor. Um grupo de amigos forneceu-lhe um *alibi* absolutamente ridículo, compreende? Parece que todos os amigos dele eram mentirosos contumazes.

— O que é que você acha de tudo isso, Broadribb?

—Ah, eu não acho nada — respondeu sr. Broadribb, — apenas me pergunto se a morte dessa mulher não terá alguma relação.

— Em que sentido?

— Ora, você sabe... esse negócio de pedras que rolam morro abaixo e caem em cima de alguém. A natureza não tem dessas coisas. A minha experiência ensina que as pedras, em geral, ficam onde estão.

XV

VERITY

—VERITY — MURMUROU MISS MARPLE.

Elizabeth Margaret Temple tinha morrido na véspera. De uma morte serena. Miss Marple, novamente sentada entre as cortinas de chitão desbotado da sala de visitas do Velho Solar, pôs de lado o casaquinho cor-de-rosa de bebê que andava tricotando e o substituiu por uma manta roxa de crochê. Esse pequeno toque de luto estava de acordo com as ideias meio vitorianas de Miss Marple sobre o tato que é preciso demonstrar face a tragédias.

No dia seguinte seria aberto o inquérito. Já tinham procurado o pároco para mandar celebrar um rápido serviço de encomendação na igreja, assim que se pudessem tomar todas as providências. Os armadores funerários, convenientemente vestidos e com o semblante pesaroso de praxe, incumbiram-se de tudo, auxiliados pela polícia. O inquérito começaria às onze horas da manhã. Os participantes da excursão de ônibus concordaram em comparecer. E vários preferiram permanecer na localidade, para também assistir à cerimônia religiosa.

Sra. Glynne foi ao Javali Dourado e insistiu para que Miss Marple voltasse ao Velho Solar até o reinício da excursão.

— Assim a senhora se livra de todos os jornalistas.

Miss Marple agradeceu efusivamente às três irmãs e aceitou.

A excursão prosseguiria depois do serviço de encomendação, dirigindo-se primeiro a South Bedestone, que ficava a uns cinquenta quilômetros de distância e onde havia um bom hotel, originariamente escolhido como ponto de parada. A partir daí, tudo continuaria de acordo com o programa.

Mas, conforme Miss Marple tinha previsto, várias pessoas estavam separando-se da excursão para regressar às suas casas, ou para tomar outros rumos. Podia-se dizer algo a favor de ambas as decisões. Desistir do que se tornaria uma viagem de penosas recordações ou continuar com a excursão que já estava paga e que tinha sido interrompida por um desses dolorosos acidentes que são capazes de acontecer em qualquer passeio turístico. Na opinião de Miss Marple, tudo dependia do resultado do inquérito.

Depois de trocar várias observações convencionais, apropriadas à ocasião, com as três donas da casa, Miss Marple dedicou-se à sua lã roxa, sentando-se para refletir sobre a sua próxima linha de investigação. E assim, enquanto mantinha os dedos ocupados, murmurou aquele nome.

—Verity.

Tal como se joga uma pedra na água, apenas para observar o efeito — se houver. Aquilo teria algum significado para as donas da casa? Talvez sim, talvez não. Senão, quando se encontrasse com os participantes da excursão para jantar, mais tarde, no hotel, conforme estava planejado, tentaria o mesmo. Aquilo, pensou com seus botões, tinha sido, praticamente, a última palavra pronunciada por Elizabeth Temple. Portanto, pensou Miss Marple (sempre com os dedos ocupados, pois não precisava olhar para o crochê; era capaz de ler um livro ou conversar enquanto seus dedos, apesar de ligeiramente afetados pelo reumatismo, prosseguiam corretamente os movimentos marcados), portanto:

—Verity.

Como uma pedra que cai no meio da água parada, causando ondulações, esguichos, qualquer coisa? Ou nada. Certamente teria de haver uma ou outra espécie de reação. Sim, ela não tinha se enganado. Embora seu rosto não registrasse a menor emoção, os olhos atentos atrás dos óculos haviam ficado controlando três pessoas ao mesmo tempo, como costumava fazer há tantos anos, quando queria observar os vizinhos na igreja, nas reuniões de família, ou noutras funções públicas em St. Mary Mead, toda vez que andava na pista de alguma novidade ou mexerico interessantes.

Sra. Glynne tinha deixado cair o livro que estava lendo e olhava com certa surpresa na direção de Miss Marple. Parecia surpreendida com o fato da palavra partir dos lábios de Miss Marple, mas não realmente com o fato de ouvi-la.

Clotilde reagiu de modo diferente. Levantou subitamente a cabeça, inclinou-a um pouco para a frente, depois olhou não para Miss Marple, mas para o lado oposto da sala, na direção da janela. Crispou as mãos e ficou totalmente imóvel. Miss Marple, apesar de ter baixado a cabeça de leve, para dar impressão de que não estava mais olhando, percebeu que os olhos dela estavam cheios de lágrimas. Clotilde continuou imóvel, enquanto as lágrimas lhe rolavam pelas faces. Não fez nenhuma tentativa de pegar um lenço, de pronunciar uma palavra. Miss Marple sentiu-se impressionada com a aura de dor que emanava dela.

A reação de Anthea foi diversa. Rápida, entusiasmada, quase de prazer.

— Verity? Verity, a senhora disse? A senhora a conheceu? Nunca imaginei. É à Verity Hunt que se refere?

— É nome de batismo? — perguntou Lavinia Glynne.

— *Jamais* conheci alguém com esse nome — respondeu Miss Marple, — mas é nome de batismo, sim. Bastante raro, a meu ver. Verity — repetiu, pensativa.

Deixou cair o novelo de lã roxa e olhou em torno, com o ar embaraçado, meio contrita, como se tivesse notado que havia cometido uma grande gafe, sem saber qual.

— Eu... eu sinto muito. Disse alguma coisa que não devia? Foi apenas porque...

— Não, claro que não — atalhou sra. Glynne. — É só que se trata de um nome de alguém que conhecemos, que nos traz recordações.

— Me veio de repente — explicou Miss Marple, ainda contrita, — porque, sabem, foi a coitada da srta. Temple que o mencionou. Eu ontem fui visitá-la. Ontem de tarde. O professor Wanstead me levou. Parece que ele achou que eu poderia... não sei se é a palavra justa... *estimulá-la,* de certo modo. Ela estava em estado de coma e eles pensaram... não que tivéssemos sido amigas alguma vez, mas conversamos um pouco durante a excursão e geralmente sentávamos no mesmo banco, sabem como é, e então a gente se falava. E ele achou que eu talvez pudesse prestar alguma ajuda. Mas creio que não adiantou nada. Absolutamente nada. Fiquei simplesmente sentada lá, esperando, e aí então ela chegou a dizer uma que outra palavra, mas que não me pareceram que formavam sentido. Até que afinal, quando já estava na hora de eu ir embora, ela abriu os olhos e me viu... não sei se me confundiu com alguém... mas pronunciou esse nome. Verity! E, ora, é claro que isso ficou gravado na minha memória, principalmente depois que ela faleceu ontem à noite. Deve ter sido alguém ou alguma coisa que ela tinha na ideia. Mas naturalmente é possível que significasse apenas... bem, naturalmente é possível que significasse apenas Verdade. É isso que Verity quer dizer, não é?

Olhou sucessivamente para Clotilde, Lavinia e Anthea.

— Era o nome de batismo de uma moça que conhecíamos — disse Lavinia Glynne. — Foi por isso que nos surpreendeu.

— Sobretudo por causa do modo horrível que ela morreu — explicou Anthea.

— Anthea! — exclamou Clotilde com aquela voz grossa. — Não há necessidade de entrar em pormenores.

— Mas que bobagem, quem é que não sabe? — retrucou Anthea. Olhou para Miss Marple. — Pensei que talvez a conhecesse, pois a senhora conheceu sr. Rafiel, não é? Bem, quero dizer, ele nos escreveu a seu respeito, portanto a senhora certamente o conheceu. E eu achei que ele talvez... ora, que ele talvez lhe tivesse contado a história toda.

— Me desculpe — disse Miss Marple, — mas tenho a impressão de que não estou entendendo direito.

— Eles encontraram o corpo dela num valo — explicou Anthea.

Depois que Anthea tomava ímpeto, tornava-se impossível contê-la. Mas Miss Marple notou que a sua maneira gárrula de falar só contribuía para aumentar a tensão de Clotilde, que havia tirado discretamente um lenço do bolso e enxugava as lágrimas dos olhos. De repente endireitou-se na cadeira, levantando as costas, com o olhar profundamente trágico.

— Verity — disse — era uma moça de quem gostávamos muito. Ela morou algum tempo conosco. Eu tinha verdadeira adoração por ela...

— E ela por você — disse Lavinia.

— Os pais dela eram amigos meus — continuou Clotilde. — Morreram num desastre de avião.

— Ela estava no colégio em Fallowfield — explicou Lavinia. — Deve ter sido por isso que srta. Temple se lembrou dela.

— Ah, já sei — disse Miss Marple. — Era onde srta. Temple foi diretora, não é? Lógico, ouvi falar muitas vezes em Fallowfield. É um colégio ótimo, não?

— Sim — respondeu Clotilde. — Verity estudou lá. Depois que os pais morreram ela veio morar algum tempo conosco, até que resolvesse o que queria fazer com seu futuro. Tinha dezoito ou dezenove anos. Um encanto de moça, muito afeiçoada e carinhosa. Pretendia tirar diploma de enfermagem, mas era inteligentíssima e srta. Temple insistiu para que cursasse a universidade. Por isso ela começou a se preparar para fazer o exame... quando aconteceu essa coisa horrível.

Virou o rosto para outro lado.

— Eu... a senhora não se incomoda de mudar de assunto?

— Não, claro que não — disse Miss Marple. — Lamento imensamente ter reavivado alguma tragédia. Eu não sabia. Eu... eu nunca tinha ouvido falar... Pensei... bem, quero dizer...

E cada vez se atrapalhava mais.

★ ★ ★

Naquela noite soube de novos detalhes. Sra. Glynne entrou no seu quarto quando ela estava trocando de vestido para sair para se encontrar com os outros no hotel.

— Achei que devia vir lhe explicar alguma coisa — disse sra. Glynne, — sobre... sobre aquela moça, a Verity Hunt. Evidente que a senhora não podia saber que Clotilde gostava tanto assim dela e que sua morte, realmente horrenda, constituiu um choque tremendo. Se possível, nunca falamos nela, mas... tenho a impressão de que seria mais fácil se eu lhe contasse todos os fatos, para que possa compreender. Ao que parece, a Verity tinha, sem que soubéssemos, travado amizade com um rapaz indesejável... aliás, mais que indesejável... depois se descobriu até que ponto era perigoso... ele já possuía antecedentes criminosos. Veio nos visitar uma vez quando passou por aqui. Conhecíamos muito bem o pai dele. — Fez uma pausa. — Acho que se a senhora não sabe é melhor contar-lhe logo toda a verdade, e pelo jeito a senhora não sabe mesmo. Na realidade ele era o filho de sr. Rafiel, Michael...

— Ah, meu Deus — exclamou Miss Marple, — não... não o... não me recordo do nome dele, mas me lembro de ter ouvido falar que havia um filho... que só tinha dado desgostos ao pai.

— Um pouco mais do que isso — disse sra. Glynne. — Chegou a ser processado duas vezes por vários motivos. Por deflorar adolescentes... e outras coisas desse gênero. Eu sinceramente acho que os juízes são muito clementes com esse tipo de coisa. Não querem prejudicar a carreira universitária de um rapaz. E assim ficam soltos por aí, graças a uma... não me lembro direito como se chama... com uma suspensão de sentença, ou algo semelhante. Se fossem logo recolhidos à prisão, isso talvez lhes servisse de aviso para desistir desse tipo de vida. Ainda por cima ele era ladrão. Tinha falsificado cheques, roubado coisas. Não valia nada mesmo. Éramos amigas da mãe dele. Até acho que foi uma sorte que ela tivesse morrido jovem, antes de sofrer com o jeito que o filho ficou. Sr. Rafiel, a meu ver, fez tudo o que pôde. Tentou encontrar empregos que conviessem ao rapaz. Pagou-lhe multas e sei lá mais o quê. Mas tenho a impressão de que foi um grande golpe para ele, embora fingisse que lhe era mais ou menos indiferente e encarasse aquilo como uma dessas coisas que acontecem. Nós tivemos, como provavelmente os moradores do povoado poderão lhe contar, uma fase terrível de crimes e violência nesta região. Não só aqui como noutras partes do país, a trinta, às vezes sessenta quilômetros de distância. E a polícia desconfia de que um ou dois foram a quase cento e cinquenta quilômetros daqui. Mas pareciam concentrar-se mais ou menos nesta região. Enfim, um dia a Verity saiu para visitar uma amiga e... não voltou. Comunicamos à polícia, que se pôs à procura, revistando tudo quanto é canto, sem conseguir encontrar nem rastro dela. Pusemos anúncio nos jornais, a polícia também, e então sugeriram que ela havia fugido com um namorado. Aí começou a correr o boato de que ela tinha sido vista em companhia de Michael Rafiel. A essa altura a polícia já andava de olho no Michael como possível suspeito de uma série de crimes, embora não contassem com nenhuma prova concreta. Disseram que a Verity tinha sido vista, descreveram-lhe a roupa que usava e outras coisas, em companhia de um rapaz parecido com Michael e num carro que dava impressão de ser o dele. Mas não surgiu nenhuma outra prova até que descobriram o corpo dela seis meses depois, a quarenta e tantos quilômetros daqui, num lugar meio selvagem, cheio de mato, dentro de um valo com pedras e terra amontoada. Clotilde teve de ir identificá-la... e, realmente, era a Verity. Estava estrangulada e com a cabeça esmigalhada. Clotilde nunca se recuperou do choque por completo. Havia certas marcas, um sinal, uma cicatriz antiga, e, naturalmente, as roupas e o conteúdo da bolsa. Srta. Temple gostava muito de Verity. Deve ter-se lembrado dela pouco antes de morrer.

— Que tristeza — disse Miss Marple. — Não imagina como estou arrependida. Por favor, explique à sua irmã que eu não sabia. Não fazia a mínima ideia.

XVI

O INQUÉRITO

MISS MARPLE PERCORREU LENTAMENTE a rua do povoado, a caminho do prédio no mercado, onde ia se realizar o inquérito: uma construção antiga, georgiana, conhecida há um século como O *Toque de Recolher*. Olhou o relógio. Ainda faltavam uns bons vinte minutos para a hora marcada. Examinou as lojas. Parou diante de uma que vendia lã e casaquinhos infantis, e ficou espiando um pouco o interior. Viu uma moça atendendo. Duas crianças experimentavam blusinhas de lã. Noutro canto do balcão havia uma mulher já idosa.

Miss Marple entrou, dirigiu-se à extremidade do balcão, sentou-se numa cadeira diante da velha e mostrou uma amostra de lã cor-de-rosa. Explicou que precisava de um novelo daquela mesma marca para terminar um casaquinho já começado. Não demorou muito para que a mulher lhe trouxesse o que procurava, com mais algumas amostras de lã que Miss Marple havia admirado, e ela logo se pôs a conversar. Mencionou com tristeza o acidente que acabava de ocorrer. Sra. Merrypit — se é que o nome dela era idêntico ao que estava escrito na fachada da loja — concordou que de fato não podia ser mais triste e não parou mais de falar nas dificuldades generalizadas para se conseguir que as autoridades locais fizessem qualquer coisa para minorar os riscos das trilhas e passeios públicos.

— Depois que chove, o chão fica muito úmido e aí as pedras se soltam e vêm abaixo. Eu me lembro de um ano em que houve três que caíram... três acidentes. Um garoto quase morreu, e depois, mais tarde, naquele mesmo ano, ah, uns seis meses depois, se não me engano, um homem ficou com o braço quebrado, e a terceira vítima foi a pobre da sra. Walker. Já estava bem velha, cega e ainda por cima praticamente surda.

Dizem que ela não ouviu nada, senão ter-se-ia desviado. Alguém enxergou e gritou, mas a distância era muito grande e não deu para correr para acudi-la. E assim ela morreu.

— Ah, mas que tristeza — disse Miss Marple, — que tragédia. O tipo da coisa que não se esquece facilmente, não é?

— De fato. Acho que o juiz hoje vai mencionar isso.

— Com toda a certeza — disse Miss Marple. — É horrível, mas parece perfeitamente natural que aconteça uma coisa dessas, não é mesmo? Embora seja lógico que às vezes haja acidentes quando são empurradas de um lado para outro, sabe. Só empurrando, fazendo as pedras balançar. Esse tipo de coisa.

— Ah é, esses garotos são capazes de tudo. Mas acho que nunca vi nenhum deles brincando lá por cima.

Miss Marple passou ao assunto de pulôveres. Pulôveres de cores berrantes.

— Não é para mim — explicou, — mas para um dos meus sobrinhos-netos. Sabe, ele quer um pulôver de gola *roulé* e gosta de cores bem vivas.

— Pois é, hoje em dia eles só querem saber de cores vivas, não é? — concordou sra. Merrypit. — Não nas calças. Calças, eles gostam escuras. Pretas ou azul-marinho. Mas em cima eles querem um pouco de cor.

Miss Marple descreveu um pulôver de padrão xadrez em cores vivas. Parecia haver uma variedade bastante boa de pulôveres e camisas de malha, mas nada que fosse em vermelho e preto. Fazia muito tempo que estavam em falta no estoque. Depois de examinar alguns, Miss Marple já se dispunha a ir embora, parando antes para conversar sobre os crimes anteriores que lhe haviam falado que tinham sido cometidos naquela região.

— No fim pegaram o sujeito — disse sra. Merrypit. — Um rapaz bonito, que eu nunca teria imaginado que fosse o culpado.

Instruído, sabe. Esteve na universidade e tudo mais. Dizem que o pai era muito rico. No mínimo não regulava bem da cachola. Não que mandassem ele para Broadway, ou sei lá como se chama o tal lugar. Não, isso eles não fizeram, mas eu acho que deve ter sido um caso de desequilíbrio mental... falaram que houve cinco ou seis outras moças. A polícia interrogou toda a rapaziada da redondeza. O Geoffrey Grant, por exemplo. No começo tinham quase certeza de que era ele. Sempre foi meio esquisito, desde o tempo de menino. Atacava as garotinhas que iam para a escola, sabe. Costumava oferecer doces para elas e levá-las para o campo, para ver as flores, ou coisa parecida. Sim, eles andavam muito desconfiados com ele. Mas não era ele. E depois teve outro, o Bert Williams, mas esse tinha estado viajando em duas ocasiões, pelo menos... o que chamam de *alibi*. Portanto não podia ser ele. E aí por fim apareceu o tal de... como é mesmo o nome? Não consigo me lembrar agora. Me parece que era Luke... não, Mike. Mike não-sei-do-quê. Muito bonito, como já disse, mas tinha péssimos antecedentes. Sim, roubo, cheques falsificados, tudo quanto é tipo de coisas assim. E dois, como é que se chamam ainda, casos de paternidade? Não, não é isso que eu quero dizer, mas a senhora me entende, não é? Quando uma moça vai ter filho, sabe, e eles dão uma ordem e obrigam o sujeito a pagar. Ele já havia deixado duas moças em estado interessante antes disso.

— A tal moça também estava em estado interessante?

— Ah, estava, sim. A princípio todo mundo pensou que o cadáver podia ser da Nora Broad. A sobrinha de sra. Broad, que tem uma chapelaria logo ali adiante. Aquela não perdia ocasião para sair por aí com os rapazes. Sumiu de casa do mesmo modo. Ninguém sabia onde ela andava. Por isso quando o tal cadáver apareceu seis meses depois, todo mundo a princípio pensou que fosse ela.

— E não era?

— Não... era uma outra, bem diferente.

— E o corpo dela nunca mais apareceu?

— Não. Imagino que um dia há de aparecer, mas todo mundo acha que foi levado pela correnteza. Pois é, sabe lá, não é? Sabe-se lá o que se pode encontrar cavando um campo lavrado ou qualquer coisa assim. Uma vez me levaram para ver todo aquele tesouro. Como se chamava? Luton Loo... qualquer coisa assim. Lá pela costa leste do país. Estava debaixo de um campo lavrado. Uma maravilha. Navios de ouro, dos *vikings*, e baixela, enormes travessas redondas, também de ouro. Bem, nunca se sabe. Um dia pode-se encontrar um cadáver ou uma travessa de ouro. E que talvez tenha cem anos, que nem aquela baixela toda, ou então um cadáver de três ou quatro anos atrás, como o da Mary Lucas, que andou sumida durante quatro anos, segundo dizem. Foi achado lá por perto de Reigate. Pois é, essas coisas todas! A vida é uma tristeza. Sim, uma verdadeira tristeza. A gente nunca sabe o que vem pela frente.

— Teve outra moça que também era daqui, não teve? — perguntou Miss Marple. — Que morreu assassinada.

— A senhora quer dizer o cadáver que pensaram que fosse da Nora Broad, mas não era? Teve. Não me lembro do nome agora. Me parece que era Hope. Hope ou Charity. Um desses nomes assim, que andavam muito em moda no tempo da Rainha Vitória, mas que hoje em dia a gente não ouve mais. Ela morava no Velho Solar. Ficou lá uma boa temporada depois que os pais morreram.

— Os pais morreram num desastre, não foi?

— Isso mesmo. Num avião que ia para a Espanha ou a Itália, um lugar desses.

— E a senhora diz que ela veio morar aqui? Eram parentes?

— Não sei se eram parentes, mas tenho a impressão de que sra. Glynne, como ela se chama agora, era muito amiga da mãe dela ou coisa parecida. A sra. Glynne, é lógico, estava casada e vivia no estrangeiro, mas srta. Clotilde... a mais velha, a morena... gostava muito da moça. Sempre viajava com ela pelo estrangeiro, pela Itália, França, e por tudo quanto é lugar, e fez com que tomasse aulas de datilografia, estenografia, essas coisas, e de pintura também. Srta. Clotilde é toda metida a artista. Ah, e como gostava daquela moça! Ficou desesperada quando ela desapareceu. Muito diferente de srta. Anthea...

— Srta. Anthea é a mais moça, não é?

— É. Tem gente que diz que ela não regula bem. Meio avoada, sabe. Às vezes a gente encontra com ela por aí, falando sozinha, e sacudindo a cabeça de um jeito bem esquisito. As crianças chegam a ficar assustadas. Dizem que tem umas coisas estranhíssimas, sei lá. Em lugar pequeno a gente ouve de tudo, não é mesmo? O tio-avô, que antes morava aqui, também era meio excêntrico. Sempre andava dando tiros no jardim. Ninguém sabia por quê. Ele dizia que era de orgulho pela sua pontaria, mas não sei o que é que ele entendia por isso.

— E srta. Clotilde? Não é excêntrica?

— Ah não, ela é inteligente. Me parece que sabe latim e grego. Queria entrar para a universidade, mas teve de cuidar da mãe, que esteve inválida durante muito tempo. Mas gostava imensamente de srta.... ali, como era o nome dela?... Faith, talvez. Gostava imensamente dela e tratava-a como se fosse uma filha. E aí me aparece esse tal de rapaz, Michael, acho que ele se chamava assim... e aí um dia a moça simplesmente some sem dizer nada a ninguém. Não sei se srta. Clotilde sabia que ela estava em estado interessante.

— Mas a senhora sabia — disse Miss Marple.

— Pois é, mas é que eu tenho muita experiência. Em geral eu sei quando uma moça está esperando. A gente logo nota. Não só pelo corpo, como se poderia dizer, mas pelo olhar delas e pelo modo de caminhar e sentar, e o tipo de tontura e os ataques de náusea que têm de vez em quando. Nem há dúvida, pensei comigo mesma, esta aí está do mesmo jeito. Coitada da srta. Clotilde. Teve de ir identificar o cadáver. Ficou quase para morrer. Nem parecia mais a mesma, durante semanas a fio. Ela praticamente amava aquela moça.

— E a outra... a srta. Anthea?

— Sabe, por incrível que pareça, tive a impressão de que ela estava até contente, como se... é isso mesmo, contente. Que desagradável, não é? A filha do fazendeiro Plummer também era assim. Sempre queria ver quando matavam os porcos. Sentia prazer naquilo. Acontece cada coisa nessas famílias.

Miss Marple despediu-se, viu que ainda faltavam dez minutos e passou pelo correio. O correio e livraria de Jocelyn St. Mary ficava bem perto da praça do mercado.

Miss Marple entrou, comprou selos, examinou uns cartões-postais e depois concentrou sua atenção em diversos livros de bolso. Uma mulher de meia-idade, de cara azeda, tomava conta do balcão do correio. Ajudou Miss Marple a tirar um livro da armação de metal em que estavam expostos.

— Às vezes ficam um pouco presos. As pessoas não colocam direito no lugar, sabe?

De momento não havia mais ninguém ali. Miss Marple olhou a capa do livro com repugnância: uma mulher nua com o rosto coberto de manchas de sangue e um assassino de aspecto sinistro curvado sobre ela de faca ensanguentada na mão.

— Francamente — disse, — não gosto destes horrores que vendem hoje em dia.

— Eles estão exagerando um pouco nessas capas, não estão? — concordou Dona Azeda. — Não é todo mundo que gosta. Me parece que anda uma onda de violência atualmente por aí.

Miss Marple pegou um segundo livro.

— O *que terá acontecido com Baby Jane?* — leu. — Ah, meu Deus, que mundo mais triste em que a gente vive.

— Pois é, eu sei. Ainda ontem vi no jornal da tarde que uma mulher deixou o carrinho do bebê na frente de um supermercado e quando saiu de novo, alguém tinha levado ele embora. E ninguém sabe por quê. Ainda bem que a polícia depois encontrou. Parece que todos dão a mesma explicação quando roubam de um supermercado ou fogem com uma criança. Dizem que não sabem como foi.

— Talvez não saibam mesmo — sugeriu Miss Marple.

Dona Azeda fez uma cara mais azeda ainda.

— Pois sim, a mim é que não enganam.

Miss Marple olhou em torno — o correio continuava vazio. Aproximou-se do guichê.

— Se a senhora não estiver muito ocupada, gostaria de lhe fazer uma pergunta — disse. — Cometi um erro simplesmente incrível. Ultimamente isso vem se repetindo com frequência. Foi com um embrulho endereçado a uma obra de caridade. Mandei roupas... pulôveres e pecinhas de lã para crianças, fiz o pacote, pus o endereço e despachei... e só hoje de manhã, de repente, percebi que tinha cometido engano e escrito o endereço errado. Eu *não* creio que guardem alguma lista dos destinatários dos embrulhos... mas achei que talvez alguém fosse capaz de se lembrar. O endereço que eu queria pôr era o da Liga Beneficente dos Estaleiros do Tâmisa.

Dona Azeda agora estava com ar mais amável, comovida pela flagrante incapacidade e estado geral de senilidade e atrapalhação de Miss Marple.

— Foi a senhora mesma quem trouxe?

— Não, não fui eu, não... estou hospedada no Velho Solar... e uma delas, a sra. Glynne, me parece... disse que ela ou a irmã poriam no correio. Foi muito gentil da parte dela...

— Deixe eu ver. Deve ter sido na terça-feira, não? Só que não foi sra. Glynne quem trouxe. Foi a mais moça, a srta. Anthea.

— Sim, isso mesmo, acho que foi na terça...

— Eu me lembro perfeitamente. Uma caixa de vestido bem grande... e meio pesada, até. Mas não para o endereço que a senhora disse, Liga de Estaleiros... não me recordo de nada disso. Era para o Reverendo Mathews... Centro de Distribuição de Roupas de Lã Femininas e Infantis de East Ham.

— Exato — Miss Marple bateu palmas num êxtase de alívio. — Como a senhora é inteligente... agora sei o que aconteceu. No Natal eu *de fato* mandei coisas para o Centro de East Ham, atendendo, a um pedido especial de peças de tricô, por isso decerto copiei o endereço errado. Dava para a senhora repetir? Anotou-o cuidadosamente numa agenda.

— Mas eu acho que o pacote já foi despachado...

— Sim, mas eu posso escrever, explicando o engano e pedindo que remetam o pacote, em vez disso, para a Liga dos Estaleiros. Ah, *muito* obrigada.

E saiu às pressas.

Dona Azeda entregou selos ao comprador seguinte, comentando à parte com uma colega:

— Coitada, que velha mais avoada. Garanto que vive fazendo essas confusões.

Miss Marple, ao sair do correio, cruzou por Emlyn Price e Joanna Crawford. Reparou que Joanna estava muito pálida e com ar preocupado.

— Tenho de prestar depoimento — disse Joanna. — Não sei o que será que vão me perguntar? Estou morta de medo. Eu... eu não gosto disso. Eu disse ao sargento da polícia que já contei para ele o que tínhamos visto.

— Não se preocupe, Joanna — disse Emlyn. — Isso é apenas um inquérito judicial, sabe? O juiz é simpático, creio até que é médico. Ele só vai lhe fazer algumas perguntas e você dirá o que viu.

— Você também viu — disse Joanna.

— Vi, sim — concordou Emlyn. — Pelo menos vi que havia alguém lá em cima. Perto das pedras e o resto. Vamos de uma vez, Joanna.

— Eles andaram revistando os nossos quartos no hotel — disse Joanna. — Pediram licença para nós, mas tinham ordem para dar busca. Esmiuçaram tudo o que havia na bagagem.

— Acho que queriam encontrar aquele pulôver xadrez que você descreveu. Em todo caso, não há motivo para preocupações. Se você tivesse um pulôver preto e vermelho, você não ia falar nisso, ia? Era preto e vermelho, não é?

— Sei lá — respondeu Emlyn Price. — Sinceramente não distingo as cores muito bem. Tenho a impressão de que era uma cor viva. É só o que eu sei.

— Não encontraram nenhum — continuou Joanna. — Afinal de contas, ninguém trouxe grande coisa na mala. A gente não traz muita bagagem numa viagem de ônibus. Não havia nada parecido entre as coisas de ninguém. Eu nunca vi algum passageiro... do nosso grupo, bem entendido, usando algo semelhante. Pelo menos até agora. E você?

— Não vi, não, mas acho que não me lembraria se tivesse visto — retrucou Emlyn. — Nem sempre distingo o vermelho do verde.

— Pois é, você é meio daltônico, não? — disse Joanna. — Reparei isso outro dia.

— Reparou como?

— A minha manta vermelha. Perguntei se você tinha visto. Você respondeu que tinha visto uma verde, não sabia onde, e depois me trouxe a vermelha, que eu havia deixado na sala de refeições. Mas você de fato não sabia que era vermelha.

— Bom, não vá espalhar por aí que sou daltônico. Isso não me agrada. De certo modo deixa as pessoas de prevenção contra mim.

— Os homens costumam ser mais daltônicos que as mulheres — disse Joanna. — É uma dessas heranças genéticas, sabe? — acrescentou, com ar de erudição. — Que a fêmea transmite e se manifesta no macho.

— Do jeito que você fala, até parece sarampo — disse Emlyn Price. — Bem, cá estamos.

— Pelo visto, você nem está apreensivo — comentou Joanna, enquanto subiam a escada.

— E não estou mesmo. Nunca assisti a um inquérito. Tudo o que a gente faz pela primeira vez sempre é interessante.

O dr. Stokes era um homem grisalho de meia-idade, que usava óculos. Primeiro a polícia prestou depoimento, depois o médico-legista, explicando detalhes técnicos dos ferimentos cranianos que tinham causado a morte. Sra. Sandbourne forneceu pormenores sobre a excursão de ônibus, o passeio que havia ficado marcado para a tarde fatal, e descreveu as minúcias do acidente. Srta. Temple, disse ela, embora não fosse jovem, caminhava com passo decidido. O grupo estava percorrendo uma trilha bem conhecida que contornava um morro que ia dar na velha igreja rústica construída na era elizabetana, mas reformada e ampliada posteriormente. Num cume vizinho achava-se o chamado monumento aos mortos da guerra de Bonaventure. Era uma subida bastante íngreme e geralmente as pessoas a empreendiam em ritmo diferente. As mais moças quase sempre corriam ou tomavam a dianteira, chegando ao destino muito antes que as demais. As idosas avançavam devagar. A própria sra. Sandbourne tinha o hábito de manter-se à retaguarda do grupo para, se necessário, sugerir aos que ficavam cansados que poderiam, se quisessem, voltar. Srta. Temple, segundo ela, vinha conversando com o casal Butler, mas, apesar de já ter mais de sessenta anos, começou a impacientar-se com o passo lento de ambos e distanciou-se deles, dobrando uma curva e adiantando-se com certa rapidez, como já tinha feito tantas vezes antes. Era propensa a impacientar-se com gente vagarosa, e preferia caminhar sozinha. Nisso ouviram um grito mais à frente, e sra. Sandbourne e os outros saíram correndo, dobrando uma curva da trilha e encontrando srta. Temple caída no chão. Uma pedra enorme que se soltara do alto do morro, onde havia várias outras do mesmo tipo, devia, na opinião deles, ter rolado pela encosta abaixo e atingido srta. Temple no momento exato em que passava por ali. Um acidente simplesmente infeliz e trágico.

— Não imaginou que pudesse tratar-se de outra coisa além de acidente?

— Francamente, não. Não vejo que outra coisa poderia ter sido.

— Não enxergou ninguém no alto do morro?

— Não. Aquela é a trilha principal que contorna o morro, mas naturalmente as pessoas perambulam por tudo quanto é canto para chegar lá em cima. Naquela tarde não enxerguei ninguém.

Depois chamaram Joanna Crawford. Prestadas as informações sobre nome e idade, o dr. Stokes perguntou:

—A senhorita não estava caminhando com o resto do grupo?

— Não, nós tínhamos saído da trilha. Atalhamos pela encosta para chegar mais depressa ao cume.

— Ia acompanhada?

— Sim. Com sr. Emlyn Price.

— E não havia mais ninguém caminhando com a senhorita?

— Não. Íamos conversando e olhando as flores. Pareciam de uma espécie bastante rara. Emlyn se interessa muito por botânica.

— O resto do grupo não podia vê-los?

— Nem sempre. Eles estavam percorrendo a trilha principal... isto é, um pouco mais abaixo que nós.

— A senhorita enxergava srta. Temple?

— Acho que sim. Ela ia na frente de todos, e tenho a impressão de que vi quando ela dobrou uma curva na dianteira.

Depois não deu para ver mais nada porque o contorno do morro a escondia.

— Não enxergou ninguém caminhando pela encosta acima de vocês?

— Enxerguei. Lá no alto, no meio de uma porção de pedras. Havia uma espécie de grande fileira de pedras no lado do morro.

— Sim — disse o dr. Stokes, — sei exatamente o lugar a que se refere. Enormes blocos de granito. O pessoal daqui apelidou de Carneiros, e às vezes chama de Carneiros Cinzentos.

— Creio que é a impressão que devem dar a uma certa distância, mas nós estávamos bastante perto.

— E enxergaram alguém lá em cima?

— Sim. Alguém que estava mais ou menos no meio das pedras, debruçado sobre elas.

— Empurrando-as, na sua opinião?

— É. Foi o que me pareceu, não sei por quê. Ele dava impressão de estar empurrando uma que ficava do lado de fora de uma pilha perto da beira. Eram tão imensas e pesadas que pensei que fosse impossível deslocá-las. Mas a que ele, ou ela, empurrava parecia estar equilibrada feito pedra de balanço.

— Primeiro a senhorita disse *ele,* agora diz *ele* ou *ela,* srta. Crawford. Qual dos dois julga que fosse?

— Bem, eu julguei... acho... acho que julguei que fosse um homem, mas na hora nem pensei nisso. Ele... ou ela... estava de calça e pulôver, uma espécie de pulôver de homem de gola *roulé.*

— De que cor era o pulôver?

— De um xadrez vermelho e preto, bastante vivo. E via-se o cabelo comprido por baixo de uma espécie de boina, meio parecido com cabelo de mulher, mas também podia perfeitamente ser de homem.

— Evidente que podia — concordou o dr. Stokes, meio irônico. — Hoje em dia não é nada fácil identificar um vulto masculino ou feminino pelo cabelo. E depois — continuou, — que aconteceu?

— Bem, a pedra começou a rolar. Tombou, por assim dizer, da beirada e aí começou a ganhar velocidade. Ainda comentei com o Emlyn: "Xi, ela vai se despencar pela encosta do morro". Depois, quando caiu, ouvimos uma espécie de estouro. E acho que escutei um grito lá de baixo, mas é possível que fosse imaginação minha.

— E aí?

— Aí nós subimos mais um pouco, correndo e contornamos o morro, para ver o que tinha acontecido com a pedra.

— E o que foi que viram?

— A pedra, lá embaixo na trilha, em cima de um corpo... e pessoas que vinham correndo pela curva.

— Foi srta. Temple quem deu o grito?

— Acho que deve ter sido. Podia ter sido também uma das outras pessoas que se adiantavam pela curva. Ah! foi... foi horrível.

— Sim, imagino. Que aconteceu com o vulto que tinham visto lá em cima? O homem ou mulher de pulôver vermelho e preto? Ainda continuava entre as pedras?

— Não sei. Não olhei mais lá para cima. Eu estava... eu estava ocupada, olhando o acidente, e correndo morro abaixo para ver se a gente podia fazer alguma coisa. Creio que devo ter olhado, mas decerto não havia mais ninguém. Só as pedras. Tinha uma porção de contornos e podia-se perder qualquer pessoa de vista com a maior facilidade.

— Não seria alguém do grupo?

— Que esperança. Tenho certeza de que não foi nenhum de nós. Eu logo veria, quer dizer, a gente logo veria pelas roupas. Tenho certeza de que ninguém estava de pulôver vermelho e preto.

— Obrigado, srta. Crawford.

Emlyn Price foi o próximo a ser chamado. Seu depoimento consistiu praticamente na repetição do que Joanna tinha dito.

Os outros depoimentos não esclareceram quase nada.

O juiz declarou que não havia provas suficientes que demonstrassem como Elizabeth Temple tinha morrido e suspendeu o inquérito por quinze dias.

XVII

MISS MARPLE FAZ UMA VISITA

QUANDO VOLTARAM A PÉ DO INQUÉRITO para o Javali Dourado, ninguém abriu praticamente a boca. O professor Wanstead ia ao lado de Miss Marple e, como ela não costumava caminhar muito depressa, os dois foram, aos poucos, ficando para trás.

— Que será que vai acontecer agora? — perguntou, afinal, Miss Marple.

— A senhora quer dizer legalmente ou conosco?

— Ambas as coisas — respondeu Miss Marple, — pois acho que uma está certamente relacionada com a outra.

— É provável que a polícia tenha de proceder a novas investigações, baseadas no depoimento prestado por esses dois jovens.

— Sim.

— Serão necessárias novas sindicâncias. O inquérito tinha que ficar suspenso mesmo. Não se pode esperar que o juiz dê um veredicto de morte acidental.

— Não, claro que não. Que é que o senhor achou do testemunho deles?

O professor Wanstead lançou-lhe um olhar penetrante sob as sobrancelhas grossas.

— Miss Marple, a senhora tem alguma ideia a esse respeito? — Havia uma sugestão na voz dele. — Nós naturalmente já sabíamos de antemão o que eles iam dizer.

— Sim.

— O que a senhora quis me perguntar é o que eu acho deles como pessoas, e do tipo de reação que tiveram.

— Foi interessante — disse Miss Marple. — Muito interessante. O pulôver xadrez vermelho e preto. Me parece bastante importante, não acha? Uma coisa marcante, não é?

— Sim, exatamente.

Tornou a lançar-lhe aquele olhar sob as sobrancelhas.

— O que é que isso lhe sugere, precisamente?

— Tenho a impressão — disse Miss Marple, — eu tenho a impressão de que a descrição desse pulôver pode nos levar a uma pista valiosa.

Tinham chegado ao Javali Dourado. Eram apenas doze e meia e sra. Sandbourne sugeriu que tomassem alguma coisa antes de irem almoçar. Enquanto consumiam xerez, suco de tomate e outras bebidas, sra. Sandbourne aproveitou para fazer certas comunicações.

— Consultei o juiz e o inspetor Douglas — disse ela. — Como o médico-legista já prestou todas as informações necessárias, amanhã às onze horas haverá um serviço de encomendação fúnebre na igreja. Eu vou providenciar tudo com sr. Courtney, o vigário local. No dia seguinte, a meu ver, será melhor reiniciar a excursão. O programa sofrerá pequenas modificações, já que perdemos três dias, mas eu acho que pode ser reorganizado em bases um pouco mais simples. Alguns participantes do nosso grupo me disseram que preferem regressar a Londres, provavelmente de trem. Compreendo perfeitamente a situação e não tenciono me esforçar para dissuadi-los, Essa morte foi uma ocorrência muito triste. Mesmo assim, continuo convicta de que a morte de srta. Temple resultou de um acidente. Não é a primeira vez que acontece isso naquela trilha, embora neste caso não pareça ter havido nenhuma condição geológica ou atmosférica capaz de propiciá-la. Creio que terão de proceder a investigações bem mais completas. É lógico que algum andarilho que estivesse fazendo uma excursão a pé... qualquer coisa nesse sentido... podia andar empurrando pedras da maneira mais inocente, sem perceber que havia o perigo de alguém passar por baixo do que talvez estivesse fazendo. Se for assim, se essa pessoa se apresentar, tudo se esclarecerá rapidamente, mas eu concordo que de momento não se pode garantir que isso venha a acontecer. Parece improvável que a falecida srta. Temple tivesse inimigos, ou alguém interessado em causar-lhe qualquer espécie de dano. O que eu queria propor é que não se comente mais o acidente. As autoridades locais farão as investigações que lhes compete fazer. Creio que todos nós provavelmente vamos comparecer amanhã ao serviço de encomendação na igreja. E depois disso, ao seguir com a excursão, espero que possamos distrair nossos espíritos do choque que tivemos. Ainda há algumas casas muito interessantes e famosas para ver, bem como alguns panoramas muito bonitos.

Anunciado o almoço, ninguém comentou mais o assunto. Ao menos abertamente. Terminada a refeição, enquanto tomavam café na sala de estar, todos se mostraram inclinados a formar pequenos grupos, discutindo seus planos futuros.

— A senhora vai continuar a excursão? — perguntou o professor Wanstead a Miss Marple.

— Não — respondeu ela. E acrescentou, pensativa: — Não. Eu acho... eu acho que o que aconteceu me leva a permanecer mais um pouco aqui.

— No Javali Dourado ou no Velho Solar?

— Isso depende de eu receber um novo convite para voltar ao Velho Solar. Não gostaria de me oferecer porque o primeiro convite era só para as duas noites que a excursão pretendia passar aqui. Tenho a impressão de que seria melhor ficar no Javali Dourado.

— Não sente vontade de voltar para St. Mary Mead?

— Por enquanto ainda não — disse Miss Marple. — Creio que tem umas coisas que eu poderia fazer aqui. Uma eu já fiz. — Enfrentou o olhar de curiosidade dele. — Se o senhor tenciona seguir adiante com o resto do grupo, eu lhe direi o que foi, além de sugerir uma pequena linha lateral de investigação que pode ser útil. Depois eu conto o outro motivo porque quero permanecer aqui. Há umas sindicâncias... locais... que pretendo fazer. Talvez não deem em nada, por isso acho melhor não mencioná-las agora. E o senhor?

— Eu gostaria de voltar a Londres. Estou com um trabalho lá à minha espera. A não ser, bem entendido, que lhe possa ser útil aqui.

— Não — respondeu Miss Marple, — de momento acho que não. Imagino que haja várias sindicâncias que o senhor queira efetuar por conta própria.

— Eu vim nesta excursão para conhecer à senhora, Miss Marple.

— E agora que me conheceu e sabe o que eu sei, ou praticamente tudo o que sei, o senhor tem outras sindicâncias a fazer. Compreendo perfeitamente. Mas antes que se vá embora daqui, acho que tem umas coisas... bem, que podem ser úteis, que podem dar resultado.

— Percebo. A senhora está com ideias.

— Estou apenas lembrando o que o senhor disse.

— Sentiu, talvez, o cheiro do mal?

— É difícil — respondeu Miss Marple — saber com exatidão o que qualquer coisa errada no ar realmente significa.

— Mas a senhora sente que há qualquer coisa errada no ar?

— Sem dúvida. Com toda a nitidez.

— E principalmente depois da morte de srta. Temple, que, é claro, não foi acidente, por mais que sra. Sandbourne espere que seja.

— Não — disse Miss Marple, — não foi acidente, não. Tenho a impressão de que nunca lhe contei que srta. Temple uma vez me falou que estava fazendo uma peregrinação.

— Que interessante — disse o professor. — Sim, que interessante. Ela não explicou que peregrinação era, a que lugar, para ver quem?

— Não — respondeu Miss Marple; — se tivesse vivido mais um pouco e não fosse tão vacilante, talvez chegasse a explicar. Mas infelizmente a morte veio cedo demais.

— Quer dizer então que não tem outras ideias sobre esse assunto?

— Não. Apenas uma sensação de que a peregrinação dela foi interrompida com intuito maligno. Alguém quis impedi-la de chegar aonde pretendia ir ou de falar com quem pretendia ver. Agora só nos resta esperar que o acaso ou a Providência esclareçam tudo.

— É por isso que quer ficar aqui?

— Não só por isso — disse Miss Marple. — Quero averiguar mais coisas sobre uma moça chamada Nora Broad.

— Nora Broad.

Parecia um pouco intrigado.

— A outra moça que desapareceu mais ou menos na mesma época que Verity Hunt. Lembra-se? O senhor mencionou-a. Uma que tinha namorados e que me disseram que estava sempre *pronta* a *ter* namorados. Uma tola, mas que pelo jeito os homens achavam atraente. Eu creio — disse Miss Marple, — que descobrir mais coisas sobre ela talvez auxilie minhas investigações.

— Faça como bem entender, inspetor Marple — disse o professor Wanstead.

O serviço de encomendação realizou-se na manhã seguinte. Todos os participantes da excursão foram à igreja. Miss Marple olhou ao redor. Vários moradores do povoado também estavam presentes: sra. Glynne, sua irmã Clotilde — a mais moça, Anthea, não compareceu — e outras pessoas que também deviam ser dali. Provavelmente nem conheciam srta. Temple, mas de curiosidade meio mórbida pelo que hoje se define como "violência". Havia também um clérigo já idoso, que usava polainas e Miss Marple achou que tinha muito mais de setenta anos: um velho de ombros largos e venerável juba de cabelos brancos. Era meio aleijado, com certa dificuldade para se ajoelhar e levantar. Que belo rosto, pensou Miss Marple, perguntando-se quem seria. Algum amigo de Elizabeth Temple, talvez, que tivesse vindo de longe para assistir ao serviço de encomendação?

À saída da igreja, Miss Marple trocou algumas palavras com seus companheiros de viagem. Agora já sabia muito bem o que cada um pretendia fazer. O casal Butler ia voltar para Londres.

— Eu falei para o Henry que simplesmente não poderia continuar a excursão — disse sra. Butler. — Sabe... a toda hora me dá a sensação de que no minuto que se vá fazer uma curva, alguém, sabe, seja capaz de nos dar um tiro ou jogar uma pedra. Alguém que talvez tenha antipatia pelas Famosas Casas da Inglaterra.

— Ora essa, Mamie, que ideia — disse sr. Butler, — não se deixe levar pela imaginação!

— Pois olhe, hoje em dia nunca se sabe. Com todos esses sequestros de aviões e de pessoas que andam por aí, eu realmente já não me sinto segura em parte nenhuma.

As velhas srta. Lumley e srta. Bentham, refreando suas apreensões, continuariam com a excursão.

— Pagamos um preço muito caro por esta viagem e é uma pena perder alguma coisa só porque aconteceu esse acidente tão triste. Ontem à noite telefonamos para uns vizinhos ótimos que nós temos e eles vão cuidar dos gatos, de modo que não precisamos mais nos preocupar.

Para srta. Lumley e srta. Bentham o assunto já estava classificado como acidente. Tinham decidido que assim ficaria mais cômodo.

Sra. Riseley-Porter também ia continuar a excursão. O coronel Walker e a esposa haviam resolvido que nada os faria perder a ocasião de ver uma coleção de fúcsias particularmente rara no jardim que devia ser visitado dentro de dois dias.

Jameson, o arquiteto, também queria examinar vários prédios que tinham interesse especial para ele. Mas sr. Caspar, segundo informou, ia tomar o trem. Srta. Cooke e srta. Barrow pareciam indecisas.

— Há uns passeios muito bonitos por aqui — disse srta. Cooke. — Acho que ficaremos mais uns dias no Javali Dourado. É o que a senhora também tenciona fazer, não é, Miss Marple?

— De fato — confirmou Miss Marple. — Ainda não me sinto disposta a enfrentar a viagem e tudo mais. Acho que uns dois dias de descanso me fariam bem depois do que houve.

À medida que o pequeno agrupamento de pessoas se dispersava, Miss Marple tomou discretamente outro caminho. Tirou da bolsa uma folha arrancada de sua agenda, onde anotara dois endereços. O primeiro, de uma certa sra. Blackett, levou-a a uma graciosa casinha com jardim que ficava bem no fim da rua, à beira de uma encosta que descia até o vale. Uma mulherzinha toda arrumada abriu-lhe a porta.

— Sra. Blackett?

— Sim, senhora, sou eu mesma.

— Será que eu poderia entrar para falar-lhe um instante? Acabo de vir da igreja e me sinto meio tonta. Não daria para eu sentar um pouco?

— Ah, meu Deus, que horror. Mas entre, minha senhora, vá entrando. Isso. Sente-se aqui. Agora vou buscar-lhe um copo d'água... ou quem sabe prefere um chá?

— Não, obrigada — agradeceu Miss Marple, — um copo d'água é o suficiente.

Sra. Blackett voltou com o copo d'água e a agradável perspectiva de conversar a respeito de doenças, tonturas e outras coisas.

— Sabe, tenho um sobrinho assim. Não devia acontecer na idade dele, mal passou dos cinquenta, mas de vez em quando lhe vêm umas tonturas súbitas e se ele não se senta logo... olhe, nem sabe, é capaz de cair desmaiado no chão na mesma hora. Uma coisa horrível. Horrível. E parece que os médicos não conseguem descobrir o que é. Cá está seu copo d'água.

— Ah — exclamou Miss Marple, bebendo, — me sinto muito melhor.

— Assistiu à encomendação da pobre senhora que assassinaram, como dizem alguns, ou sofreu um acidente, segundo outros? Eu tenho certeza de que foi acidente. Mas esses inquéritos e juízes, eles sempre querem dar um ar criminoso a tudo, não é mesmo?

— Pois é — concordou Miss Marple. — Fiquei penalizada ao saber que já houve uma porção de casos semelhantes por aqui no passado. Me falaram muito de uma moça chamada Nora. Nora Broad, se não me engano.

— Ah é, a Nora. Bem, ela era filha de uma prima nossa. É. Isso já faz muito tempo. Sumiu e nunca mais apareceu. Essas meninas, não há meio de segurá-las em casa. Quantas vezes eu falei para a Nancy Broad... a minha prima... eu dizia para ela: "Você passa o dia todo fora, trabalhando" e dizia: "O que é que a Nora fica fazendo? Você sabe que ela é do tipo que gosta de rapazes. Olhe", eu dizia, "um dia isso ainda acaba mal, você vai ver". E dito e feito, eu tinha toda a razão.

— A senhora quer dizer...?

— Ora, o velho problema. Sim, ela ficou grávida. Diga-se de passagem que eu acho que a minha prima Nancy não sabia de nada. Mas claro, eu tenho sessenta e cinco anos e entendo dessas coisas. Conheço o jeito que elas ficam e acho que sei quem foi, mas não tenho certeza. Talvez tenha-me enganado, porque ele continuou morando aqui e ficou muito triste quando a Nora desapareceu.

— Ela fugiu de casa, é?

— Bem, ela aceitou carona de alguém... de um desconhecido. Foi a última vez que foi vista. Já não me lembro da marca do carro. Tinha um nome engraçado. Audit, qualquer coisa assim. Em todo caso, não era a primeira vez que era vista naquele carro. E lá se foi, junto com ele. E dizem que aquela pobre moça que morreu assassinada também costumava andar no mesmo carro. Mas eu não acredito que isso tenha acontecido com a Nora. Se ela houvesse sido assassinada, a esta altura o cadáver já teria aparecido, não acha?

— É provável — concordou Miss Marple. — Ela ia bem no colégio e tudo mais?

— Ah, não ia, não. Era preguiçosa e ainda por cima não tinha nada de inteligente. Não. Só pensava em homem. Desde que completou doze anos. Eu acho que no fim ela deve ter fugido pra valer com alguém. Mas nunca mandou notícias pra ninguém.

Nem ao menos um postal. Tenho a impressão de que foi-se embora com alguém que lhe prometeu mundos e fundos. Sabe como é. Teve outra que eu conheci... mas isso foi quando eu era moça... que fugiu com um desses negros africanos. Ele disse pra ela que o pai dele era Xeque. Palavra engraçada essa, mas acho que era Xeque mesmo. Seja como for, ficava lá pela África, pela Argélia. Isso mesmo, era na Argélia. Lá por aqueles cafundós-do-judas. E ela ia ter tudo quanto é maravilha. O pai do rapaz, dizia ele, tinha seis camelos e uma tropa inteira de cavalos e ela ia morar numa casa maravilhosa, pois é, com tapetes pendurados pelas paredes, o que me parece um lugar meio engraçado pra pendurar tapetes. E lá se foi ela. Três anos depois, voltou pra cá de novo. É. Tinha passado o diabo. O diabo. Eles moravam numa casa pequena, horrível, feita de barro. Veja só, de barro. E não havia grande coisa pra comer, só um troço que eles chamam de cuscuz, que eu sempre pensei que fosse chuchu, mas parece que não é. É mais parecido com pudim de semolina. Ah, foi um horror. E no fim ele disse que ela não servia para ele e que queria se divorciar. Falou que bastava dizer "Eu me divorcio de você" três vezes, aí ele disse e deu o fora na coitada. Depois, não sei como, uma espécie de sociedade que existe por lá se encarregou dela e pagou-lhe a passagem de volta para a Inglaterra. E ficou aí, plantada. Ah, mas isso foi há uns trinta ou quarenta anos, lá isso foi. Agora, a Nora, isso aconteceu há apenas sete ou oito anos. Mas eu tenho a impressão de que qualquer dia desses ela aparece de novo por aí, tendo aprendido uma boa lição e descoberto que todas essas belas promessas não servem para nada.

— Ela não tinha ninguém a quem pudesse recorrer além da... da mãe dela... da sua prima, quero dizer? Ninguém que...

— Bem, muita gente tinha sido boa pra ela. O pessoal do Velho Solar, por exemplo. Sra. Glynne naquele tempo não morava aqui, mas srta. Clotilde sempre foi camarada com as moças que vinham do colégio. É, ela costumava dar presentes ótimos para a Nora. Uma vez, deu uma manta muito bonita e um vestido lindo. Lindo, mesmo. Um traje de verão, de uma espécie de tecido de raiom. Ah, srta. Clotilde era uma verdadeira mãe para ela. Fez o possível para que a Nora tomasse interesse pelos estudos. Uma porção de coisas assim. Aconselhava-a a não proceder daquele jeito porque, sabe... bem, eu nem gosto de falar desse modo da filha de uma prima, embora seja bom que se diga que quem era mesmo meu primo era o marido dela... mas o que eu quero dizer é que havia qualquer coisa de horrível na maneira como ela andava com todos os rapazes. Saía com qualquer um. Uma tristeza. Eu acho que no fim ela ainda vai terminar à toa. Não creio que tenha outro futuro a não ser esse. Não gosto de andar falando essas coisas, mas é a pura verdade. Enfim, talvez seja melhor que morrer assassinada, que nem srta. Hunt, que morava lá no Velho Solar. Aquilo sim que foi uma crueldade. Pensaram que ela tivesse fugido com alguém, e a polícia teve um trabalhão danado. Sempre fazendo perguntas e mandando os rapazes que tinham andado com a moça ajudar nas investigações e tudo mais. Como o Geoffrey Grant, o Billy Thompson, e o filho dos Langfords, o Harry. Todos desempregados... com tanto emprego por aí, é só querer trabalhar. No tempo da minha juventude não era assim. As moças andavam na linha. E os rapazes sabiam que tinham de trabalhar para ser alguma coisa na vida.

Miss Marple conversou um pouco mais, disse que agora já se achava completamente refeita, agradeceu a sra. Blackett e retirou-se.

Sua próxima visita foi a uma moça que estava transplantando alfaces.

— Nora Broad? Ah, faz anos que ela não aparece aqui no povoado. Fugiu não sei com quem. Era doida por homem. Eu sempre me perguntava aonde que ela ia acabar. A senhora queria falar com ela por algum motivo especial?

— É que eu recebi uma carta de uma amiga que vive no estrangeiro — mentiu Miss Marple. — Uma família muito boa, e eles estavam pensando em contratar essa tal de Nora Broad. Me parece que ela andou metida nalguma encrenca. Casou com um sujeito que não valia nada, que depois a abandonou, fugindo com outra, e ela queria conseguir um emprego para cuidar de crianças. A minha amiga não sabia nada a respeito dela, mas eu descobri que ela era deste povoado. Por isso fiquei pensando se não haveria ninguém por aqui que pudesse... bem, me dar umas informações. Pelo que vejo, você esteve no colégio com ela, não é?

— Ah é, fomos colegas de aula. Mas não vá pensar que eu aprovava tudo o que a Nora fazia. Ela era louca por homem, era, sim. Bem, eu naquele tempo andava de namoro firme com um rapaz muito bonzinho e então disse a ela que não ficava bem sair com tudo quanto era tipo que lhe oferecesse carona ou convidasse para ir ao bar, onde com toda a certeza mentia que era de maior idade. Ela dava impressão de ser muito mais velha do que de fato era.

— Morena ou loura?

— Ah, o cabelo era escuro. Bonito, por sinal. Usava ele sempre solto, sabe, como as moças de hoje.

A polícia ficou preocupada quando ela desapareceu?

— Ficou. E que ela não deixou nenhuma explicação, entende? Simplesmente saiu uma noite e não voltou. Foi vista entrando num carro, que ninguém tornou a ver. Que nem ela. Naquela época houve uma onda de crimes, sabe? Não propriamente por aqui, mas por todo o país. A polícia andava prendendo uma porção de homens e rapazes. Todo mundo pensou que a Nora fosse um dos cadáveres. Pois sim. Garanto que ela está muito bem. Com toda a certeza ganha dinheiro em Londres ou em qualquer outra cidade grande fazendo números de *strip-tease,* ou algo parecido. Isso seria bem dela.

— Se for a mesma pessoa que procuro — disse Miss Marple, — acho que não serve para a minha amiga.

— Para servir — retrucou a moça, — ela teria que mudar um bocado.

XVIII

O Arcediago Brabazon

QUANDO MISS MARPLE, meio ofegante e bastante cansada, chegou ao Javali Dourado, a recepcionista saiu do balcão e veio ao seu encontro.

— Ah, Miss Marple, tem uma pessoa aí que quer falar com a senhora. O Arcediago Brabazon.

Miss Marple fez uma cara de espanto.

— O Arcediago Brabazon?

— É. Ele anda à sua procura. Soube que a senhora está nesta excursão e quer vê-la antes que a senhora vá embora ou volte para Londres. Eu avisei que alguns iam voltar para Londres pelo último trem da tarde, mas ele está com vontade de conversar antes que a senhora vá embora. Mandei que ficasse na sala de televisão. Lá é mais sossegado. A outra, no momento, está muito barulhenta.

Ligeiramente surpresa, Miss Marple dirigiu-se à sala indicada. E constatou que o Arcediago Brabazon era o clérigo idoso que já lhe tinha chamado a atenção no serviço religioso. Ele se levantou e adiantou-se para ela.

Miss Marple. Miss Jane Marple?

— Sim, esse é o meu nome. O senhor queria...

— Sou o Arcediago Brabazon. Cheguei hoje de manhã para assistir ao serviço de encomendação de uma velha amiga minha, srta. Elizabeth Temple.

— Ah é? — retrucou Miss Marple. — Sente-se, por favor.

— Muito obrigado. Já não sou tão forte como antigamente.

Instalou-se cuidadosamente numa poltrona.

— E o senhor...

Miss Marple sentou-se a seu lado.

— Pois é — continuou, — o senhor queria falar comigo?

— Bem, eu devo explicar-lhe o motivo. Sei muito bem que a senhora ignora por completo quem eu seja. Para dizer a verdade, antes de ir à igreja eu fiz uma rápida visita ao hospital de Carristown para falar com a chefe das enfermeiras. Foi ela quem me contou que, antes de morrer, Elizabeth pediu para ver uma companheira de excursão, Miss Jane Marple. E que Miss Jane Marple esteve no hospital visitando-a e permanecendo sentada, fazendo-lhe companhia, momentos antes que Elizabeth morresse.

Olhou ansioso para ela.

— Sim — disse Miss Marple, — exatamente. Fiquei admirada que ela me mandasse chamar.

— A senhora era uma velha amiga dela?

— Não — respondeu Miss Marple. — Conheci-a apenas nesta excursão. Foi por isso que me admirei. Já tínhamos trocado ideias, de vez em quando sentávamos juntas no ônibus e estávamos em francos termos de camaradagem. Mas me admirei de que ela tivesse manifestado vontade de me ver quando se achava tão mal.

— Sim. Sim, posso muito bem imaginar. Como já disse, ela era uma velha amiga minha. Inclusive ia me ver, ia me visitar. Eu moro em Fillminster, que é onde a sua excursão de ônibus fará escala depois de amanhã. E já estava tudo programado para ela me visitar lá. Ela queria conversar comigo a respeito de vários assuntos, sobre os quais achava que eu poderia prestar-lhe esclarecimentos.

— Compreendo — disse Miss Marple. — Posso fazer-lhe uma pergunta? Espero que não seja demasiado íntima.

— Pois não, Miss Marple. Pergunte tudo o que quiser.

— Uma das coisas que srta. Temple me disse foi que a presença dela na excursão *não* era apenas para visitar casas e jardins históricos. Ela descreveu-a com uma palavra bastante rara, como uma peregrinação.

— Ah é? — disse o Arcediago Brabazon. — Foi isso que ela disse? Mas que interessante. Interessante e talvez significativo.

— Por isso quero perguntar-lhe o seguinte: o senhor acha que a peregrinação a que ela se referiu era a visita que pretendia fazer-lhe?

— Creio que deve ter sido — respondeu o Arcediago. — Sim, creio que foi.

— Nós duas estávamos falando — explicou Miss Marple, — a respeito de uma moça. De uma moça chamada Verity.

— Ah, sim. Verity Hunt.

— O sobrenome dela eu não sabia. Tenho a impressão de que srta. Temple mencionou-a apenas como Verity.

— Verity Hunt morreu — disse o Arcediago. — Já faz muitos anos. Sabia disso?

— Sabia, sim — respondeu Miss Marple. — Srta. Temple e eu falamos a respeito dela. Srta. Temple me contou uma coisa que eu ignorava. Disse que ela tinha sido noiva do filho de um tal de sr. Rafiel. Sr. Rafiel é, ou mais uma vez devo dizer, era amigo meu. De pura generosidade, ele me pagou as despesas desta excursão. Mas tenho a impressão de que ele queria... de fato, pretendia... que eu me encontrasse com srta. Temple durante a viagem. Acho que pensou que ela poderia me dar uma determinada informação.

— Sobre Verity?

— É.

— Foi por isso que ela ia me visitar. Queria apurar certos fatos.

— Ela queria apurar — disse Miss Marple — o motivo por que Verity tinha rompido o noivado com o filho de sr. Rafiel.

— A Verity — retrucou o Arcediago Brabazon — *não* rompeu o noivado. Disso eu tenho certeza. Absoluta.

— Srta. Temple não sabia disso, sabia?

— Não. Mas creio que andava intrigada e descontente com o que havia acontecido e ia me procurar para perguntar por que o casamento não se tinha realizado.

— E por que é que ele não se realizou? — perguntou Miss Marple. — Por favor, não vá pensar que estou querendo me meter onde não fui chamada. Não se trata de mera curiosidade. É que também me encontro numa... não direi peregrinação... mas numa espécie de missão. Também preciso saber por que Michael Rafiel e Verity Hunt não se casaram.

O Arcediago ficou olhando para ela.

—Vejo que a senhora, de certa forma, também está envolvida nessa história.

— Estou — confirmou Miss Marple, — pela vontade de um morto: o pai de Michael Rafiel. Que me pediu para fazer isso por ele.

— Não vejo motivo para não lhe contar tudo o que sei — disse o Arcediago devagar. — A senhora está me fazendo a mesma pergunta que Elizabeth Temple faria e para a qual não sei a resposta. Aqueles dois jovens, Miss Marple, tencionavam casar-se. Os preparativos para o casamento estavam prontos. Eu ia oficiar a cerimônia. Tenho a impressão de que seria efetuada em segredo. Eu conhecia ambos. A Verity, aquele encanto de menina, eu conhecia já há muito tempo. Fui eu quem a crismou, e sempre oficiava os serviços religiosos na Quaresma, na Páscoa, e noutras ocasiões, no colégio de Elizabeth Temple. Que era ótimo, por sinal. Ela foi uma criatura maravilhosa. Uma professora extraordinária, com esplêndida intuição para prever a capacidade de cada aluna... as matérias para as quais se achava mais bem dotada. Sugeria carreiras para as moças que ela achava que tinham vocação, e não forçava as que não demonstravam aptidões especiais. Sim, ela era uma grande mulher e uma amiga inestimável. A Verity foi uma das meninas... uma das moças, aliás... mais bonitas que já encontrei. Não só de aspecto, como também de espírito, de coração. Teve a infelicidade de perder os pais antes de chegar realmente à idade adulta. Ambos morreram num avião que haviam fretado para passar as férias na Itália. A Verity, depois que saiu do colégio, foi morar com uma tal de srta. Clotilde Bradbury-Scott, que como decerto a senhora sabe, reside aqui. Ela e a mãe da Verity eram amigas íntimas. São três irmãs que vivem juntas, embora na época a segunda estivesse casada e morasse no exterior, de modo que apenas duas residiam aqui. Clotilde, a mais velha, afeiçoou-se extremamente à Verity. Fez o possível para lhe dar uma vida feliz. Levou-a umas duas vezes para o estrangeiro, pagou-lhe lições de pintura na Itália, demonstrando profundo carinho e dedicação em todos os sentidos. A Verity, também, chegou a gostar tanto dela quanto provavelmente teria gostado da própria mãe. Ela dependia de Clotilde, que era uma mulher intelectual e culta. Não insistiu para que Verity cursasse a universidade, mas isso eu acho que se explica facilmente pelo fato de que Verity, no fundo, não queria seguir nenhuma carreira. Preferia estudar pintura, música, coisas assim. Ela morou aqui no Velho Solar e teve, a meu ver, uma vida muito feliz. Parecia estar sempre contente. Naturalmente, não mais a vi depois que veio para cá, pois Fillminster, onde eu estava na catedral, fica a quase oitenta quilômetros daqui. Eu lhe escrevia no Natal e noutras festividades e ela sempre se lembrava de me enviar um cartão de Boas Festas. Mas passei anos sem vê-la, até que um belo dia me apareceu de repente, já moça feita, e lindíssima, acompanhada de um belo rapaz que casualmente eu também conhecia de vista, o filho de sr. Rafiel, Michael. Foram me procurar porque estavam apaixonados e queriam casar.

— E o senhor concordou?

— Concordei, sim. Miss Marple, talvez a senhora ache que eu não devia ter feito isso. Era evidente que tinham ido me procurar em segredo. Imagino que Clotilde Bradbury-Scott houvesse tentado dissuadir o namoro, direito que, aliás, lhe assistia. Michael Rafiel, eu lhe confesso com toda a sinceridade, não era o gênero de marido que se sonha para uma filha ou parenta. A Verity, inclusive, não tinha maturidade suficiente para saber o que queria e Michael, desde garoto, sempre se meteu em encrencas. Já havia passado pelo juizado de menores, andava com amigos que não lhe convinham, associado a quadrilhas de malfeitores, causando danos a edifícios e cabinas telefônicas. Mantinha relações íntimas com várias moças, a quem depois via-se obrigado a responder pela manutenção. Sim, não só em matéria de mulheres, como de vários outros pontos de vista, ele não valia nada. Mas as mulheres o consideravam extremamente atraente, caíam em sua lábia e comportavam-se de uma maneira incrivelmente tola. Ele já havia cumprido duas penas na cadeia. Tinha, portanto, ficha de criminoso. O pai, eu conhecia, embora não muito bem, e acho que fez tudo o que pôde... tudo o que um homem de seu caráter poderia fazer... para ajudar o filho. Socorreu-o, conseguiu-lhe empregos, nos quais talvez tivesse logrado êxito. Saldava-lhe as dívidas, indenizava-lhe os danos. Fez tudo isso. Mas não sei...

— O senhor acha que ele poderia ter feito muito mais ainda, não é?

— Não — respondeu o Arcediago, — eu agora cheguei a uma idade em que compreendo que se devem aceitar os nossos semelhantes como o tipo de gente que possui, digamos, em termos modernos, a herança genética que forma o caráter que têm. Não creio que sr. Rafiel tivesse demonstrado, algum dia, grande afeição pelo filho. O máximo que se poderia dizer é que gostava bastante dele. Mas nunca lhe deu amor. Não sei se para Michael teria sido melhor que tivesse recebido amor do pai. Talvez não fizesse a menor diferença. De qualquer modo, foi uma pena. O rapaz não era burro. Tinha certo grau de inteligência e talento. Podia ter sido honesto, se quisesse e se desse ao trabalho de sê-lo. Mas era por natureza... admitamos com franqueza... um delinquente. Possuía qualidades apreciáveis. Revelava senso de humor e mostrava-se, sob vários aspectos, generoso e amável. Sabia defender um amigo, ajudá-lo a sair de embaraços. Tratava mal as namoradas, deixando-as em má situação, como se diz aqui no interior, e depois praticamente as abandonava, arrumando outras. Portanto, eis-me lá com aqueles dois e... pois é... concordei em casá-los. Expliquei a Verity, com toda franqueza, o tipo de rapaz com quem ela queria casar. E descobri que ele não havia tentado enganá-la de nenhuma maneira.

Tinha-lhe dito que sempre andava metido em encrencas, tanto com a polícia como com quase todo o mundo. Mas que quando casasse com ela pretendia começar vida nova. Tudo mudaria. Eu preveni que isso não ia acontecer, que ele não mudaria. Ninguém muda. Ele talvez *quisesse* mudar. Tenho a impressão de que a Verity sabia disso quase tão bem quanto eu. Ela mesma confessou que sabia. Ela me disse: "Eu sei como o Mike é. Sei que ele provavelmente sempre será assim, mas eu gosto muito dele. Pode ser que eu consiga ajudá-lo, pode ser que não. Mas vou arriscar." E eu lhe digo uma coisa, Miss Marple. Eu, melhor que ninguém, que já lidei com muita gente moça, que já casei uma porção de jovens e que já vi muito casamento acabar mal e outros inesperadamente bem... aprendi a reconhecer uma coisa. Eu sei quando um casal está realmente apaixonado. E não me refiro à mera atração sexual. Hoje em dia fala-se demais em sexo, presta-se uma atenção exagerada a isso. Não quero dizer que tudo a respeito de sexo esteja errado. Seria tolice. Mas o sexo não pode substituir o amor. Ele *faz parte* do amor, mas não pode dar certo sozinho. Amar significa as palavras da cerimônia nupcial. "Para o melhor, para o pior, para a riqueza, para a pobreza, para a doença, para a saúde". É isso que a gente se compromete a fazer quando se ama e se deseja casar. E aqueles dois se amavam. "Amar e preservar até que a morte nos separe". E aqui — disse o Arcediago, — termina a minha história. Não posso continuar porque *não sei* o *que aconteceu*. Só sei que concordei em fazer o que me pediam, e que tomei todas as providências necessárias: marcamos dia, hora e lugar. Creio que talvez tive culpa de aceitar o sigilo.

— Eles não queriam que ninguém soubesse? — perguntou Miss Marple.

— Não. A Verity não queria, e tenho quase certeza de que Mike também não. Estavam com medo de serem impedidos. Eu acho que para a Verity, além do amor, havia também uma sensação de libertação. Natural, a meu ver, devido às circunstâncias da vida que levava. Tinha perdido seus verdadeiros tutores, os pais, e mudou completamente de vida depois da morte deles, numa idade em que uma colegial costuma geralmente ter uma "paixonite" por alguém. Por uma professora bonita. Qualquer uma, desde a instrutora de ginástica até a professora de matemática, ou a monitora ou uma colega mais velha. Uma fase que não dura muito tempo, é meramente uma parte natural da vida. Depois, daí ela passa à fase seguinte, quando percebe que o que de fato quer na vida é o que a complementa: uma relação entre homem e mulher. Aí então ela começa a procurar um companheiro. O companheiro permanente, ideal. E, se tiver juízo, não se afoba, faz amizades, mas continua procurando, até que, como diziam as antigas babás para as crianças, surja o Príncipe Encantado. Clotilde Bradbury-Scott foi excepcionalmente boa para Verity, e a Verity, acho eu, retribuiu com o que eu chamaria de adoração. Como mulher, era uma personalidade. Bonita, talentosa, interessante. Tenho a impressão de que Verity a adorava de uma maneira quase romântica e que Clotilde chegou a amar Verity como se fosse sua própria filha. E assim a Verity atingiu a maturidade numa atmosfera de adoração, levando uma vida intensa, cheia de coisas interessantes que lhe estimulavam a inteligência. Era uma vida feliz, mas eu acho que aos poucos ela sentiu — de modo meio inconsciente, digamos — vontade de se libertar. De se libertar de tanto amor. De fugir, não sabia para *onde* nem como. Mas isso ela descobriu ao conhecer Michael. Ela queria fugir para uma vida onde o macho e a fêmea se unem para criar a próxima etapa de vida neste mundo. Viu, porém, que seria impossível fazer Clotilde compreender seus sentimentos, e que Clotilde iria se opor tenazmente a levar o seu amor por Michael a sério. E receio muito que, nesse sentido, Clotilde tinha toda a razão... quanto a isso não tenho mais dúvidas. Ele não era o marido que Verity devia escolher ou ter. O caminho que ela tomou não conduzia à vida, à plenitude e à felicidade, mas ao choque, à dor e à morte. A senhora está vendo, Miss Marple, que eu fiquei com um profundo sentimento de culpa. Pensei que estivesse agindo direito, mas não sabia de uma coisa que precisava saber. Eu conhecia Verity, *mas não conhecia Michael*. Entendi o motivo de Verity querer guardar segredo, pois não ignorava a forte personalidade que Clotilde Bradbury-Scott tinha. Ela talvez exercesse bastante influência sobre Verity para persuadi-la a desistir do casamento.

— O senhor acha então que foi isso mesmo que ela fez? Acha que Clotilde contou-lhe o suficiente a respeito de Michael para persuadi-la a desistir da ideia de casar com ele?

— Não, isso eu *não* acredito. Até agora não acredito. Se fosse assim, a Verity me teria dito. Teria encontrado um jeito de me informar.

— Que foi que realmente aconteceu naquele dia?

— Eu ainda não contei à senhora. A data estava marcada. O dia, a hora e o lugar. Eu esperei. Fiquei esperando uma noiva e um noivo que não apareceram, que não mandaram nenhum aviso, nenhuma desculpa, *nada*. Eu não sabia por quê! *Nunca* soube por quê. Continua me parecendo inacreditável. Não por não terem aparecido, o que seria perfeitamente explicável, mas por não terem mandado avisar. Um bilhete com poucas linhas. E foi por isso que imaginei e torci para que Elizabeth Temple, antes de morrer, tivesse dito alguma coisa *à senhora*. Confiando-lhe talvez, uma mensagem para mim. Se ela soubesse ou tivesse qualquer ideia de que ia morrer, é possível que quisesse me transmitir algum recado.

— Ela queria que o senhor lhe *desse* informações — disse Miss Marple. — Tenho certeza de que foi esse o motivo que a fez procurá-lo.

— Sim, provavelmente deve ter sido isso. Me parecia, sabe, que a Verity não teria dito nada às pessoas que poderiam tê-la impedido, como Clotilde e Anthea Bradbury-Scott, mas já que sempre havia dedicado uma grande admiração a Elizabeth Temple... que exercia muita influência sobre ela... me parece que ela seria capaz de lhe ter escrito e dado alguma espécie de informação.

Acho que deu — disse Miss Marple.

— A senhora acha?

— Sim. E a informação que ela deu a Elizabeth Temple — respondeu Miss Marple, — foi essa: que ela ia casar com Michael Rafiel. Srta. Temple sabia disso. Foi uma das coisas que me contou. Ela disse: — "Eu conheci uma moça chamada Verity que ia casar com Michael Rafiel", e a única pessoa que poderia lhe ter dito isso seria a própria Verity. A Verity deve ter escrito ou mandado algum recado a ela. E aí, quando perguntei: "Por que ela não casou com ele?", ela me respondeu: "Porque ela morreu."

— Então estamos num beco sem saída — disse o Arcediago Brabazon. Suspirou. — Elizabeth e eu só sabíamos destes dois fatos. Elizabeth, que a Verity ia casar com Michael. E eu, que os dois iam casar, que tinham deixado tudo preparado e que viriam no dia e hora marcados. E esperei por eles, mas não houve nenhum casamento. Nem noiva, nem noivo, nem uma explicação.

— E não tem a mínima ideia do que aconteceu? — perguntou Miss Marple.

— Nunca acreditei, por um instante sequer, que a Verity e o Michael tivessem se separado, ou rompido, definitivamente.

— Mas deve ter acontecido algo entre eles! Algo que talvez abrisse os olhos de Verity, quanto a certos aspectos do caráter e da personalidade de Michael, que antes ela ignorava ou não tinha percebido.

— Essa explicação não é satisfatória porque mesmo assim ela encontraria um meio de me avisar. Não me deixaria esperando para uni-los em justas núpcias. E o mais absurdo da história é que era uma moça finíssima, muito bem educada. Ela teria mandado algum recado. Não. Eu desconfio que só pode ter acontecido uma coisa.

— A morte? — perguntou Miss Marple, lembrando-se daquela palavra que Elizabeth Temple havia pronunciado e que tinha soado como o dobre pungente de um sino.

— Sim. — O Arcediago Brabazon suspirou. — A morte.

— O amor — disse Miss Marple, pensativa.

— Com isso a senhora quer dizer... — hesitou.

— Foi o que srta. Temple me disse. Eu perguntei: "Que foi que a matou?" e ela respondeu: "O amor", e que o amor era a palavra mais terrível que existe. A mais terrível.

— Compreendo — disse o Arcediago. — Compreendo... ou acho que compreendo.

— Qual é a sua interpretação?

— Dupla personalidade. — Suspirou. — Uma coisa que as outras pessoas não percebem, a menos que estejam tecnicamente capacitadas para isso. O Dr. Jekyll e Mr. Hyde existem, sabe? Não foram pura invenção de Robert Stevenson. Michael Rafiel era um... deve ter sido um esquizofrênico. Possuía dupla personalidade. Eu não tenho conhecimentos médicos nem experiência psicanalítica. Mas nele devem ter coexistido duas identidades. Uma, a do rapaz bem-intencionado, quase digno de amor, cuja principal atração talvez fosse uma vontade de ser feliz. Mas havia também a segunda, de alguém que se sentia impelido, possivelmente por alguma deformação mental... por algo que por enquanto ainda não temos certeza... a matar... não um inimigo, mas a pessoa que ele amava. E assim ele matou Verity. Sem saber, talvez, por que *motivo* ou com que *intuito*. Existem coisas verdadeiramente terríveis neste mundo, subterfúgios mentais, moléstias ou deformidades do cérebro. Na minha paróquia ocorreu um caso penoso desse tipo. Duas senhoras idosas moravam juntas, vivendo de aposentadorias. Tinham-se tornado amigas quando trabalhavam juntas num lugar qualquer. Pareciam levar uma vida muito feliz. E no entanto, um dia, uma matou a outra. Ela mandou chamar um velho amigo dela, o vigário da paróquia, e disse: "Matei Louisa. É muito triste, mas vi o diabo no olho dela olhando para mim e percebi que era o sinal de que devia matá-la". Coisas assim fazem a gente às vezes desesperar da vida. Pergunta-se por quê? Como é possível? E no entanto um dia surgirá a resposta. Os médicos vão simplesmente descobrir ou encontrar uma pequena deformidade de um cromossomo ou gene. Alguma glândula hipertrofiada ou que para de funcionar.

— De forma que é isso que o senhor acha que aconteceu? — perguntou Miss Marple.

— *Foi* o que aconteceu. Sei que levou muito tempo para encontrarem o cadáver. Verity simplesmente desapareceu. Saiu de casa e nunca mais foi vista... Mas então deve ter acontecido... naquele mesmo dia...

— Sim, mas no julgamento...

— Quer dizer, depois que encontraram o cadáver, quando a polícia finalmente prendeu Michael?

— Pois é, ele foi um dos primeiros a ser interrogado pela polícia. Tinha sido visto por aí em companhia dela, que também foi vista no carro dele. O tempo todo eles estavam certos de que ele era o homem que procuravam. Foi o primeiro suspeito e nunca deixaram de suspeitar dele. Os outros rapazes que conheciam Verity foram interrogados, mas ou possuíam *alibis* ou as provas eram insuficientes. Continuaram suspeitando de Michael, e finalmente encontraram o cadáver. Estrangulado, e com a cabeça e o rosto desfigurados por golpes violentos. Um ataque louco, frenético. Ele estava fora de si quando desferiu aqueles golpes. Mr. Hyde, digamos, havia se encarnado nele.

Miss Marple estremeceu.

O Arcediago continuou, em voz baixa e pesarosa.

— E no entanto, às vezes, ainda hoje, eu tenho a sensação de que foi outro rapaz que a matou. Um que fosse, positivamente, desequilibrado mental, sem que ninguém desconfiasse. Um desconhecido, talvez, que ela tivesse encontrado por aqui. Alguém que ela tivesse encontrado por acaso, que lhe tivesse dado carona, e aí... — Sacudiu a cabeça.

— É possível — disse Miss Marple.

— Mike causou má impressão no tribunal — disse o Arcediago. — Pregou mentiras idiotas e absurdas. Mentiu sobre o percurso que tinha feito com o carro. Conseguiu que os seus amigos lhe fornecessem *alibis* inacreditáveis. Ele estava apavorado. Não falou nada sobre o plano do casamento. Eu creio que o advogado achou que isso deporia contra ele... que Verity o estivesse forçando a casar com ela e que ele não quisesse. Já faz tanto tempo que nem me lembro dos detalhes. Mas as provas foram todas contra ele. Ele era culpado... e tinha cara de culpado.

"Portanto a senhora vê, não é, Miss Marple, como estou triste e desolado. Fiz o que não devia. Encorajei uma moça tão meiga e bonita a ir ao encontro da morte só porque eu não conhecia direito a natureza humana. Eu ignorava o perigo que ela estava correndo. Acreditava que, se ela tivesse qualquer medo dele, qualquer súbito conhecimento de que havia algo de ruim nele, ela quebraria a promessa de casar com ele, indo me procurar para me revelar o seu medo, o seu novo conhecimento dele. Mas não aconteceu nada disso. Por que ele a matou? Seria talvez porque sabia que ela ia ter um filho? Ou porque a essa altura já tinha se comprometido com outra moça e não queria ser forçado a casar com Verity? Não posso acreditar nisso. Deve ter sido por algum motivo totalmente diverso. Será que ao sentir de repente medo dele, ao descobrir o perigo que ele representava, ela não quis romper a ligação que mantinha com ele? Isso não teria provocado a raiva, a fúria dele, levando-o à violência e ao assassinato? A gente não sabe.

— O senhor não sabe? — retrucou Miss Marple. — Mas mesmo assim tem uma coisa que o senhor sabe e acredita, não tem?

— O que é que a senhora entende exatamente por "acreditar"? Está falando sob o ponto de vista religioso?

— Oh! não — disse Miss Marple, — não foi isso que eu quis dizer. O que eu quero dizer é que parece que existe no senhor, ou pelo menos é a impressão que eu tenho, uma crença muito forte de que os dois se amavam, que pretendiam casar, mas que aconteceu *algo* que impediu. Algo que resultou na morte dela, mas mesmo assim o senhor acredita realmente que eles *iam* procurá-lo para se casarem naquele dia?

—Tem toda a razão, minha cara. Sim, eu continuo acreditando piamente em dois namorados que queriam casar, que estavam prontos a se aceitarem para o melhor, para o pior, para a riqueza, para a pobreza, para a doença e para a saúde. Ela o amava e o aceitaria para o melhor e para o pior. E no fim, aceitou-o para o pior. O que lhe provocou a morte.

— O senhor precisa continuar nessa crença — disse Miss Marple. — Sabe, eu acho que também acredito nessa explicação.

— Sim, mas e daí?

— Por enquanto ainda não sei — respondeu Miss Marple. — Não tenho certeza, mas acho que Elizabeth Temple sabia ou estava começando a compreender o que tinha acontecido. Uma palavra terrível, ela disse. *Amor*. Quando ela disse isso, eu pensei que quisesse se referir ao fato de que Verity ter-se-ia suicidado por amor. Porque havia descoberto alguma coisa a respeito de Michael ou porque qualquer coisa no jeito dele de repente a impressionou e a revoltou. Mas não pode ter sido suicídio.

— Não — concordou o Arcediago, — não pode, não. Os ferimentos foram descritos com minúcias no julgamento. Ninguém comete suicídio esmigalhando a própria cabeça.

— Que horror! — exclamou Miss Marple. — Que coisa horrível! E ninguém faz isso com a pessoa que ama, mesmo que tivesse de matar "por amor", não é mesmo? Se ele a houvesse matado, não seria daquela maneira. Estrangulando... talvez, mas não esmigalhando o rosto e a cabeça de quem se ama. — Murmurou: — Amor. Amor... que palavra terrível!

XIX

A HORA DAS DESPEDIDAS

O ÔNIBUS ESTAVA PARADO na frente do Javali Dourado na manhã seguinte. Miss Marple tinha descido do seu quarto e despedia-se de vários amigos. Encontrou sra. Riseley-Porter num estado de extrema indignação.

— Francamente, essas moças de hoje! — exclamou. — Que falta de energia. Não têm a menor resistência.

Miss Marple olhou-a com curiosidade.

— Me refiro a Joanna. A minha sobrinha.

— Ah, meu Deus. Ela não está passando bem?

— Ora, ela diz que não. Mas não vejo o que possa ter. Diz ela que está com a garganta inflamada, que tem a impressão de que está com febre. Acho que deve ser tudo bobagem.

— Ah, mas que pena — disse Miss Marple. — Não há nada que eu possa fazer? Cuidar dela, por exemplo?

— Eu, se fosse a senhora, nem me impressionava — retrucou sra. Riseley-Porter. — Na minha opinião, é tudo pretexto.

Miss Marple tornou a olhá-la com curiosidade.

— As moças são tão tolas. Sempre se apaixonando.

— Pelo Emlyn Price? — perguntou Miss Marple.

— Ah, então a senhora também notou? Pois é, os dois andam de namoro. Seja como for, não simpatizo com ele. Um desses estudantes de cabelo comprido, sabe como é. Sempre metidos em pro, ou coisa que o valha. Por que não dizem logo protestos? Detesto abreviaturas. E como é que *eu* vou me arranjar sozinha? Sem ninguém para cuidar de mim, pegar a bagagem, levá-la pra dentro, trazê-la pra fora. Francamente. Ainda por cima pago-lhe todas as despesas desta excursão.

— Mas ela me deu impressão de ser tão solícita com a senhora — disse Miss Marple.

— Bem, mas não nestes últimos dias. As moças não compreendem que as pessoas precisam de um pouco de auxílio quando chegam a uma certa idade. Parece que os dois... ela e o tal Price... andam com a ideia absurda de visitar uma montanha ou não sei que lugar. Uma caminhada de uns dez quilômetros, ida e volta.

— Mas sinceramente, se ela está com a garganta inflamada e com febre...

— A senhora vai ver. Assim que o ônibus for embora, a inflamação na garganta desaparece e a febre diminui — disse sra. Riseley-Porter, — Ah, meu Deus, já temos que entrar.

Bem, adeus, Miss Marple, foi um prazer conhecê-la. Pena que não venha junto conosco.

— Também acho — disse Miss Marple, — mas sabe, sra. Riseley-Porter, para falar com franqueza, já não sou tão jovem nem tão forte como a senhora e realmente tenho a impressão de que depois de todo o... bem, choque e tudo mais destes últimos dias, eu de fato preciso de um repouso absoluto de vinte e quatro horas.

— Pois espero ter o prazer de revê-la algum dia.

Apertaram-se as mãos e sra. Riseley-Porter subiu no ônibus.

— *Bon Voyage* e bons ventos a levem — disse uma voz atrás do ombro de Miss Marple. Ela virou-se e viu Emlyn Price. Ele sorria.

— Isso era para sra. Riseley-Porter?

— Claro. Para quem mais haveria de ser?

— Fiquei com pena de saber que Joanna não está se sentindo bem.

Emlyn Price sorriu de novo para Miss Marple.

— Ela vai ficar boa — disse — assim que o ônibus for embora.

— É mesmo?! — exclamou Miss Marple. — Quer dizer então...?

— Sim — respondeu Emlyn Price. — A Joanna já está farta dessa tia que vive dando ordens o tempo todo.

— Quer dizer então que você também não vai no ônibus?

— Não. Vou ficar mais uns dias aqui. Quero andar um pouco por aí, dar uns passeios. Não precisa fazer essa cara, Miss Marple. A senhora não está achando tão ruim assim, não é?

— Bem — retrucou Miss Marple, — essas coisas também aconteciam no meu tempo de moça. Os pretextos talvez fossem diferentes, e tenho a impressão de que nós tínhamos menos chances de sair impunes do que vocês agora.

O coronel Walker e a esposa se aproximaram e apertaram calorosamente a mão de Miss Marple.

—Tive grande prazer em conhecê-la e conversar todas aquelas coisas interessantíssimas sobre horticultura — disse o coronel. — Creio que depois de amanhã será um verdadeiro festim, se não surgir mais nada para atrapalhar. Francamente, esse acidente foi uma lástima, uma tristeza. Devo confessar que eu, pessoalmente, acho que *foi* acidente. Me parece que o juiz passou dos limites ao opinar em contrário.

— Sim, mas é muito estranho — argumentou Miss Marple, — que, se alguém andava lá por cima, empurrando pedras e blocos de granito, não tenha se apresentado para declarar isso.

Lógico, ninguém quer levar a culpa — disse o coronel Walker. —Todo mundo vai ficar bem quietinho, nem tem dúvida. Bom, adeus. Eu vou lhe mandar mudas daquela magnólia e da maônia japonesa também. Embora eu não esteja muito seguro de que se desenvolvam bem na região em que a senhora mora.

E, por sua vez, entraram no ônibus. Miss Marple virou-se e viu o professor Wanstead acenando para alguém que ia partir. Sra. Sandbourne saiu do hotel, despediu-se de Miss Marple e também entrou no ônibus. Miss Marple pegou o professor Wanstead pelo braço.

— Preciso falar com o senhor — disse ela. — Não dá para irmos a um lugar em que se possa ficar a sós?

— Claro. Que tal o recanto onde sentamos aquele dia?

— Por aqui há uma varanda muito simpática, me parece.

Contornaram a esquina do hotel. Ouviu-se um alegre toque de buzina e o ônibus partiu.

— Sabe, de certo modo — disse o professor Wanstead, — eu gostaria que a senhora não tivesse ficado. Preferia vê-la em segurança com a excursão. — Olhou-a fixamente. — Por que resolveu ficar? Foi esgotamento nervoso ou outra coisa?

— Outra coisa — respondeu Miss Marple. — Não estou propriamente exausta, apesar de que seria uma desculpa perfeitamente natural para alguém da minha idade.

— Francamente, eu acho que devia ficar aqui para cuidar da senhora.

— Não — disse Miss Marple, — não há necessidade disso. Há outras coisas que o senhor precisa fazer.

— Quais? — Olhou-a. — Anda com alguma ideia ou descobriu alguma coisa?

— Acho que descobri, mas tenho de tirar a limpo. Há certas coisas que não posso fazer pessoalmente. Creio que o senhor poderia me ajudar porque mantém contato com o que eu chamo de autoridades.

— Refere-se à Scotland Yard, delegados de polícia e diretores de prisões de Sua Majestade?

— Sim. Com um ou outro, ou com todos eles. É bem capaz que também tenha influência no Ministério do Interior.

— A senhora tem cada ideia! Bom, que quer que eu faça?

— Antes de mais nada, quero lhe dar este endereço.

Tirou uma agenda do bolso, arrancou uma página e entregou-lhe.

— Que é isto? Ah, já sei, uma instituição de caridade muito conhecida, não é?

— Uma das melhores, se não me engano. Prestam serviços inestimáveis. A gente manda roupas para eles — explicou Miss Marple, — roupas de crianças, de mulheres. Casacos. Pulôveres, tudo quanto é espécie de coisa.

— Bem, a senhora quer que eu também contribua?

— Não, é um pedido de auxílio e está um pouco relacionado com o que estamos fazendo. Com o que o senhor e eu estamos fazendo.

— Em que sentido?

— Eu quero que o senhor vá lá se informar sobre um pacote que remeteram daqui há dois dias, despachado pelo correio local.

— Quem foi que remeteu... foi a senhora?

— Não — respondeu Miss Marple. — Não. Mas eu assumi a responsabilidade.

— Que quer dizer com isso?

— Quer dizer — explicou Miss Marple, com um leve sorriso, — que me dirigi ao correio daqui e me fiz de boba, dizendo que... ora, como sou uma velha tonta... que tinha cometido a tolice de pedir que alguém levasse o pacote para mim ao correio e que tinha posto o endereço errado. E que estava muito preocupada por causa disso. A funcionária do correio, toda amável, falou que se lembrava do pacote, mas que o destinatário não era o que eu havia mencionado, e sim este, o que acabo de lhe dar. Eu então disse que tinha sido uma tola em escrever o endereço errado, confundindo-o com outro para onde às vezes eu mandava coisas. Ela me explicou que já era tarde demais para tentar remediar o engano, porque o pacote, naturalmente, já tinha sido despachado. Eu disse que não fazia mal, que ia mandar uma carta para a tal instituição de caridade para onde o pacote havia sido enviado, esclarecendo o equívoco. E para que fizessem a gentileza de remetê-lo à obra de beneficência que eu queria que o recebesse.

— Mas que coisa mais complicada.

— Ora — disse Miss Marple, — a gente tem que *dar* alguma explicação. Lógico que não vou fazer nada disso. O *senhor* é que vai tratar do assunto. Precisamos saber o que há dentro daquele pacote! O senhor, sem dúvida, há de encontrar um jeito.

— Será que no pacote há alguma coisa que indique o nome do remetente?

— Creio que não. Pode ser que tenha uma tira de papel dizendo "de amigos" ou então um nome e endereço fictícios... qualquer coisa assim: sra. Pippin, 14-Westbourne Grove, e se alguém for lá verificar, não encontrará ninguém morando ali com esse nome.

— Ah. Alguma outra alternativa?

— Talvez, é muito improvável, mas talvez tenha uma tira dizendo "de srta. Anthea Bradbury-Scott"...

— Foi ela que...?

— Ela levou-o ao correio — atalhou Miss Marple.

— A pedido da senhora?

— Oh, não — respondeu Miss Marple. — Eu não pedi nada a ninguém. A primeira vez que vi o pacote foi quando Anthea passou com ele diante do jardim do Javali Dourado onde o senhor e eu estávamos sentados conversando.

— Mas a senhora foi ao correio e fingiu que o pacote era seu.

— Sim — disse Miss Marple, — o que era absolutamente inverídico. Mas os postos de correio são cautelosos. E eu queria descobrir para onde ele tinha sido remetido, compreende?

— A senhora queria descobrir se haviam remetido um pacote desse tipo e se tinha sido enviado por uma das Bradbury-Scotts... ou especialmente por srta. Anthea?

— Eu sabia que seria a Anthea — disse Miss Marple, — porque nós a tínhamos visto.

— Muito bem. — Tomou-lhe o papel das mãos. — Sim, acho que posso dar um jeito nisto. A senhora crê que esse pacote contenha alguma coisa interessante?

— Eu creio que o conteúdo dele pode ser muito importante.

— A senhora gosta de guardar segredos, hein? — disse o professor Wanstead.

— Não são propriamente segredos — retrucou Miss Marple, — mas apenas *probabilidades* que ando explorando. Não convém fazer afirmações categóricas enquanto não se dispõe de dados concretos.

— Mais alguma coisa?

— Eu acho... eu acho que, seja lá quem for que está se encarregando dessas coisas, devia ser prevenido de que talvez haja um segundo cadáver a ser encontrado.

— A senhora diz um segundo cadáver relacionado com o próprio crime que estamos considerando? Um crime que sucedeu há dez anos atrás?

— Sim — respondeu Miss Marple. — Para falar a verdade, tenho plena certeza disso.

— Outro cadáver. De quem?

— Bom — disse Miss Marple, — por enquanto é apenas uma suposição minha.

— E não tem ideia de onde ele esteja?

— Ah! Tenho — disse Miss Marple, — tenho absoluta certeza de que sei onde ele *está,* mas preciso de um pouco mais de tempo antes que possa lhe dizer onde é.

— Que espécie de cadáver? De homem? De mulher? De criança? De moça?

— Tem outra moça desaparecida — disse Miss Marple. — Chamada Nora Broad. Ela sumiu daqui e nunca mais tiveram notícias dela. Eu acho que o cadáver dela pode estar num determinado lugar.

O professor Wanstead olhou para ela.

— Sabe, quanto mais a senhora fala, menos me agrada deixá-la aqui — disse. — Com todas essas ideias... e possivelmente fazendo alguma tolice... a menos que... — Interrompeu a frase.

— A menos que seja tudo bobagem...? — sugeriu Miss Marple.

— Não, não, não foi isso que eu quis dizer. Mas pode ser também que a senhora saiba coisas demais... o que talvez seja perigoso... Acho que vou ficar aqui para cuidar da senhora.

— Não vai, não — protestou Miss Marple. — O senhor tem de ir a Londres para tomar certas providências.

— Miss Marple, a senhora fala como se soubesse de uma porção de coisas.

— E acho que sei mesmo. Mas preciso ter certeza.

— É, mas para tê-la, talvez seja a última coisa que venha a fazer na vida! Nós não queremos um terceiro cadáver. O seu.

— Ah, não se preocupe — disse Miss Marple.

— Sabe, a senhora talvez esteja correndo perigo, se algumas das suas suposições estiverem certas. Desconfia de alguém, especialmente?

— Acho que tenho bastante certeza de uma pessoa. Mas preciso tirar a limpo... preciso ficar aqui. O senhor me perguntou uma vez se eu tinha capacidade de sentir a presença do mal. Pois essa sensação está exatamente aqui. Há uma atmosfera de maldade, de perigo, se quiser... de grande infelicidade, de medo... Tenho de fazer algo para evitar isso. Da melhor forma possível. Mas uma velha como eu não dispõe de muitos recursos.

O professor Wanstead contou à meia-voz:

— Um... dois... três... quatro...

— Que é que está contando? — perguntou Miss Marple.

— As pessoas que foram embora no ônibus. A senhora, provavelmente, não está interessada nelas, uma vez que as deixou partir e vai ficar aqui.

— E por que deveria estar interessada nelas?

— Porque a senhora me disse que sr. Rafiel tinha um motivo especial para mandá-la tomar o ônibus, fazer essa excursão e para que se hospedasse no Velho Solar. Pois muito bem. A morte de Elizabeth Temple se relaciona com alguém que viaja no ônibus. A sua permanência aqui se relaciona com o Velho Solar.

— Não é bem isso — disse Miss Marple. — As duas coisas se inter-relacionam. Eu quero que alguém me dê umas explicações.

— Julga que pode forçar alguém a dá-las?

— Creio que sim. Se o senhor demorar muito, vai perder seu trem.

— Tome cuidado — recomendou o professor Wanstead.

— É o que pretendo fazer.

A porta que comunicava com o bar se abriu e duas pessoas saíram: srta. Cooke e srta. Barrow.

— Olá — disse o professor Wanstead, — pensei que tivessem ido com o ônibus.

— É que mudamos de ideia à última hora — explicou srta. Cooke, toda alegre. — Descobrimos que há uns passeios muito bonitos aqui por perto e há também dois lugares que estou morrendo de curiosidade para conhecer. Uma igreja com pia batismal que é uma verdadeira raridade, do tempo dos saxões. Fica a apenas uns sete quilômetros de distância e dá para se ir perfeitamente pelo ônibus local, acho eu. Não é só casas e jardins, compreendem? Eu me interesso muitíssimo por arquitetura religiosa.

— Eu também — disse srta. Barrow. — Depois tem Finley Park, que é um esplêndido exemplo de horticultura, bem perto daqui. Nós francamente achamos que seria muito mais agradável ficar mais uns dois dias aqui.

— Vão ficar hospedadas no Javali Dourado?

— Vamos. Tivemos a sorte de pegar um ótimo quarto de casal. Muito melhor, mesmo, que o que nos deram durante os dois últimos dias.

— O senhor vai perder o trem — lembrou Miss Marple.

— Acho bom a senhora... — começou a dizer o professor Wanstead.

— Não se preocupe por minha causa — atalhou logo Miss Marple. — Que homem mais amável — disse, enquanto ele desaparecia pelo lado do prédio, — com tantos cuidados comigo... até parece que sou tia-avó dele ou coisa que o valha.

— Mas que susto que levamos, não é mesmo? — comentou srta. Cooke. — Quem sabe a senhora não quer ir junto conosco quando formos visitar a igreja de St. Martin lá no campo?

— Vocês são muito gentis — disse Miss Marple, — mas acho que ainda não me sinto bastante bem para sair por aí. Amanhã, talvez, se houver algo de interessante para ver.

— Bom, então vamos deixá-la.

Miss Marple sorriu para ambas e entrou no hotel.

XX

Miss Marple tem ideias

DEPOIS DE ALMOÇAR NO SALÃO DE REFEIÇÕES, Miss Marple saiu para o terraço para tomar seu café. Estava saboreando a segunda xícara quando uma figura alta e magra subiu pela escada e aproximou-se, falando meio ofegante. Viu que era Anthea Bradbury-Scott.

— Oh, Miss Marple, só agora ficamos sabendo que a senhora afinal não foi embora no ônibus. Nós pensávamos que fosse continuar a excursão. Não tínhamos a menor ideia de que pretendesse permanecer aqui. A Clotilde e a Lavinia me mandaram cá para dizer que gostaríamos muito de que a senhora voltasse ao Velho Solar e se hospedasse conosco. Estou certa de que lá será muito mais agradável para a senhora. Aqui tem sempre tanta gente entrando e saindo, principalmente durante o fim de semana, e coisas assim. De modo que ficaríamos muito, muito contentes... sinceramente... se voltasse para lá.

— Ah, mas quanta gentileza — disse Miss Marple. — É muita amabilidade mesmo, mas tenho certeza... aliás, a senhora sabe, era apenas uma visita de dois dias. A princípio eu pretendia ir embora no ônibus. Depois dos dois dias, quero dizer. Se não fosse esse trágico acidente... mas, francamente, eu achei que não dava para aguentar mais. Me pareceu que precisava, pelo menos, de uma noite de descanso.

— Mas é que seria tão bom se a senhora fosse para lá conosco. Faríamos tudo para que se sentisse à vontade.

— Ah, quanto a isso nem se discute — disse Miss Marple. — Eu fiquei extremamente à vontade quando me hospedei com vocês. Ah é, gostei muitíssimo. Uma casa tão bonita. E com tantas coisas boas. Sabe, a porcelana, os cristais, os móveis. É tão agradável estar numa casa em vez de num hotel.

— Então agora precisa vir comigo. Precisa, sim. Se quiser, eu arrumo as malas para a senhora.

— Ah... bem, isso é muita gentileza sua. Eu posso arrumar sozinha.

— Bem, mas não quer que eu ajude?

— Seria ótimo — disse Miss Marple.

Subiram ao quarto, onde Anthea, de maneira um tanto apressada, recolheu os pertences de Miss Marple. Miss Marple, que tinha seus próprios métodos de dobrar as coisas, teve de morder os lábios para manter um ar de complacência no rosto. Puxa, pensou, ela não é capaz de dobrar *nada* direito.

Anthea chamou um carregador e ele dobrou a esquina com a mala e desceu a rua até o Velho Solar. Miss Marple deu-lhe a devida gorjeta e, ainda pronunciando pequenos discursos exagerados de agradecimento e satisfação, foi ao encontro das irmãs.

As Três Irmãs! — pensou. — Cá estamos novamente.

Sentou-se na sala de visitas e fechou um pouco os olhos, com a respiração meio opressa. Parecia quase sem fôlego. Nada mais natural para a minha idade, pensou, ainda mais com o passo que Anthea e o carregador vinham mantendo. Mas o que realmente queria com os olhos fechados era analisar a emoção que havia sentido ao entrar de novo nessa casa. Teria algo de sinistro? Não, nem tanto. Mais de desolação. De profunda desolação. A tal ponto que chegava quase a assustar.

Abriu os olhos e fitou as outras duas ocupantes da sala. Sra. Glynne acabava de voltar da cozinha, trazendo uma bandeja com o chá da tarde. Estava com a mesma aparência de sempre. Serena, sem nenhuma emoção ou sentimento especiais. Talvez quase imune demais, pensou Miss Marple. Ter-se-ia acostumado, quem sabe, através de uma vida de pressões e dificuldades, a não demonstrar nada para o mundo exterior, a manter uma reserva, sem permitir que ninguém lhe devassasse a intimidade?

Depois fixou-se em Clotilde. Tal como lhe parecera antes, possuía certo ar de Clitemnestra. Claro que não tinha matado o marido, pois jamais tivera um marido para matar, e parecia improvável que tivesse matado a moça a quem diziam que fora extremamente afeiçoada. Quanto a isso, Miss Marple estava absolutamente segura de que era verdade. Já tinha visto como as lágrimas haviam brotado dos olhos de Clotilde à menção da morte de Verity.

E Anthea? Anthea tinha levado aquela caixa de papelão ao correio. Anthea tinha ido buscá-la no hotel. Anthea... estava muito em dúvida acerca de Anthea. Avoada? Demais para a idade. Olhos que primeiro evitavam e depois voltavam a se fixar na gente. Que pareciam ver coisas que as outras pessoas não viam. Ela anda assustada, pensou Miss Marple. Com medo de alguma coisa. Do que seria? Quem sabe se tratava de um caso de debilidade mental? Talvez sentisse medo de voltar a alguma instituição ou estabelecimento onde já houvesse, possivelmente, passado parte de sua vida. Ou de que as outras duas irmãs achassem desaconselhável deixá-la em liberdade. E estariam ambas receosas do que Anthea fosse capaz de fazer ou dizer?

Havia uma atmosfera *qualquer* ali. Perguntou-se, enquanto tomava o último gole do chá, o que estariam fazendo srta. Cooke e srta. Barrow. Teriam ido visitar a tal igreja ou seria tudo pretexto, pura conversa fiada? Que coisa mais estranha. O modo como tinham ido olhá-la em St. Mary Mead como que para se assegurarem de reconhecê-la no ônibus, mas sem revelar que já a tinham visto ou falado com ela antes.

Havia uma porção de coisas esquisitas acontecendo. Não demorou muito, sra. Glynne recolheu a bandeja de chá, Anthea saiu para o jardim e Miss Marple ficou a sós com Clotilde.

— Tenho a impressão — disse Miss Marple, — de que a senhora conhece o Arcediago Brabazon, não conhece?

— Claro — respondeu Clotilde, — ele ontem estava na igreja, durante o serviço de encomendação. A senhora o conhece?

— Não — respondeu Miss Marple, — mas ele foi lá no Javali Dourado e conversou comigo. Me parece que esteve no hospital se informando sobre a morte da coitada da srta. Temple. Queria saber se ela não tinha deixado nenhum recado para ele. Se não me engano, ela pretendia fazer-lhe uma visita. Mas naturalmente eu disse a ele que apesar de ter ido lá para ver se podia fazer alguma coisa, não havia nada que se pudesse fazer além de ficar sentado junto da cama da pobre srta. Temple. Ela estava inconsciente, sabe? Não pude fazer nada por ela.

— Ela não disse... não falou nada... não deu nenhuma explicação sobre o que tinha acontecido? — perguntou Clotilde, sem muito interesse.

Miss Marple ficou pensando se não seria dissimulação, mas de modo geral parecia-lhe que não. Achou que Clotilde estava ocupada com ideias bem diferentes.

— A senhora acha que *foi* acidente? — perguntou Miss Marple, — ou acha que há alguma coisa naquela história que a sobrinha de sra. Riseley-Porter contou? A respeito de ter visto alguém empurrando um bloco de pedra.

— Bem, eu suponho que se os dois disseram isso, é porque devem ter visto mesmo.

— Pois é. Os dois disseram, não é? — retrucou Miss Marple, — embora não exatamente com as mesmas palavras. Mas isso talvez seja perfeitamente natural.

Clotilde olhou-a com curiosidade.

— A senhora parece em dúvida.

— Bem, é que eu acho tão absurdo — disse Miss Marple, — uma história incrível, a não ser...

— A não ser quê?

— Bem, eu apenas gostaria de saber — disse Miss Marple.

Sra. Glynne entrou novamente na sala.

— O que é que a senhora gostaria de saber? — perguntou ela.

— Estávamos comentando o acidente, ou o não-acidente — explicou Clotilde.

— Mas quem...

— A história que eles contaram me parece muito estranha — insistiu Miss Marple.

— Há qualquer coisa neste lugar — disse Clotilde de repente. — Qualquer coisa no ar. Esta casa nunca mais foi a mesma. Nunca. Desde... desde que a Verity morreu. Já faz anos, mas não passa. Há uma sombra aqui. — Olhou para Miss Marple. — Também não acha? Não sente uma sombra pairando aqui?

— Bem, eu sou forasteira — respondeu Miss Marple. — É diferente para a senhora e para suas irmãs, que moravam aqui e conheciam a moça que morreu. Pelo que deduzi das palavras do Arcediago Brabazon, ela era uma moça encantadora e muito bonita.

— Era linda. E um encanto de menina, também — disse Clotilde.

— Eu gostaria de tê-la conhecido melhor — disse sra. Glynne. — Naturalmente, naquela época eu estava morando no estrangeiro. Meu marido e eu viemos para a Inglaterra uma vez, de licença, mas passamos a maior parte do tempo em Londres. Quase nunca vínhamos aqui.

Anthea entrou do jardim. Trazia na mão uma grande braçada de lírios.

— Flores fúnebres — disse. — É o que hoje precisávamos ter aqui, não é? Vou pô-las num vaso grande. Flores fúnebres — e de repente riu. Uma risadinha histérica, sem graça.

— Anthea — pediu Clotilde, — não... não faça isso. Não... não fica bem.

— Vou pô-las num vaso — repetiu Anthea, toda alegre.

E saiu da sala.

— Francamente, Anthea! — exclamou sra. Glynne. — Eu acho que ela está...

— Cada vez pior — terminou Clotilde a frase.

Miss Marple adotou uma atitude de quem não está ouvindo nem prestando atenção. Pegou uma caixinha esmaltada e pôs-se a admirá-la.

— No mínimo agora ela quebra o vaso — disse Lavinia.

E também saiu da sala.

— Está preocupada com sua irmã, com Anthea? — perguntou Miss Marple.

— Estou, sim. Ela sempre foi meio desequilibrada. É a caçula e em criança teve uma saúde bastante delicada. Mas eu acho que ultimamente está ficando cada vez pior. Ela não tem a mínima ideia, a meu ver, da gravidade das coisas. De vez em quando lhe vêm esses ataques bobos de histeria. Ri sem propósito de coisas que precisam ser encaradas com seriedade. Nós não queremos... bem, mandá-la para nenhum lugar ou... a senhora sabe. Na minha opinião, devia fazer tratamento, mas tenho a impressão de que ela não gostaria de ficar longe do solar. Afinal de contas, isto aqui é a casa dela. Embora às vezes se torne... se torne muito difícil.

— Tudo na vida às vezes se torna difícil — disse Miss Marple.

A Lavinia já falou em ir embora — continuou Clotilde. — Está com vontade de ir morar de novo no estrangeiro. Em Taormina, se não me engano. Ela já viveu lá com o marido e os dois foram muito felizes. Já faz vários anos que está aqui em casa conosco, mas parece que ela sente essa vontade de ir embora, de viajar. Às vezes tenho a impressão... às vezes tenho a impressão de que ela não gosta de estar na mesma casa que Anthea.

— Ah, meu Deus! — exclamou Miss Marple. — Sim, já ouvi falar em casos assim, em que de fato surgem dificuldades.

— Ela tem medo de Anthea — disse Clotilde. — Verdadeiro medo dela. E francamente, eu vivo repetindo para ela que não há motivo para temores. A Anthea às vezes é apenas meio idiota. A senhora sabe, tem ideias esquisitas e diz coisas estranhas. Mas não acho que haja qualquer perigo de que ela... bem, quero dizer, de... ah, sei lá o que quero dizer. De fazer alguma coisa perigosa, estranha ou esquisita.

— Nunca houve nenhum problema desse tipo? — indagou Miss Marple.

— Oh, não. Nunca. Às vezes ela tem ataques de mau humor e se põe a implicar de repente com certas pessoas. É muito ciumenta, sabe, com tudo. Quando se começa... por exemplo, a dar muita atenção aos outros. Sei lá. Às vezes tenho a impressão de que seria melhor vender esta casa e ir embora daqui.

— Deve ser triste para a senhora, não é? — disse Miss Marple. — Acho que compreendo perfeitamente como há de ser penoso viver aqui com as lembranças do passado.

— Ah, a senhora compreende? Sim, estou vendo que compreende mesmo. Mas que se há de fazer? Como esquecer aquela menina tão querida, tão digna de ser amada? Criei-a como uma filha. Afinal, a mãe dela foi uma de minhas melhores amigas. E tão inteligente que era, também. Uma garota esperta. Boa pintora. Ia indo otimamente nas aulas de pintura e desenho. Já estava com uma porção de encomendas. Eu tinha muito orgulho dela. E aí... essa maldita atração por aquele rapaz horrível, que só podia ser louco.

— Refere-se ao filho de sr. Rafiel, Michael Rafiel?

— Sim. Antes ele nunca tivesse aparecido por aqui. Mas, por acaso, estava hospedado na região e o pai sugeriu que viesse nos visitar e ele veio e almoçou conosco. Sabia ser muito simpático, compreende? Mas sempre foi um mau elemento, com péssimos antecedentes. Já tinha sido preso duas vezes por causa de uma história terrível com moças. Mas nunca pensei que a Verity... fosse se apaixonar. Acho que é normal naquela idade. Ela ficou louca pelo rapaz. Não queria saber de mais nada, e ai de quem ousasse falar mal dele. Insistia que tudo o que havia acontecido não era culpa dele. A senhora sabe as coisas que as moças dizem. "Todo mundo está contra ele", é o que sempre dizem. Todo mundo está contra ele. Ninguém é tolerante com ele. Ah, a gente fica cansada de ouvir essas coisas. Será que nunca hão de criar juízo?

— Em geral é o que menos têm — concordou Miss Marple.

— Ela não dava ouvidos. Eu... eu tentei afastá-lo daqui de casa. Disse-lhe que não devia mais vir cá. O que foi uma burrice, lógico. Só depois que percebi. Ela terminou saindo para ir se encontrar com ele fora de casa. Sei lá onde. Tinham vários pontos de encontro. Ele costumava apanhá-la de carro num lugar combinado e trazia-a de volta tarde da noite. Umas duas vezes ela só apareceu no dia seguinte. Procurei convencer os dois de que aquilo não podia continuar, que deviam acabar com tudo, mas não me escutaram. Nem a Verity. Dele, naturalmente, eu nada esperava.

— Ela tencionava casar com ele? — perguntou Miss Marple.

— Bom, eu acho que a coisa nunca chegou a esse ponto. Desconfio de que ele nem sequer pensou em casar com ela.

— Sinto muito pela senhora — disse Miss Marple. — Deve ter sofrido bastante.

— Pois é. O pior foi ter de ir identificar o cadáver. Isso aconteceu algum tempo depois... depois que ela desapareceu de casa. Nós, naturalmente, imaginávamos que tivesse fugido com ele e que com o correr do tempo receberíamos notícias. Eu sabia que a polícia parecia estar levando a coisa a sério. Pediram a Michael para comparecer na delegacia e ajudá-los nas investigações e a história que ele contou, pelo jeito, não combinava com o que os moradores do lugar andavam dizendo.

"Aí a encontraram. Bem longe daqui. A uns quarenta quilômetros de distância. Numa espécie de valo coberto de vegetação junto de uma estrada deserta onde praticamente ninguém passava. Sim, eu tive de ir ver o corpo no necrotério. Uma coisa medonha. A crueldade, a força que tinham sido usadas. Por que ele quis fazer aquilo com ela? Não bastava estrangulá-la? Ele a estrangulou com a própria manta que ela estava usando. Eu não posso... não posso mais falar sobre isso. Não aguento, não aguento.

Lágrimas escorreram-lhe subitamente pelo rosto.

— Que pena que a senhora me dá — disse Miss Marple. — Que pena imensa.

— Acredito. — Clotilde de repente olhou para ela. — E ainda não sabe do pior.

— Como assim?

— Não sei... não sei... é a Anthea.

— O que é que tem a Anthea?

— Ela andava tão esquisita naquela época. Estava... estava muito ciumenta. De repente começou a implicar com a Verity. Olhava-a como se a odiasse. Às vezes eu pensava... quem sabe lá... oh não, que ideia mais horrível, não se pode pensar uma coisa dessas da própria irmã da gente... mas uma vez ela chegou a agredir alguém. Sabe, ela costumava ter esses ataques de raiva. Fiquei imaginando se não *podia* ter sido... ah, não devo dizer uma coisa dessas. Isso está fora de cogitação. Esqueça, por favor, tudo o que eu disse. Não tem cabimento, de jeito nenhum. Mas... mas... acontece que ela não é bem normal. Isso não há que negar. Quando era jovem, ocorreram umas coisas estranhas... com bichos. Nós tínhamos um papagaio, que dizia bobagens, essas tolices que os papagaios vivem dizendo, e ela torceu-lhe o pescoço. Eu não me conformei. Achei que nunca mais poderia confiar nela. Nunca me senti *segura*. Nunca me senti... ah, meu Deus, também estou ficando histérica.

— Ora, vamos — disse Miss Marple, — não pense mais nisso.

— Pois é. Já basta saber... saber que a Verity morreu. Daquela maneira horrível. Pelo menos ele não fará mais mal a ninguém. Pegou prisão perpétua. Continua preso. Não vão deixá-lo solto por aí, arriscando a vida de outras moças. Se bem que podiam ter alegado algum desequilíbrio mental... alguma atenuante... uma dessas coisas que usam hoje em dia. Ele devia ter ido para Broadmoor. Tenho certeza de que não foi responsável pelo que fez.

Levantou-se e saiu da sala. Sra. Glynne tinha voltado e passou pela irmã no umbral da porta.

— A senhora não deve prestar atenção à Clotilde — disse. — Ela nunca se refez direito daquela história hedionda de anos atrás. Gostava muitíssimo da Verity.

— Parece que ela anda preocupada com sua outra irmã.

— Com Anthea? A Anthea não tem nada. É... bem, ela é avoada, compreende? Meio... histérica. Propensa a se alarmar com qualquer coisa, e a ter fantasias estranhas, excesso de imaginação, às vezes. Mas acho que não há a menor necessidade da Clotilde se preocupar tanto assim. Meu Deus, quem é que está ali naquela porta?

Dois vultos contrafeitos tinham subitamente aparecido na porta envidraçada.

— Ah, desculpe — disse srta. Barrow, — nós estávamos apenas fazendo a volta da casa para ver se encontrávamos Miss Marple. Nos falaram que ela tinha vindo para cá e eu pensei... ah, eis aí a senhora, minha cara Miss Marple. Eu queria lhe avisar que afinal terminamos não indo visitar aquela igreja agora de tarde. Pelo jeito está fechada para limpeza, de modo que acho que teremos de desistir de qualquer outro passeio por hoje e deixar para amanhã. Espero sinceramente que não reparem por termos entrado por aqui. Eu de fato toquei a campainha da porta da frente, mas parece que não está funcionando.

— É, às vezes isso acontece — explicou sra. Glynne. — É meio temperamental, sabem? Às vezes toca, outras vezes não. Mas sentem-se, por favor. Vamos conversar um pouco. Eu não tinha a mínima ideia de que as senhoras não houvessem tomado o ônibus.

— Pois é, nós resolvemos fazer um pouco de turismo por aqui, para aproveitar a oportunidade, e ir embora no ônibus seria francamente... bem, seria meio penoso depois do que aconteceu.

— Precisam tomar um pouco de xerez — disse sra. Glynne.

Saiu da sala e voltou em seguida, acompanhada de Anthea, já mais calma, trazendo cálices e uma garrafa de cristal com xerez. Sentaram-se lado a lado.

— Estou muito curiosa para saber como é que vai terminar tudo isso — disse sra. Glynne. — Refiro-me à pobre srta. Temple. Parece simplesmente impossível adivinhar o que a polícia acha. Tudo indica que as investigações continuam e, afinal, o inquérito foi adiado, portanto é óbvio que não se deram por satisfeitos. Não sei se descobriram qualquer coisa relacionada com o ferimento.

— Creio que não — retrucou srta. Barrow. — Porque o golpe na cabeça, o choque... bem, é lógico que isso foi proveniente da pedra. A única dúvida, Miss Marple, é se ela rolou sozinha ou se alguém a empurrou.

— Ah — exclamou srta. Cooke, — mas é evidente que não se pode pensar que... afinal, quem haveria de empurrar uma pedra daquelas, fazer uma coisa dessas? Imagino que sempre haja gente desocupada por lá. Alguns jovens estrangeiros ou estudantes, sabem? Eu de fato me pergunto se... bem...

— A senhora quer dizer — atalhou Miss Marple, — que se pergunta se esse alguém não seria um de nossos companheiros de excursão, não é?

— Bem, eu... eu não disse isso — protestou srta. Cooke.

— Mas é evidente — lembrou Miss Marple, — que não se pode deixar de... de pensar nessa hipótese. Sim, deve haver alguma explicação. Se a polícia parece estar certa de que não foi acidente, bem, então deve ter sido obra de alguém e... afinal, srta. Temple era uma desconhecida aqui na localidade. Não acho provável que pudesse ter sido alguém... daqui, quero dizer. Portanto, só resta mesmo... voltar a todos nós que estávamos no ônibus, não é?

E soltou uma leve risadinha, meio estridente, de velha.

— Ah, mas como?!

— Pois é, eu de fato não devia dizer uma coisa dessas. Mas vocês sabem, esses crimes são mesmo muito interessantes. Às vezes acontecem as coisas mais incríveis.

— A senhora tem uma opinião definida, Miss Marple? Eu gostaria de ouvi-la — disse Clotilde.

— Bem, a gente sempre pensa nas possibilidades.

— Sr. Caspar — disse srta. Cooke. — Sabem, eu desde o início não fui com a cara daquele homem. Ele me parecia... bem, eu achava que ele podia ter qualquer coisa a ver com espionagem ou algo parecido. Talvez tivesse vindo para cá à procura de segredos atômicos ou coisa que o valha.

— Não creio que haja nenhum segredo atômico por aqui — disse sra. Glynne.

— Claro que não — concordou Anthea. — Talvez fosse alguém que estivesse seguindo srta. Temple. Que andasse atrás dela porque ela tivesse cometido algum crime.

— Que tolice — atalhou Clotilde. — Ela era ex-diretora de um colégio muito conhecido, uma grande autoridade no assunto. A troco de que alguém andaria atrás dela?

— Ah, sei lá. Talvez houvesse ficado meio louca ou coisa que o valha.

— Tenho certeza — disse sra. Glynne — de que Miss Marple tem alguma ideia.

— Bem, ideias eu tenho — retrucou Miss Marple. — Me parece que... bem, as únicas pessoas que poderiam ser... Ah, meu Deus, é tão difícil de explicar. Mas eu acho que há duas pessoas que saltam logo aos olhos como as possibilidades mais lógicas. Vejam bem, não é que eu as considere culpadas, porque tenho certeza de que ambas são pessoas muito boas, mas o que eu quero dizer é que não há mais ninguém que pudesse, logicamente, ser de fato suspeito, digamos.

— A quem a senhora se refere? Isso é muito interessante.

— Eu até acho que não devia dizer uma coisa dessas. É só uma... uma espécie de conjetura, sem pé nem cabeça.

— Quem que a senhora acha que podia ter empurrado a pedra? Quem seria a pessoa que Joanna e Emlyn Price viram?

— Bem, o que eu realmente achei foi que... que talvez eles não tivessem visto ninguém.

— Não estou compreendendo direito — disse Anthea. — Que eles não tivessem visto ninguém?

— Ora, podiam talvez ter inventado tudo.

— Quê... o fato de ter visto alguém?

— Bem, é possível, não é?

— Quer dizer, como uma espécie de brincadeira ou ideia maldosa? O *quê*, afinal?

— Olhem, eu acho... que se ouve falar em coisas tão incríveis que a mocidade faz hoje em dia — respondeu Miss Marple. — Sabem como é, botando coisas nos olhos dos cavalos, quebrando janelas de missões diplomáticas, agredindo pessoas, atirando pedras nos outros. Isso tudo geralmente é obra de gente jovem, não é? E eles eram os únicos jovens do grupo, não eram?

— A senhora quer dizer que Emlyn Price e Joanna poderiam ter empurrado aquela pedra?

— Mas eles são as únicas pessoas óbvias, não são? — retrucou Miss Marple.

— Imagina! — exclamou Clotilde. — Ah, eu nunca teria pensado nisso. Mas agora vejo... sim, vejo perfeitamente que a senhora pode ter razão. Claro, eu não conheço direito aqueles dois. Não andei viajando com eles.

— Ah, são muito simpáticos — disse Miss Marple. — A Joanna me parece uma... moça especialmente capaz, sabe?

— Capaz de tudo? — perguntou Anthea.

— Anthea — ralhou Clotilde, — fique quieta, por favor.

— Sim. Bem capaz — respondeu Miss Marple. — Afinal de contas, se se pretende fazer alguma coisa que resulte em crime, a gente tem de ser bastante capaz para conseguir não ser vista, nem coisa parecida.

— Mas então os dois deviam estar mancomunados — sugeriu srta. Barrow.

— Ah, lógico — concordou Miss Marple. — Eles estavam e contaram mais ou menos a mesma história. São os... bem, são os suspeitos óbvios, é só o que posso dizer. Achavam-se fora do ângulo de visão dos outros. O grupo todo foi pela trilha comum. Eles podiam ter subido até o alto do morro e empurrado o bloco de pedra. Talvez não quisessem matar especialmente srta. Temple. É possível que tencionassem apenas... ora, fazer um pouco de anarquia ou esmagar alguma coisa ou alguém... qualquer pessoa, mesmo. Aí empurraram a pedra. E depois, naturalmente, inventaram que tinham visto alguém por lá. Vestido com um traje meio esquisito ou sei lá mais o quê, o que também me soa muito improvável e... bem, eu não devia dizer essas coisas, mas o fato é que dá o que pensar.

— Me parece uma ideia muito interessante — disse sra. Glynne. — Que você acha, Clotilde?

— Acho que é uma possibilidade. Que a mim não teria ocorrido.

— Bom — disse srta. Cooke, pondo-se de pé, — agora temos de voltar para o Javali Dourado. A senhora vem conosco, Miss Marple?

— Oh não — respondeu Miss Marple. — Suponho que não saibam. Esqueci de lhes dizer. Srta. Bradbury-Scott teve a extrema gentileza de me convidar para passar de novo outra noite... ou duas... aqui.

— Ah, compreendo. Bem, tenho certeza de que será mais agradável para a senhora. Muito mais confortável. O pessoal que chegou agora no fim da tarde lá no Javali Dourado parece bem barulhento.

— Por que não aparecem depois do jantar, para tomar um cafezinho? — sugeriu Clotilde. — Está fazendo uma noite tão abafada. Não convidamos para jantar porque receio que não haja o suficiente em casa, mas se aceitarem um café conosco...

— Seria ótimo — disse srta. Cooke. — Sim, nós certamente vamos nos valer da sua hospitalidade.

XXI

O RELÓGIO BATE TRÊS HORAS

SRTA. COOKE E SRTA. BARROW chegaram pontualmente às 8h45min; uma de vestido de rendão bege e a outra de uma tonalidade verde oliva. Durante o jantar Anthea tinha interrogado Miss Marple a respeito das duas.

— Que coisa mais engraçada — disse, — elas querem ficar aqui.

— Ah, não acho — retrucou Miss Marple. — Me parece perfeitamente natural. Minha impressão é de que as duas têm um plano que seguem bastante à risca.

— Um plano? Como assim? — perguntou sra. Glynne.

— Bem, eu diria que estão sempre prontas para qualquer eventualidade, com um plano para enfrentá-la.

— Quer dizer — observou Anthea, com certo interesse, — que estavam prontas a enfrentar a eventualidade de um crime?

— Eu gostaria — disse sra. Glynne, — que você parasse de falar na morte da pobre srta. Temple como se fosse um crime.

— Mas claro que foi — disse Anthea. — A única coisa que não entendo é quem haveria de querer matá-la? No mínimo alguma aluna dela, que a odiasse desde o colégio e pretendia se vingar.

— Julga que o ódio seja capaz de durar tanto tempo assim? — perguntou Miss Marple.

— Ah, creio que sim. Tenho a impressão de que se pode passar anos odiando alguém.

— Não — disse Miss Marple, — eu acho que o ódio terminaria se extinguindo. A gente pode se esforçar para mantê-lo vivo artificialmente, mas não creio que se consiga. Ele não tem uma força tão intensa como o amor — acrescentou.

— Não lhe parece que srta. Cooke ou srta. Barrow, ou as duas juntas, seriam bem capazes de ter cometido o crime?

— A troco de quê? — estranhou sra. Glynne. — Francamente, Anthea! Elas me pareceram tão simpáticas.

— Pois *eu* acho que têm qualquer coisa de misteriosas — disse Anthea. — Não é, Clotilde?

— Talvez você tenha razão — disse Clotilde. — Me pareceram meio artificiais, por assim dizer.

— *Eu* acho que têm qualquer coisa de extremamente sinistro — insistiu Anthea.

— Você sempre com suas imaginações — reprovou sra. Glynne. — Afinal, elas estavam caminhando pela trilha, não estavam? A senhora viu as duas, não viu? — perguntou a Miss Marple.

— Não posso afirmar que tenha visto — respondeu Miss Marple. — Para falar a verdade, nem tive oportunidade.

— Como assim...?

— Ela não estava lá — lembrou Clotilde. — Estava aqui, no nosso jardim.

— Ah, é. Tinha-me esquecido.

— Fazia um dia tão bonito, e tão calmo — disse Miss Marple. — Gostei muitíssimo. Amanhã de manhã eu gostaria de ir olhar de novo aquele tufo de flores brancas que estava desabrochando nos fundos do jardim, perto daquele montículo de terra. Mal começava a brotar no outro dia. Agora já deve estar todo florido. Sempre guardarei aquilo como uma recordação da minha visita aqui, sabem?

— Eu detesto aquilo — disse Anthea. — Por mim arrancava tudo fora. Quero construir de novo uma estufa ali. Se a gente conseguir juntar dinheiro suficiente, bem que se podia, não é, Clotilde?

— Vamos deixar aquilo como está — retrucou Clotilde. — Não quero que se mexa naquele canto. De que nos adianta agora uma estufa? Levaria anos até que as parreiras dessem uva de novo.

— Venham — disse sra. Glynne, — vamos parar de discutir sobre esse assunto. Passemos à sala de visitas. Não demora muito nossas convidadas estarão aí para o café.

Foi então que as duas apareceram. Clotilde trouxe a bandeja do café. Encheu as xícaras e distribuiu-as. Colocou uma diante de cada convidada e depois foi buscar a de Miss Marple. Srta. Cooke curvou-se para a frente.

— Ah, me desculpe, sim, Miss Marple? Mas eu, se fosse a senhora, francamente, não tomaria, sabe? O café, quero dizer, a esta hora da noite. Senão depois não vai poder dormir direito.

— Ah, a senhora acha? — disse Miss Marple. — Já estou acostumada a tomar café de noite.

— Sim, mas este aqui é muito forte, um café de ótima qualidade. Eu lhe aconselho a não tomá-lo.

Miss Marple olhou para srta. Cooke. O rosto de srta. Cooke estava bem sério. O cabelo artificialmente louro caía sobre um olho. O outro piscou de leve.

— Ah, compreendo — disse Miss Marple. — Talvez tenha razão. Suponho que entenda um pouco de dietas.

— Como não. Fiz um estudo bastante completo. Tive certa experiência como enfermeira, sabe, e uma coisa e outra.

— Ah é? — Miss Marple empurrou ligeiramente a xícara para o lado. — Será que não há nenhum retrato daquela moça? — perguntou. — Verity Hunt, não era assim que se chamava? O Arcediago me falou sobre ela. Parece que gostava muito dela.

— Creio que sim. Ele sempre gostou de gente moça — disse Clotilde.

E levantando-se, atravessou a sala e abriu a tampa de uma escrivaninha. Tirou um retrato e trouxe para mostrá-lo a Miss Marple.

— Esta aqui era a Verity — explicou.

— Que rosto lindo — disse Miss Marple. — É, muito bonito, e fora do comum. Pobre menina.

— Hoje em dia é um verdadeiro horror — exclamou Anthea, — parece que essas coisas acontecem a toda hora. As moças saem com tudo quanto é espécie de rapaz. Ninguém se dá o trabalho de cuidar delas.

— Agora são elas mesmas que têm de se cuidar — disse Clotilde, — e as coitadas nem sabem como!

Ao estender o braço para receber de novo o retrato das mãos de Miss Marple, a manga do seu vestido tocou na xícara de café e derrubou-a no chão.

— Ah meu Deus! — exclamou Miss Marple. — Foi culpa minha? Sacudi-lhe o braço?

— Não — respondeu Clotilde, — foi a minha manga. É meio esvoaçante. Quem sabe não prefere um pouco de leite quente, se está com medo de tomar café?

— Seria muita gentileza — disse Miss Marple. — Um copo de leite quente antes de deitar é de fato um verdadeiro bálsamo e sempre ajuda a dormir bem.

Ao cabo de mais um pouco de conversa vaga, srta. Cooke e srta. Barrow se despediram. A saída foi meio atrapalhada. Primeiro uma e depois a outra voltaram para apanhar alguma coisa que tinham esquecido: a manta, a bolsa, um lenço.

— Que lufa-lufa — exclamou Anthea, quando as duas se retiraram.

— De certo modo — comentou sra. Glynne, — concordo com Clotilde. Essas duas não me parecem *reais*. Não sei se a senhora me entende — disse a Miss Marple.

— Pois é. Também concordo. Elas *não* parecem muito reais, não. Fiquei pensando um bocado a respeito delas. Por exemplo, por que vieram nessa excursão e se estariam realmente gostando dela. E qual o motivo que tinham para vir.

— E encontrou resposta para todas essas perguntas? — indagou Clotilde.

— Creio que sim — respondeu Miss Marple. Suspirou. — Para uma porção de coisas.

— Espero que até agora tenha se divertido — disse Clotilde.

— Estou contente por ter desistido da excursão — declarou Miss Marple. — Tenho a impressão de que não ia achar mais graça nela.

— Pois é. Compreendo perfeitamente.

Clotilde foi buscar um copo de leite quente na cozinha e acompanhou Miss Marple ao quarto do andar superior.

— Não precisa de mais nada? — perguntou. — Quer que lhe traga alguma coisa?

— Não, obrigada — agradeceu Miss Marple. — Tenho tudo que preciso. Trouxe minha sacola, como vê, de modo que não preciso tirar nada da mala. Obrigada — repetiu, — a senhora e suas irmãs foram amabilíssimas em me acolher por mais uma noite.

— Ora, era o mínimo que poderíamos fazer, depois da carta de sr. Rafiel. Ele era muito atencioso.

— Sim — disse Miss Marple, — o tipo do homem que... bem, que se lembrava de tudo. Tinha boa cabeça, acho eu.

— Me parece que foi um grande financista.

— Financista ou não, ele se lembrou de uma porção de coisas — disse Miss Marple. — Ah, ainda bem que está na hora de dormir. Boa noite, srta. Bradbury-Scott.

— Quer que lhe mande o café de manhã, para tomá-lo na cama?

— Não, não, não se dê a esse incômodo. Não, não, prefiro tomar lá embaixo. Uma xícara de chá, talvez, seria ótimo, mas quero passear pelo jardim. Especialmente para ver aquele montículo de terra, todo coberto de flores brancas, tão bonitas e triunfantes...

— Boa noite — disse Clotilde, — durma bem.

2

O relógio grande do saguão, ao pé da escada, bateu duas horas. Os relógios do Velho Solar não batiam todos em uníssono e alguns, até, nem sequer batiam. Manter uma casa cheia de relógios antigos funcionando direito não era fácil. Às três horas, o relógio do patamar do primeiro andar bateu três vezes, de leve. Uma leve réstia de luz infiltrou-se pela dobradiça da porta.

Miss Marple sentou-se na cama e aproximou os dedos do botão da lâmpada de cabeceira. A porta se abriu bem devagar. Já não havia mais claridade do lado de fora. Ouviu-se um passo quase imperceptível dentro do quarto. Miss Marple acendeu a luz.

— Ah — exclamou, — é a senhora, srta. Bradbury-Scott. Que foi que houve?

— Vim só ver se não precisava de nada — respondeu srta. Bradbury-Scott.

Miss Marple olhou para ela. Clotilde estava com um longo roupão roxo. Que mulher bonita, pensou Miss Marple. O cabelo emoldurando-lhe a testa, uma figura trágica, dramática. Lembrou-se de novo das peças gregas. E de Clitemnestra.

— Tem certeza de que não quer que lhe traga alguma coisa?

— Não, obrigada — agradeceu Miss Marple. — Nem sequer — acrescentou, em tom de desculpa, — tomei o leite.

— Ah meu Deus, por que não?

— Tenho a impressão de que não me ia fazer bem respondeu Miss Marple.

Clotilde ficou ali parada, ao pé da cama, olhando para ela.

— Não é muito saudável, sabe? — disse Miss Marple.

— O que é que a senhora quer dizer com isso?

A voz de Clotilde agora estava áspera.

— Creio que sabe o que eu quero dizer — retrucou Miss Marple. — Acho que sabia a noite inteira. Até antes, talvez.

— Não tenho a mínima ideia do que está falando.

— Não? — Havia uma leve inflexão irônica no monossílabo interrogativo.

— Decerto o leite já esfriou. Vou levá-lo embora para lhe trazer outro mais quente.

Clotilde estendeu o braço e tirou o copo da mesa de cabeceira.

— Não se dê ao trabalho — disse Miss Marple. — Mesmo que trouxesse, eu não tomaria.

— Francamente, não compreendo aonde quer chegar. Francamente — repetiu, olhando para ela. — Que criatura mais incrível. Que espécie de pessoa a senhora é? Por que está falando desse modo? Quem é a senhora?

Miss Marple desenrolou da cabeça a manta de lã cor-de-rosa que a cingia, idêntica à que certa vez havia usado nas Antilhas.

— Um dos meus nomes é Nêmesis — respondeu.

— Nêmesis? Que significa isso?

— Não se faça de desentendida — disse Miss Marple. — A senhora é uma mulher culta. Nêmesis às vezes tarda, mas não falha.

— Do que é que está falando?

— De uma moça muito bonita, que a senhora matou — respondeu Miss Marple.

— Que eu matei? Que história é essa?

— A história de Verity.

— De Verity? E por que haveria eu de matá-la?

— Porque gostava muito dela — respondeu Miss Marple.

— Claro que gostava. Tinha verdadeiro amor por ela. E ela por mim.

— Há bem pouco tempo alguém me disse que o amor era uma palavra terrível. E de fato é. A senhora amava muitíssimo Verity. Ela representava tudo no mundo para a senhora. E o carinho que lhe dedicava durou até que surgiu outra coisa na vida dela. Um tipo de amor diferente. Ela se apaixonou por um rapaz, por um jovem. Que nada tinha de ideal, não era bom caráter e nem tampouco possuía bons antecedentes, mas, que ela amava e era amada por ele, e ela queria se libertar. Se libertar do jugo da escravidão amorosa que estava tendo em sua companhia. Queria levar uma vida de mulher normal. Viver com o homem que havia escolhido, ter filhos com ele. Queria casar e ter a felicidade de uma vida normal.

Clotilde se mexeu. Aproximou-se de uma cadeira e sentou-se, olhando fixamente para Miss Marple.

— Pelo que vejo — disse, — a senhora compreendeu muito bem.

— Compreendi, sim.

— E é bem verdade o que diz. Não pretendo negar. Aliás, tanto faz que eu negue ou não.

— Pois é — disse Miss Marple, — tem toda a razão. Não faz a mínima diferença.

— Será que a senhora sabe... é capaz de imaginar... como eu sofri?

— Sou, sim — disse Miss Marple. — Imagino perfeitamente. Sempre tive muita imaginação.

— Já imaginou a agonia, a agonia de pensar, de saber que a gente vai perder a pessoa que mais se ama neste mundo? E ainda por cima, para um delinquente miserável, depravado. Um sujeito indigno da beleza, da perfeição da minha menina. Eu tinha que impedir. Eu tinha... tinha.

— Sim — disse Miss Marple. — Em vez de deixá-la ir embora, preferiu matá-la. Por causa do amor que sentia por ela, matou-a.

— Julga que eu chegaria a esse extremo? Que seria capaz de estrangular a criatura que amava? Que poderia esmigalhar-lhe o rosto, reduzir-lhe o crânio a frangalhos? Somente um malvado, um depravado seria capaz de uma coisa dessas.

— Não, a senhora nunca faria isso — disse Miss Marple.

— A senhora a amava, por isso não seria capaz.

— Está vendo então, como o que diz é um disparate?

— Mas não foi com ela que a senhora fez isso. A moça com quem isso aconteceu não foi a que a senhora amava. A Verity ainda está aqui, não está? Lá fora, no jardim. Eu acho que a senhora não a estrangulou. A senhora lhe deu um gole de café ou de leite, uma dose excessiva de um negócio indolor para dormir. E depois, quando ela morreu, levou-a para o jardim, abriu espaço entre os tijolos caídos da estufa e fez um túmulo: ali para ela, debaixo do chão, com os tijolos, e cobriu tudo. E aí então plantou aquelas flores, que depois começaram a crescer, ficando cada ano mais espalhadas e densas. A Verity ficou aqui com a senhora. A senhora jamais permitiria que ela fosse embora.

— Sua idiota! Sua velha idiota e maluca! Pensa que vai conseguir escapar para contar essa história?

— Acho que sim — disse Miss Marple. — Mas não tenho certeza. A senhora é uma mulher forte, muito mais forte do que eu.

— Ainda bem que reconhece.

— E não teria o mínimo escrúpulo — acrescentou Miss Marple. — A senhora sabe que ninguém fica no primeiro crime. Já notei isso, pelo que tenho observado em matéria de assassinatos. A senhora matou duas moças, não matou? A que a senhora amava e uma outra ainda.

— Matei uma bobinha à toa, uma pequena prostituta. Nora Broad. Como soube?

— Eu desconfiei — disse Miss Marple. — Pelo que pude verificar, achei impossível que tivesse estrangulado e desfigurado a moça que amava. Mas mais ou menos pela mesma época desapareceu outra, cujo cadáver nunca foi encontrado. Aí então suspeitei de que *tinha* sido encontrado, só que não sabiam que era o de Nora Broad. Estava vestido com as roupas de Verity, foi identificado como Verity pela pessoa mais qualificada para isso, que a conhecia melhor do que ninguém. A senhora teve de ir dizer se o cadáver encontrado era o de Verity. A senhora o reconheceu. E disse que de fato era.

— E por que eu teria feito isso?

— Porque queria que o rapaz que lhe havia roubado Verity, o rapaz que Verity amava e que tinha amado Verity, fosse julgado por assassinato. E assim escondeu aquele segundo cadáver num lugar onde não seria muito fácil de ser descoberto. Quando o foi, pensaram que se tratasse da moça errada. A senhora fez tudo para que fosse identificado da maneira que queria. Vestiu-o com as roupas de Verity, largou lá a bolsa dela, cartas, uma pulseira, um pequeno crucifixo numa correntinha... e desfigurou-lhe o rosto.

"Na semana passada, cometeu seu terceiro crime, o assassinato de Elizabeth Temple. Matou-a porque ela estava vindo para cá e a senhora tinha medo de que soubesse de alguma coisa, pois Verity podia ter escrito ou contado para ela, e imaginou que, se Elizabeth Temple se encontrasse com o Arcediago Brabazon, os dois juntos seriam capazes de tirar uma conclusão e descobrir a verdade. Não convinha que Elizabeth Temple entrasse em contato com o Arcediago. A senhora é uma mulher forte. Portanto podia fazer aquela pedra rolar encosta abaixo. Não deve ter sido fácil, mas a senhora é muito forte.

— O suficiente para enfrentá-la — disse Clotilde.

— Não creio que vá conseguir — retrucou Miss Marple.

— Como assim, sua velha miserável, encarquilhada?

— Sim — disse Miss Marple, — posso ser uma velha tonta, com pouca força nos braços ou nas pernas. Em todo o corpo, enfim. Mas sou, à minha maneira, uma emissária da justiça.

Clotilde riu.

— E quem é que vai me impedir de liquidar com sua carcaça?

— O meu anjo da guarda, acho eu — disse Miss Marple.

— Está confiando em seu anjo da guarda, é? — escarneceu Clotilde, rindo outra vez.

E avançou para a cama.

— Em *dois* talvez — acrescentou Miss Marple. — Sr. Rafiel nunca foi homem de fazer economia.

Enfiou a mão embaixo do travesseiro e tirou um apito que pôs na boca. Foi algo de sensacional em matéria de apito. Tinha a fúria estridente que seria capaz de atrair um guarda a quilômetros de distância. Duas coisas aconteceram quase simultaneamente. A porta do quarto se abriu. Clotilde virou-se e deparou com srta. Barrow, parada no limiar. No mesmo instante escancarou-se o vasto guarda-roupa, e srta. Cooke saiu dele.

Havia em ambas, bem perceptível, um austero ar profissional que contrastava com a afável conduta social do início da noite.

— Dois anjos da guarda! — exclamou Miss Marple, radiante.

— Sr. Rafiel me desvaneceu, como se dizia antigamente.

XXII

MISS MARPLE CONTA SUA HISTÓRIA

— QUANDO FOI QUE A SENHORA percebeu que essas duas mulheres eram agentes secretas que a acompanhavam para protegê-la? — perguntou o professor Wanstead.

Curvou-se para a frente em sua cadeira, contemplando pensativo a velha senhora de cabelos brancos toda empertigada, instalada na cadeira oposta. Achavam-se num prédio oficial do governo em Londres e havia mais quatro pessoas presentes: um funcionário do gabinete do promotor público; Sir James Lloyd, comissário-assistente da Scotland Yard; Sir Andrew McNeil, diretor do presídio de Manstone. A quarta era o Ministro do Interior.

— Só na última noite — respondeu Miss Marple. — Até então não tinha propriamente certeza. Srta. Cooke havia estado em St. Mary Mead e não demorei muito para perceber que não era o que pretendia ser: uma mulher entendida em plantas que tinha ido lá ajudar uma amiga a cuidar do jardim. De modo que só me restava decidir qual seria a verdadeira ocupação dela, depois de se familiarizar com o meu aspecto, uma vez que só podia ser isso que a tinha levado lá. Quando a reconheci de novo no ônibus, tive de optar entre duas hipóteses: ou ela estava acompanhando a excursão no papel de guardiã, ou então as duas eram inimigas recrutadas pelo que eu chamaria de lado oposto.

"Só fiquei absolutamente certa naquela última noite, quando srta. Cooke me impediu, com palavras bem nítidas de advertência, de tomar a xícara de café que Clotilde Bradbury-Scott acabava de colocar na minha frente. Ela se expressou com muita sutileza, mas o sentido era inequívoco. Depois, durante a troca de despedidas, uma delas pegou a minha mão entre as suas, apertando-a de um jeito especialmente amigo e afetuoso. E ao fazer isso, me passou um objeto que, quando examinei mais tarde, vi que se tratava de um apito de grande alcance. Levei-o comigo para a cama, aceitei o copo de leite que a dona da casa insistiu em me oferecer, e dei-lhe boa noite, cuidando para não mudar minha atitude simples e cordial.

— Não bebeu o leite?

— Claro que não — respondeu Miss Marple. — Por quem o senhor me toma?

— Desculpe-me — disse o professor Wanstead. — Estou admirado que não tenha trancado a porta.

— Isso teria sido o maior erro — afirmou Miss Marple. — Eu queria que Clotilde Bradbury-Scott entrasse no quarto. Para ver o que iria dizer ou fazer. Achei que era quase certo que ela *entraria* quando já tivesse passado bastante tempo, para se certificar se eu havia bebido o leite e se estava mergulhada num sono profundo, do qual, provavelmente, jamais despertaria.

— A senhora ajudou srta. Cooke a se esconder no guarda-roupa?

— Não. Foi uma completa surpresa quando de repente ela saiu dali. Eu suponho — acrescentou Miss Marple, pensativa, relembrando, — eu suponho que ela tenha aproveitado a oportunidade no momento em que saí no corredor para ir ao... ao banheiro.

— Sabia que as duas estavam dentro da casa?

— Achei que estariam por perto, em algum lugar, depois que me deram o apito. Não creio que fosse uma casa de difícil acesso, pois não tinha venezianas nem campainhas de alarme contra ladrões ou qualquer coisa desse gênero. Uma delas voltou com o pretexto de ter esquecido a bolsa ou a manta. Juntas, provavelmente conseguiram deixar uma janela destrancada, e eu imagino que entraram de novo na casa assim que saíram, enquanto as moradoras lá dentro estavam subindo para se deitar.

— A senhora se arriscou muito, Miss Marple.
— Decidi ser otimista — disse Miss Marple. — Não se pode passar a vida esquivando-se a certos riscos necessários.

— Por falar nisso, o seu palpite sobre o pacote despachado para a tal instituição de caridade estava certo. Continha um pulôver novinho em folha, de gola *roulé,* xadrez, em cores vermelha e preta bem vivas. Inconfundível. Como foi que descobriu?

— Ora, da maneira mais simples — respondeu Miss Marple. — A descrição que Emlyn e Joanna fizeram do vulto que tinham visto deixou bem claro que as cores vivas e as roupas inconfundíveis eram *para serem vistas,* e que portanto seria imprescindível que não ficassem escondidas no local nem guardadas entre os próprios pertences da referida pessoa. Tinham que sumir com a maior rapidez possível. E de fato só existe uma única maneira de se livrar de alguma coisa: por meio do correio. Tudo o que se relaciona com roupas pode ser facilmente enviado para obras de caridade. Imaginem a alegria das pessoas que recolhem vestuários de inverno para as Mães Desempregadas, ou seja qual for o nome da instituição, ao deparar com um pulôver de lã praticamente novo. Só precisei descobrir o endereço do destinatário.

— E a senhora foi perguntar *isso* aos funcionários do correio?
O Ministro do Interior parecia meio escandalizado.

— Não diretamente, é lógico. Quer dizer, eu tive de me mostrar inquieta e explicar como havia posto o endereço errado numas roupas que queria mandar a uma instituição de caridade. Então perguntei se, por acaso, não podiam fazer o favor de me informar se o pacote que uma das minhas gentis hospedeiras tinha trazido ali, já havia sido remetido. E uma mulher muito simpática que estava de plantão finalmente se lembrou que sim, mas *não* para o endereço que eu esperava que tivesse sido, e me deu o endereço que *ela* se lembrava. Eu acho que ela não desconfiou de que eu visasse à outra coisa com meu pedido de informação, já que me mostrei... bem, meio caduca, idosa, e muito inquieta com o destino que o meu pacote de roupas usadas havia tomado.

— Ah! — exclamou o professor Wanstead, — pelo que vejo, Miss Marple, a senhora, além de justiceira, também é atriz. — Depois perguntou: — Quando foi que começou a descobrir o que tinha acontecido há dez anos?

— A princípio — respondeu Miss Marple, — achei tudo dificílimo, quase impossível. Vivia recriminando sr. Rafiel por não ter deixado as coisas claras para mim. Mas agora vejo que ele foi muito prudente ao agir assim. Sabem, para falar a verdade, ele foi de uma inteligência extraordinária. Hoje compreendo por que teve um sucesso tão grande como financista e ganhou tanto dinheiro de maneira tão fácil. É que traçava seus planos com perfeição. Ele ia me dando as informações com parcimônia, em pequenas doses, uma de cada vez. Eu fui, por assim dizer, teleguiada. Primeiro, os meus anjos da guarda receberam aviso para irem ver como eu era fisicamente. Depois me colocaram naquela excursão, em contato com os outros passageiros.

— E não suspeitou, se me permite usar essa palavra, logo de nenhum dos participantes da excursão?

— Só como possibilidades.

— Nenhuma sensação de maldade no ar?

— Ah, o senhor ainda se lembra. Não, não achei que houvesse uma atmosfera bem definida de maldade. Não me indicaram quem era o meu elemento de contato ali, mas *ela* se deu a conhecer.

— Elizabeth Temple?

— É. Foi como se se acendesse um farol — explicou Miss Marple, — clareando tudo numa noite escura. Até então, compreendem, eu andava às cegas. Havia certas coisas irrefutáveis, lógicas, quero dizer, por causa das indicações de sr. Rafiel. Devia haver, em algum lugar, uma vítima e um assassino. Sim, tudo fazia prever isso, já que era o único elo de ligação existente entre sr. Rafiel e eu. Houve um assassinato nas Antilhas, em que nós dois estivemos envolvidos, e a única coisa que ele sabia a meu respeito era em relação com aquilo. Portanto não podia tratar-se de qualquer outro tipo de crime. Nem tampouco de crime fortuito. Devia ser um crime premeditado, que fosse, definitivamente, obra de alguém que tivesse optado pelo mal, e não pelo bem. Tudo parecia indicar que havia duas vítimas. Uma, que tinha sido assassinada, e outra, que tinha sido vítima de uma injustiça, acusada de um crime que ele, ou ela, não havia cometido. De modo que, enquanto eu refletia sobre essas coisas, não dispunha de nenhuma luz antes de conversar com srta. Temple. Ela era muito intensa, persuasiva. Então surgiu o primeiro vínculo que me ligava a sr. Rafiel. Ela me falou de uma moça que havia conhecido, que certa vez tinha estado noiva do filho de sr. Rafiel. Foi aí que se fez o primeiro raio de luz. Aos poucos, também me contou que a tal moça não chegou a casar com ele. Quis saber por que, e ela respondeu: "porque ela morreu". Perguntei como, de que tinha morrido, e ela então me respondeu, com muita emoção, cheia de ímpeto... ainda me parece ouvir a voz dela, ressoando como o dobre plangente de um sino... ela disse: "De amor". E depois acrescentou: "A palavra mais terrível que existe — Amor". No momento não percebi direito o que ela queria dizer. Realmente, a primeira ideia que me ocorreu foi que a moça se tivesse suicidado por causa de uma decepção amorosa. Isso acontece com bastante frequência e sempre constitui uma grande tragédia. Foi tudo o que consegui apurar na ocasião. Além do fato de que a viagem, para ela, não se tratava de uma simples excursão de prazer, mas de uma peregrinação, segundo ela mesma me disse. Dirigia-se a um lugar ou a uma pessoa. Na hora não fiquei sabendo quem poderia ser. Só depois é que se explicou.

— O Arcediago Brabazon?

— Exatamente. Eu ainda nem sabia da existência dele. Mas a partir daí eu senti que os personagens principais... os atores centrais... do drama, ou seja lá qual for o nome que lhe queiram dar, não faziam parte da excursão. Não eram participantes do grupo que viajava no ônibus. Hesitei apenas por pouco tempo, com dúvidas sobre algumas pessoas. Principalmente em relação a Joanna Crawford e Emlyn Price.

— Por que se fixou neles?

— Por serem jovens — respondeu Miss Marple. — A juventude está quase sempre ligada à ideia de suicídio, violência, intenso ciúme e amor trágico. Um homem mata a namorada... isso acontece. Sim, meu espírito se concentrou neles, mas não me parecia que ali houvesse qualquer mancomunação. Nenhuma sombra de maldade, de desespero, de aflição. Eu usei mais tarde a ideia de que poderiam ter sido eles como uma espécie de palpite falso quando estávamos bebendo xerez, aquela última noite no Velho Solar. Frisei que seriam os mais prováveis suspeitos na morte de Elizabeth Temple. Quando reencontrá-los — disse Miss Marple, cheia de escrúpulos, — vou pedir desculpas por tê-los usado como inocentes úteis para desviar a atenção das minhas verdadeiras ideias.

— E que aconteceu depois? A morte de Elizabeth Temple?

— Não — respondeu Miss Marple. — Na verdade o que aconteceu depois foi a minha chegada ao Velho Solar. A amabilidade com que me acolheram e instalaram sob aquele teto hospitaleiro. Isso também tinha sido providenciado por sr. Rafiel. Por isso eu sabia que devia ir para lá, mas não por qual motivo. Talvez fosse apenas um lugar onde eu poderia obter mais informações que me orientassem na minha procura. Desculpem — disse Miss Marple de repente, voltando ao seu normal contrafeito e meio atrapalhado, — estou levando muito tempo para contar essa história. Eu realmente não deveria sujeitá-los a ouvir tudo o que me passou pela cabeça e...

— Por favor, continue — pediu o professor Wanstead. — Talvez a senhora não saiba, mas o que está contando tem um interesse todo especial para mim. Se relaciona com uma porção de coisas que tenho observado e acompanhado no trabalho que eu faço. Continue descrevendo as sensações que sentiu.

— Sim, continue — insistiu Sir Andrew McNeil.

— Eram de fato sensações — disse Miss Marple. — Não se tratava propriamente de uma dedução lógica, compreendem? Tudo se baseava numa espécie de reação ou suscetibilidade emotiva a... bem, ao que só posso chamar de atmosfera.

— Sim — concordou Wanstead, — atmosfera é uma coisa que existe. Nas casas, nos lugares, no jardim, na floresta, num bar, num chalé.

— As três irmãs. Foi isso que eu pensei, senti e disse comigo mesma quando entrei no Velho Solar. Fui recebida com tanta gentileza por Lavinia Glynne. Há alguma coisa nessas três palavras... as três irmãs... que logo dá uma sensação sinistra. Lembra as três irmãs da literatura russa, e as três bruxas que Macbeth encontra na charneca. Me pareceu que havia ali uma atmosfera de tristeza, de profunda desolação e de medo, também. E uma espécie de atmosfera inteiramente diversa, que só posso definir como de normalidade.

— Essa sua última observação não deixa de ser interessante — disse Wanstead.

— Talvez fosse por causa de sra. Glynne. Ela me procurou quando o ônibus chegou e explicou a razão do convite. Era uma mulher completamente normal e simpática, viúva. Não muito feliz, mas quando digo isso não significa que tivesse algo que ver com tristeza ou profunda desolação e sim que apenas vivia numa atmosfera em desacordo com o seu verdadeiro temperamento. Ela me levou junto com ela e me apresentou às outras duas irmãs. No dia seguinte, fiquei sabendo por intermédio de uma criada já idosa, que me trouxe chá de manhã cedo, a história de uma tragédia antiga, de uma moça que tinha sido assassinada pelo namorado. E de várias outras moças da vizinhança que também haviam sido vítimas de violências ou agressão sexual. Eu precisava fazer um novo balanço da situação. Já tinha eliminado os passageiros do ônibus por falta de ligação pessoal com o que eu andava procurando. Nalgum lugar existia ainda um assassino às soltas. Eu tinha que me perguntar se não estaria ali, naquela casa, aonde me haviam mandado. Clotilde, Lavinia, Anthea. Três nomes de três irmãs com qualquer coisa de irreal. Felizes... infelizes... sofredoras... assustadas... o que é que elas eram? A primeira que me chamou a atenção foi Clotilde. Uma mulher alta, bonita. Com personalidade. Tal como Elizabeth Temple também tinha sido. Senti que ali, onde o campo era limitado, eu devia pelo menos apurar tudo o que podia a respeito das três irmãs. As três parcas. Qual seria a assassina? E que tipo de assassina? E de que espécie de assassinato? Aí então comecei a sentir, elevando-se bem devagar, lentamente, como um miasma, uma atmosfera. Acho que não há melhor palavra para expressá-la do que "malévola". Não que qualquer uma das três fosse necessariamente má, mas elas certamente viviam numa atmosfera onde tinha acontecido alguma maldade, deixando sua sombra a pairar por ali, feito uma ameaça. Clotilde, a mais velha, foi a primeira que considerei. Era bonita, forte e, a meu ver, capaz de grandes sentimentos emotivos. Confesso que a imaginei como uma possível Clitemnestra. Fazia pouco tempo — Miss Marple adotou um tom mais prosaico, — que tinha assistido a uma tragédia grega interpretada por alunos de uma conhecida escola pública perto de minha casa. E fiquei incrivelmente impressionada com a atuação do rapaz que interpretava o papel de Clitemnestra. Um desempenho simplesmente notável. Me pareceu fácil imaginar Clotilde na pele de uma mulher capaz de planejar e executar o assassinato do marido durante o banho.

Por um instante o professor Wanstead fez o possível para conter o riso. Era a seriedade do tom de Miss Marple. Ela lhe piscou o olho de leve.

— Pois é, dito desse jeito até parece bobagem, não é? Mas eu podia *vê-la* assim, desempenhando esse papel, quero dizer. Infelizmente, não tinha marido. Nunca havia casado, portanto não tinha matado nenhum marido. Aí considerei a minha cicerone, Lavinia Glynne. Dava impressão de ser uma mulher extremamente simpática, saudável. Acontece, porém, que já houve muitos assassinos que causavam exatamente essa mesma impressão no ambiente em que viviam. E que tinham sido pessoas cativantes. Uma porção de criminosos foram homens encantadores e simpáticos, surpreendendo meio mundo. São o que chamo de assassinos respeitáveis, que cometem crimes por motivos totalmente utilitários. Sem emoção, mas para obter um determinado fim. Não achei muito plausível e ficaria extremamente surpresa se fosse assim, mas não podia descartar sra. Glynne. Ela tinha sido casada. Era viúva, já há alguns anos. Quem sabe lá? A coisa ficou por aí mesmo. Aí cheguei à terceira irmã, Anthea. Era uma personalidade inquietante. Me parecia meio desajustada, avoada, e presa de uma espécie de emoção que de modo geral acho que era medo. Andava apavorada por causa de alguma coisa. Terrivelmente apavorada. Ora, isso também encaixava na história. Se havia cometido algum crime, que julgasse esquecido no passado, podia ter surgido um recrudescimento, uma manifestação de velhos problemas, talvez relacionados com as sindicâncias de Elizabeth Temple. Talvez temesse que reavivassem ou descobrissem algum crime antigo. Tinha o estranho costume de olhar para a gente e depois virar-se bruscamente para trás, como se visse alguma coisa parada às suas costas. Alguma coisa que lhe infundisse medo. Portanto, também era uma explicação possível. Uma assassina que talvez fosse meio desequilibrada e que poderia ter cometido um crime por sofrer de mania de perseguição. Por medo. Tudo isso eram apenas suposições. Um levantamento bem mais completo das possibilidades que me ocorreram no ônibus. Mas a atmosfera da casa se fazia sentir mais do que nunca. No dia seguinte, percorri o jardim em companhia de Anthea. No fim da relva do caminho principal havia um montículo, formado pelos escombros de uma velha estufa de plantas. Devido à falta de consertos e carência de jardineiros nos últimos tempos da guerra, tinha caído em desuso, terminando por desabar. Entre os tijolos amontoados, cobertos de terra e vegetação, plantaram uma trepadeira, dessas que todo mundo usa para esconder ou disfarçar alguma obra de construção meio feia no jardim, chamada *Polygonum*. É uma das plantas que florescem mais rápido e absorve, mata, seca e extermina tudo por onde passa. Cresce em qualquer lugar. De certo modo, chega a ser assustadora. Dá uma flor branca, bonita, e pode ficar com um aspecto lindo. Os botões ainda não estavam abertos, mas não tardariam. Fiquei ali parada, ao lado de Anthea.

Ela parecia inconsolável com a perda da estufa. Disse que antigamente tinha uvas ótimas. Tive a impressão de que era a coisa que mais lhe lembrava o tempo de infância naquele jardim. E ela queria, desesperadamente, ter bastante dinheiro para escavar o montículo, nivelar o terreno e reconstruir a estufa, enchendo-a de pés de moscatel e pêssego, tal como antigamente. Sentia uma tremenda saudade do passado. Mas não foi só isso. De novo, com toda a clareza, me veio aquela sensação de medo no ar. Qualquer coisa ali no montículo deixava-a apavorada. No momento, não calculei o que fosse. O que aconteceu depois, todos sabem: a morte de Elizabeth Temple. Não havia dúvida, pela história contada por Emlyn Price e Joanna Crawford, que só se podia chegar a uma única conclusão. Não era acidente. Era crime, e premeditado.

"Creio que foi a partir daí — disse Miss Marple, — que eu compreendi. Cheguei à conclusão de que tinha havido três crimes. Ouvi a história completa do filho de sr. Rafiel, o rapaz delinquente, ex-presidiário, e achei que ele podia ser tudo isso, mas que nada indicava que fosse assassino ou que tivesse possibilidades de sê-lo. Todas as provas estavam contra ele. Ninguém punha em dúvida que houvesse assassinado a moça cujo nome eu agora sabia que era Verity Hunt. Mas o Arcediago Brabazon colocou, por assim dizer, a peça que faltava no quebra-cabeça. Ele havia conhecido aquele par de namorados. Tinham ido procurá-lo, contando que queriam casar, levando-o à decisão de oficiar o casamento. Achou que talvez não fosse uma medida acertada, mas que se justificava pelo fato de que os dois se queriam. A moça amava o rapaz com o que ele chamou de amor verdadeiro. Tão verdadeiro como o próprio nome dela. E achou que o rapaz, apesar de toda a sua má reputação, tinha verdadeiramente amado a moça, com intenção de lhe ser fiel e se esforçar para perder algumas de suas tendências malévolas. O Arcediago não se mostrou otimista. Tenho a impressão de que não acreditava muito na felicidade do futuro casal, mas o casamento era, na sua opinião, necessário. Porque quem ama está disposto a arcar com todas as consequências, mesmo que incluam a decepção e certa dose de infelicidade. Mas de uma coisa eu estava segura. Aquele rosto desfigurado, a cabeça esmigalhada, não podia ter sido obra de um rapaz que realmente amasse a moça. Não se tratava de uma história de agressão sexual. Esse caso de amor se baseava em ternura. Quanto a isso, estava pronta a aceitar a palavra do Arcediago. Porém, sabia, também, que havia encontrado a pista certa, dada por Elizabeth Temple, ao dizer que a causa da morte de Verity era o Amor... uma das palavras mais terríveis que existem.

"Aí a coisa ficou bem clara — disse Miss Marple. — Creio mesmo que já fazia algum tempo que eu sabia. Faltava apenas preencher certas lacunas, que antes não encaixavam, mas que agora sim. Coincidiam com a informação de Elizabeth Temple sobre a causa da morte de Verity. Primeiro ela tinha dito uma única palavra: "Amor", e depois que "o amor podia ser a palavra mais terrível que existe". Aí tudo se explicava, com a maior clareza. O amor irresistível que Clotilde sentia por aquela moça. A adoração de Verity por ela, a dependência em que vivia, e depois, à medida que foi crescendo, a exigência de seus instintos normais. Ela queria Amor. Queria ser livre para amar, casar, ter filhos. E então surgiu o rapaz que ela poderia amar. Sabia que não era de confiança, que era o que se convencionou chamar de mau caráter, mas não é isso — disse Miss Marple, num tom de voz mais normal, — que faz uma moça desistir de um rapaz. Não. As mulheres jovens gostam de quem tem mau caráter. Sempre gostaram. Elas se apaixonam com a maior facilidade por esses tipos. Estão absolutamente certas de que serão capazes de regenerá-los. E no meu tempo de juventude, os que dariam maridos ótimos, simpáticos, fiéis, de confiança, recebiam como resposta que "a gente podia ser uma irmã para eles", o que jamais os satisfazia por completo. Verity se apaixonou por Michael Rafiel, e Michael Rafiel estava preparado a tentar vida nova e casar com essa moça, seguro de que nunca mais haveria de olhar para outra. Não digo que os dois fossem viver felizes para sempre, mas era, como o Arcediago afirmou com plena certeza, um amor *verdadeiro*. E assim planejaram se casar. E eu acho que Verity escreveu a Elizabeth, contando o que ia fazer. Foi tudo combinado em segredo, porque tenho a impressão de que ela realmente percebeu que aquilo era, em última análise, uma fuga. Estava fugindo de uma vida que não queria mais levar, e de alguém que amava muitíssimo, mas não do mesmo modo que a Michael. E que não lhe daria licença para se unir a ele. Só encontraria má vontade e obstáculos de toda ordem pela frente. Portanto, como tantos outros jovens, fugiriam para casar. Não havia necessidade de uma escapada até Gretna Green[10]. Tinham idade suficiente para contrair matrimônio. De modo que bastava apelar para o Arcediago Brabazon, que já a havia crismado... e era um verdadeiro amigo. Marcaram a data e a hora do casamento — no mínimo ela inclusive comprou às escondidas algum vestido especial para a cerimônia. Decerto deviam se encontrar em algum lugar, aonde chegariam separados. Eu creio que ele foi, mas *ela* não. É possível que ele tenha esperado. Depois, talvez procurou descobrir por que ela não havia ido. Aí, na minha opinião, deve ter recebido algum recado, até mesmo uma carta, provavelmente imitando a caligrafia dela, dizendo que tinha mudado de ideia. Que estava tudo acabado e passaria uns tempos longe, para se conformar. Não sei. Mas acho que ele jamais supôs o verdadeiro motivo pelo qual ela não apareceu nem mandou avisar. Sem dúvida nunca lhe ocorreu que tivesse sido destruída da maneira mais deliberada, impiedosa e quase louca, talvez. Clotilde não pretendia perder a criatura que amava. Não ia permitir que fugisse, que se unisse ao rapaz por quem sentia ódio e repugnância. Queria conservar Verity, guardá-la a seu modo. Mas o que eu não podia crer... o que não acreditava, é que tivesse estrangulado a moça e depois desfigurado-lhe o rosto. A meu ver, ela não seria capaz disso. Tenho a impressão de que remexeu nos tijolos da estufa caída e amontoou terra e vegetação

---

[10] N. do T. — Cidadezinha da Escócia, perto da fronteira com a Inglaterra, muito procurada antigamente por menores que fugiam de casa para se casar sob o amparo mais liberal das leis matrimoniais escocesas.

sobre a maior parte daquilo. Já tinha dado uma bebida à moça, decerto uma dose excessiva de um soporífero qualquer. Na melhor tradição grega, por assim dizer. Uma taça de cicuta... ainda que não fosse cicuta. E enterrou a moça lá no jardim, cobrindo o cadáver com tijolos, terra e vegetação...

— Mas e as outras irmãs? Não desconfiaram?

— Sra. Glynne ainda não morava com elas. O marido não tinha morrido e ela continuava no estrangeiro. Mas Anthea estava lá. Eu penso que Anthea *deve* ter percebido alguma coisa. Não sei se suspeitou logo da morte, porém sabia que Clotilde andava ocupada em levantar um montículo nos fundos do jardim para cobri-lo de plantas floridas, para criar um recanto de beleza. Tenho a impressão de que aos poucos talvez foi percebendo a verdade. E aí Clotilde, depois de optar pelo mal, de fazer o mal, de se entregar ao mal, não teve escrúpulos quanto ao próximo passo que iria dar. Creio que até se divertiu em planejá-lo. Ela exercia certa dose de influência sobre uma garota esperta e safada do povoado que de vez em quando ia lhe pedir favores. Acho que foi fácil para ela um dia dar um jeito de atrair essa garota a um piquenique ou a um passeio num lugar bem remoto, a uns quarenta ou cinquenta quilômetros de distância. A meu ver, já tinha escolhido o local de antemão. Estrangulou a pequena, desfigurou-a, e escondeu-a debaixo da terra, das folhas e dos galhos revirados. Como é que poderiam jamais suspeitá-la de ter feito uma coisa dessas? Largou lá a bolsa de Verity e uma correntinha que sempre usava pendurada no pescoço e decerto vestiu o cadáver com roupas que também pertenciam a Verity. Esperava que demorasse algum tempo até o crime ser descoberto, mas nesse meio tempo espalhou aos quatro ventos o boato de que Nora Broad havia sido vista no carro de Michael, e que andava com ele por tudo quanto era lado. É provável, inclusive, que inventasse que Verity tinha desmanchado o noivado por causa da infidelidade dele com essa pequena. Deve ter espalhado horrores e tenho a impressão de que se divertiu com tudo o que disse, pobre coitada.

— "Pobre coitada" por que, Miss Marple?

— Porque não creio que haja maior agonia — respondeu Miss Marple, — do que a que Clotilde sofreu esse tempo todo... durante dez anos... vivendo em perpétua tristeza. Vivendo, compreendem, com o que *tinha* de viver. Havia conservado Verity, ali no jardim do Velho Solar, para sempre. A princípio não se deu conta do que isso significava. A vontade desesperada que sentia de que a moça tornasse a viver. Desconfio de que nunca teve remorsos. Nem sequer lhe restava esse consolo. Apenas sofreu... continuou sofrendo, anos a fio. E agora entendo o que Elizabeth Temple quis dizer. Talvez até melhor do que ela. O amor *é* uma coisa de fato terrível. Está exposto ao mal e pode ser uma das coisas mais malévolas que existem. E ela teve de viver com aquilo dia após dia, ano após ano. Acho também que Anthea ficou assustada com isso. E que foi percebendo, cada vez com maior clareza, o que a irmã tinha feito e imaginou que Clotilde soubesse que ela sabia. E teve medo do que poderia lhe acontecer. Clotilde confiou-lhe aquele pacote com o pulôver para levar ao correio. Contou-me coisas sobre Anthea, que era desequilibrada mental, que quando sofria de mania de perseguição e ciúmes seria capaz de tudo. Tenho a impressão... sim... de que num futuro bem próximo... alguma coisa poderia acontecer com Anthea... um suicídio supostamente devido a uma consciência pesada...

— E mesmo assim ainda sente pena daquela mulher? — perguntou Sir Andrew. — O mal pernicioso é como o câncer... um tumor maligno. Traz sofrimento.

— Evidente — respondeu Miss Marple.

— Suponho que já lhe contaram o que aconteceu naquela noite — disse o professor Wanstead, — depois que os seus anjos da guarda a tiraram de lá?

— Refere-se a Clotilde? Eu lembro que ela pegou o meu copo de leite. Ainda estava com ele na mão quando srta. Cooke me levou para fora do quarto. Imagino que o tenha... tomado, não?

— Sim. Sabia que isso podia acontecer?

— Não, no momento essa hipótese nem me ocorreu. Talvez tivesse me ocorrido, se houvesse tido tempo de pensar.

— Ninguém poderia impedi-la. Ela foi muito rápida e ninguém adivinhou que o leite contivesse qualquer coisa de errado.

— Então ela o tomou.

— Isso a surpreende?

— Não, não há a mínima dúvida de que para ela deve ter parecido a coisa mais natural que poderia fazer. Desta vez ela percebeu que queria fugir... de todas as coisas com que teria de viver. Tal como Verity quis fugir da vida que levava ali. Como é estranho, não é mesmo? A punição que a gente se impõe sempre se assemelha ao mal que se quer expiar.

— Até parece que a senhora sente mais pena dela do que da moça que morreu.

— Não — disse Miss Marple, — é uma espécie diferente de pena. Eu sinto pena de Verity por causa de tudo o que ela perdeu, e que estava tão perto de conseguir. Uma vida de amor, dedicação e respeito, com o homem que tinha escolhido e que verdadeiramente amava. Com toda a sua alma. Ela perdeu tudo isso e não há nada que se possa fazer. Sinto pena dela por causa do que ela *não teve*. Escapou, porém, do que Clotilde teve de sofrer: tristeza, desolação, medo e um refinamento e assimilação cada vez maiores do mal. Clotilde teve de suportar tudo isso. A tristeza, a frustração do amor que nunca mais poderia reaver, o fato de ser obrigada a viver com duas irmãs que desconfiavam, que sentiam medo dela, e de ser obrigada a viver com a moça que havia conservado ali.

— Com Verity, a senhora quer dizer?

— Sim. Enterrada no jardim, sepultada no túmulo que Clotilde tinha preparado. Ela estava *ali* no Velho Solar e eu acho que Clotilde *sabia* que ela estava ali. É até capaz que a visse ou pensasse que a via, às vezes, quando ia colher um ramo de flores do *Polygonum*. Nessas horas decerto se sentia muito perto de Verity. E o que poderia haver de pior para ela do que isso? O quê...?

XXIII

Cenas finais

— ESSA VELHA ME DÁ ARREPIOS — disse Sir Andrew Mc-Neil, depois de agradecer e se despedir de Miss Marple.

— Tão delicada... e tão implacável — concordou o assistente de comissário.

O professor Wanstead levou Miss Marple até o andar térreo, onde o carro dele já estava esperando, e depois voltou para trocar umas últimas palavras.

— Qual é a sua opinião sobre ela, Edmund?

— A mulher mais terrível que já encontrei — respondeu o Ministro do Interior.

— Implacável? — perguntou o professor Wanstead.

— Não, não, não é isso que eu quero dizer, mas... ora, uma mulher simplesmente terrível.

— Nêmesis — murmurou o professor Wanstead, pensativo.

— Sabem aquelas duas mulheres — disse o funcionário do gabinete do promotor público, — as agentes de segurança que andavam cuidando dela, fizeram uma descrição simplesmente incrível do seu jeito naquela noite. Elas entraram na casa com a maior facilidade, esconderam-se num quartinho térreo até que todo mundo se retirou para o andar superior. Aí uma se meteu no guarda-roupa do quarto de Miss Marple, enquanto a outra ficava cuidando do lado de fora, no corredor. A que estava dentro do quarto disse que ao escancarar a porta do guarda-roupa deu com a velhota sentada na cama com um xale felpudo cor-de-rosa enrolado na cabeça e a cara mais calma deste mundo, falando sem parar, feito uma venerável professora de colégio. As duas disseram que levaram a maior surpresa.

— Um xale felpudo cor-de-rosa — murmurou o professor Wanstead.

— Sim, sim, agora me lembro...

— Do quê?

— Do velho Rafiel. Sabem, ele começou a me falar sobre ela, e depois caiu na risada. Disse que se havia uma coisa na vida que jamais poderia esquecer: era a noite em que uma das velhotas mexeriqueiras e malucas mais engraçadas que já tinha visto investiu porta a dentro pelo quarto dele lá nas Antilhas, com uma manta felpuda cor-de-rosa enrolada na cabeça, mandando que se levantasse e fizesse algo para impedir um assassinato. Aí ele perguntou: "Mas que negócio é esse? Quem é a senhora?" E ela respondeu que era Nêmesis. Nêmesis! Ele me disse que não podia haver nada menos parecido. Eu gosto do detalhe da manta de lã cor-de-rosa — acrescentou o professor Wanstead, pensativo. — Sim, gosto muito.

2

— Michael — disse o professor Wanstead, — eu quero apresentar você a Miss Jane Marple, que se tem esforçado muito por sua causa.

O jovem de trinta e dois anos olhou com uma expressão ligeiramente incrédula para aquela velhota de cabelos brancos meio esquisita.

— Ah... — gaguejou, — pois é, tenho a impressão de que já ouvi falar. Muito obrigado.

Olhou para Wanstead.

— É verdade, é, que vão me dar uma espécie de indulto ou coisa que o valha?

— É. Você será solto dentro em breve. Em muito pouco tempo, voltará a ser um homem livre.

— Ah! — Michael parecia meio cético.

— Imagino que vá demorar um pouco até se acostumar com a ideia — disse Miss Marple, amavelmente.

Olhou-o, pensativa, tentando calcular como teria sido uns dez anos atrás. Ainda era bem atraente — apesar de mostrar todos os indícios dos problemas que havia enfrentado. Atraente, sim. E devia ter sido muito mais. Antigamente decerto seria mais alegre, e cheio de encanto. Isso agora já tinha perdido, mas talvez conseguisse recuperar. Boca irresoluta e olhos muito bonitos, capazes de encarar com firmeza e que no mínimo sempre haviam sido extremamente úteis para pregar mentiras que a gente quisesse acreditar. Parecidíssimo — com quem mesmo? — puxou pela memória — ora, com Jonathan Birkin, lógico. Que costumava cantar no coro. Uma voz de barítono positivamente linda. E como as garotas eram malucas por ele! Que emprego ótimo de guarda-livros que tinha conseguido na firma dos Irmãos Gabriel. Pena que tivesse surgido aquela pequena questão dos cheques.

— Ah! — disse Michael. E acrescentou, ainda mais contrafeito: — A senhora foi, sem dúvida, muito gentil em se dar tanto trabalho.

— Tive o maior prazer — afirmou Miss Marple. — Bem, estou contente por tê-lo conhecido. Adeus. Faço votos para que se saia muito bem no futuro. Nosso país está atravessando uma fase bastante difícil, mas provavelmente há de encontrar algum trabalho que lhe agrade.

— Ah é. Obrigado, muito obrigado. Eu... eu de fato lhe fico muito grato, sabe?

Mas o tom de sua voz continuava extremamente inseguro.

— Não é a mim que deve agradecer — protestou Miss Marple, — mas a seu pai.

— A meu pai? Ele nunca se lembrou de mim.

— Seu pai, já perto de morrer, decidiu que teriam de lhe fazer justiça.

— Justiça. — Michael Rafiel ficou pensando na palavra.

— Sim, seu pai considerava a Justiça importante. Creio que também foi um homem muito justo. Na carta que me escreveu, pedindo-me para aceitar o plano que me propunha, ele incluiu esta citação:

"Que a justiça corra como as águas

E o bem como um caudaloso rio."

— Ah é? Que significa isso? É de Shakespeare?

— Não, da Bíblia... convém pensar nessas palavras... eu já pensei.

Miss Marple desembrulhou o pacote que havia trazido.

— Me deram isto aqui — disse. — Acharam que eu talvez gostaria de tê-lo... porque ajudei a descobrir a verdade sobre o que realmente aconteceu. Mas tenho a impressão de que o senhor é a pessoa que devia ter prioridade... se de fato quiser ficar com ele, bem entendido. Mas talvez *não* queira...

Entregou-lhe o retrato de Verity Hunt que Clotilde Bradbury-Scott lhe mostrara certa vez na sala de visitas do Velho Solar.

Ele pegou-o — e ficou ali parado, contemplando-o fixamente... Sua fisionomia se alterou; os traços se atenuaram, depois endureceram. Miss Marple observava-o em silêncio. Ninguém disse nada durante alguns instantes. O professor Wanstead também observava — ambos, a velha e o rapaz.

Tinha a sensação de presenciar, de certo modo, uma crise — um momento capaz de determinar toda uma nova concepção de vida.

Michael Rafiel suspirou — estendeu o braço e devolveu o retrato a Miss Marple.

— Não, a senhora tem razão, eu não quero ficar com ele. Isso pertence ao passado... ela já morreu... não posso guardá-la comigo. Tudo o que eu fizer agora terá de ser novo... virado para o futuro. A senhora.. — hesitou, olhando-a — a senhora compreende?

— Compreendo, sim — respondeu Miss Marple. — Acho que tem razão. Desejo-lhe felicidades na vida que vai iniciar agora.

Despediu-se e saiu,

— Bem — comentou o professor Wanstead, — não se pode dizer que ele peque pelo entusiasmo. Ao menos poderia ter-lhe agradecido um pouco mais efusivamente pelo que fez por ele.

— Ah, não tem importância — retrucou Miss Marple. — Eu não esperava que ele fosse fazer isso. Seria ainda mais embaraçoso para ele. Sabe — acrescentou, — é sempre muito embaraçoso quando se tem de agradecer a alguém, começar vida nova e ver tudo de um ângulo diferente e não sei mais o quê. Acho que ele é capaz de se sair bem. Não tem rancor. Isso é o principal. Compreendo perfeitamente por que aquela moça se apaixonou por ele...

— Bem, talvez agora ele ande direito.

— Tenho cá minhas dúvidas. — disse Miss Marple. — Não sei se será capaz, a menos... claro — acrescentou, — a melhor coisa que se pode esperar é que encontre uma moça realmente decente.

— O que me agrada na senhora — disse o professor Wanstead — é o seu espírito maravilhosamente prático.

3

— Daqui a pouco ela está aí — avisou sr. Broadribb a sr. Schuster.

— Sim. Que história simplesmente incrível, não é?

— A princípio mal pude acreditar — disse Broadribb. — Você sabe, quando o coitado do velho Rafiel estava morrendo, eu pensei que a coisa toda fosse... sei lá, caduquice ou algo semelhante. Não que ele estivesse tão velho assim.

A campainha tocou. Sr. Schuster levantou o fone.

— Ah, ela está aí, é? Faça-a subir — pediu. — Ela já chegou — disse. — Agora não sei. Isso é a coisa mais estranha que já ouvi falar na minha vida. Mandar uma velha correr aí pelo interior, à procura do que nem ela mesma sabe o que é. E você sabe que a polícia acha que aquela mulher cometeu não apenas um, mas três crimes? Três! Veja você! O cadáver de Verity Hunt estava debaixo do montículo no jardim, tal como a velha disse. Nada demonstrava tivesse sido estrangulada e os ossos do rosto estavam perfeitos.

— Não sei como que também não mataram a velha. — retrucou sr. Broadribb. — Ela não está mais em idade de andar sozinha por aí.

— Parece que havia dois detetives cuidando dela.

— *Dois?*

— Pois é, eu nem sabia.

Miss Marple foi introduzida na sala.

— Meus parabéns, Miss Marple — disse sr. Broadribb, erguendo-se para recebê-la.

— Felicitações. A senhora fez um ótimo trabalho declarou sr. Schuster, apertando-lhe a mão.

Miss Marple sentou-se tranquilamente do lado oposto da escrivaninha.

— Conforme lhes contei em minha carta — disse ela, — creio que cumpri os termos da proposta que me foi feita. Consegui fazer o que me pediram.

— Ah, eu sei. Sim, já nos tinham dito. O professor Wanstead, o departamento legal e as autoridades policiais. Sim, a senhora fez um ótimo trabalho, Miss Marple. Nossos parabéns.

— Eu estava com medo — explicou Miss Marple, — de não conseguir fazer o que me pediam. No começo parecia tão difícil, quase impossível.

— Pois é, realmente. A mim ainda parece. Não sei como a senhora conseguiu, Miss Marple.

— Bem, ora — retrucou Miss Marple, — é só com persistência que se chega a algum resultado, não é mesmo?

— Agora, quanto à importância que temos em nosso poder. Ela estará à sua disposição à hora que quiser. Não sei se gostaria de que a depositássemos em seu banco. Ou prefere nos consultar sobre a melhor forma de investi-la? É uma soma bem considerável.

—Vinte mil libras — murmurou Miss Marple. — Sim, a meu ver também é. Simplesmente fantástica — acrescentou.

— Se quiser que a apresentemos aos nossos corretores, eles provavelmente poderão dar-lhe alguma ideia em matéria de investimentos.

— Ah, eu não quero fazer investimento nenhum.

— Mas sem dúvida seria...

— Não vejo vantagem em economizar na minha idade — atalhou Miss Marple. — Acho que o que esse dinheiro tem de bom... e certamente foi isso que sr. Rafiel pretendeu... é que com ele a gente pode fazer coisas que nunca se imaginou.

— Bem, eu compreendo o seu ponto de vista — disse sr. Broadribb. — Suas instruções, então, seriam para que depositássemos essa quantia em seu banco?

— Sim, no Banco Middleton, 132 High Street, St. Mary Mead — especificou Miss Marple.

— A prazo fixo?

— Absolutamente — protestou Miss Marple. — Na minha conta-corrente.

— Não lhe parece que...

— Não — declarou Miss Marple, categórica. — Quero que seja depositado em minha conta-corrente.

Levantou-se e apertou a mão de ambos.

— Miss Marple, por que a senhora não consulta a opinião do gerente do seu banco? Sinceramente... nunca se sabe, os tempos podem piorar.

— Se piorarem, tenho o meu guarda-chuva.

E apertou novamente a mão de ambos.

— Muito obrigada, sr. Broadribb. E ao senhor também, sr. Schuster. Foram amabilíssimos comigo, prestando-me todas as informações de que precisava.

— Quer mesmo que o dinheiro seja depositado em sua conta-corrente?

— Quero — respondeu Miss Marple. — Pretendo gastá-lo, compreendem? Vou me divertir um pouco com ele.

Ao chegar à porta, virou-se e riu. Por um instante, sr. Schuster, que era homem de mais imaginação do que sr. Broadribb, teve a vaga impressão de ver uma moça bonita apertando a mão do vigário numa quermesse de cidade do interior. Depois lembrou-se que era uma recordação de sua própria juventude. Mas Miss Marple, de maneira fugaz, trouxe-lhe à memória exatamente aquela moça tão feliz, que ia se divertir.

— Sr. Rafiel gostaria de que eu me divertisse — disse Miss Marple.

E saiu.

Nêmesis — disse sr. Broadribb. — Era assim que sr. Rafiel chamava-a. Nêmesis! Nunca houve ninguém menos parecido com Nêmesis, não acha?

Sr. Schuster sacudiu a cabeça.

— Só pode ter sido brincadeira de sr. Rafiel — concluiu sr. Broadribb.

SOBRE A AUTORA

Agatha Christie nasceu em Torquay, cidade da Inglaterra, em 1890, e tornou-se a romancista mais vendida de todos os tempos. Escreveu oitenta romances e coletâneas de contos, além de mais de uma dúzia de peças, incluindo *A ratoeira*, peça que ficou mais tempo em cartaz na história teatral. Agatha também escreveu sua autobiografia, publicada no Brasil em 1977. Embora seu nome seja sinônimo de ficção policial, a extensão dos temas em seus romances é extraordinária, e Agatha realmente merece um lugar de destaque como uma das mais queridas escritoras de todos os tempos.

Seu sucesso permanente, ampliado pelas inúmeras adaptações para o cinema e para a tevê, é um tributo ao eterno fascínio de seus personagens e à absoluta engenhosidade de suas tramas.

Agatha Christie morreu em 1976, aos 85 anos, de causas naturais.

Surpreso com o desfecho desse mistério?

Não deixe de conferir outros desafios que
a Rainha do Crime preparou para seus detetives:

A maldição do espelho
A mansão Hollow
Assassinato no Expresso do Oriente
Casa do Penhasco
Cem gramas de centeio
Convite para um homicídio
Hora zero
M ou N?
Morte na Mesopotâmia
Morte no Nilo
Nêmesis
O mistério dos sete relógios
O Natal de Poirot
Os crimes ABC
Os elefantes não esquecem
Os trabalhos de Hércules
Treze à mesa
Um corpo na biblioteca

Este livro foi impresso para
a HarperCollins Brasil.
A fonte usada no miolo é Bembo, corpo 11/14.